KB145723

마흔과 일흔이 함께 쓰는

인생노트

마흔과 일흔이 함께 쓰는

인생노트

초판 1쇄 발행 2007년 5월 5일
초판 2쇄 발행 2007년 6월 5일

지은이 고광애 · 유경 | **펴낸이** 이영선 | **펴낸곳** 서해문집
기획편집 김혜경 | **책임디자인** 인수정
편집주간 고혜숙 | **편집장** 강영선
편집 김정민, 김문정, 우정은, 최수현, 김정현 | **디자인** 이우정, 전윤정, 김민정
마케팅 김일신, 박성욱, 임경훈 | **관리** 홍일남, 이규정
출판등록 1989년 3월 16일 (제406-2005-000047호)
주소 경기도 파주시 교하읍 문발리 파주출판도시 498-7 | **전화** (031)955-7470 | **팩스** (031)955-7469
홈페이지 www.booksea.co.kr | **이메일** shmj21@hanmail.net

ISBN 978-89-7483-316-9 03810
값은 뒤표지에 있습니다.

이 도서의 국립중앙도서관 출판시도서목록(CIP)은 e-CIP 홈페이지
(http://www.nl.go.kr/cip.php)에서 이용하실 수 있습니다.

고광애 · 유경 지음

서해문집

책머리에

편집자의 글

칠순을 훌쩍 넘기신 어머니께서 종종 하시는 말씀이 있습니다.

"어떻게 젊은 네가 나보다 더 빌빌대냐?"

여든이 넘으신 아버지도 툭하면 몸살이 났다고 드러눕는 자식들을 보며 "젊은 것들이……쯧쯧" 하고 혀를 차십니다. 그러면 마흔이 다 넘은 자식들은 "저희도 별로 젊지 않아요, 저희도 늙고 있다고요……" 차마 큰 소리로는 못하고 혼잣말로 볼멘소리를 합니다.

요즘은 세월이 거꾸로 가는지, 노년의 부모 세대가 씩씩하게 집 안팎을 누빌 때 중년의 자식 세대는 죽을상을 하고 쉴 틈만 엿보는 것 같습니다. 중년의 자식들은 살기 힘든 마당에 자꾸만 일을 벌이는 부모님이 피곤하고, 자신의 노후에 대한 불안감에 숨이 막힙니다. 반면, 노년의 부모들은 한창 펄펄 날 것 같은 4,50에 죽는 소리만 해대는 자식들이 어이없고, 기대에 턱없이 못 미치는 효도 인심에 기가 막힙니다.

하지만 자기를 향하던 눈을 서로에게 돌려, 앞서거니 뒤서거니 함께 나이 들어가는 인생 선후배이자 동료라고 생각하면 서로의 불만과 고독과 슬픔을 이해 못할 것도 없습니다. 더구나 우리 모두 필멸(必滅)의 존재임을 떠올리면, 묵직한 동지애마저 느낄 수 있을 것입니다.

사람은 누구나 나이 들고, 그리고 세상을 떠납니다. 운명입니다. 나이를 먹는다는 건 그 운명의 무게를 몸으로 마음으로 느끼는 것입니다. 지나치게 느끼면 무게에 짓눌려 삶이 신음하고, 도무지 느끼질 못하면 삶이 한순간에 흩어져 뒤늦게 후회합니다. 그래서 누구나 먹는 나이지만 제대로 먹고 근사하게 나이 들려면 공부하고 준비해야 합니다. 운명에 속지도, 운명을 속이지도 않기 위해서 말이지요.

이 책은 '나이 듦과 죽음'을 주제로 중년과 노년이 함께 대화하고 토론한 내용을 담은 책입니다. 똑같이 '나이 듦과 죽음'을 보지만 중년과 노년의 시선은 너무나 다릅니다. 하지만 대부분의 책들이 한 세대의 시각과 처지에서 씌어지고 주장하다 보니, '나이 듦과 죽음'을 보는 다양한 시선과 경험과 통찰을 담아내는 데는 한계를 가질 수밖에 없습니다. 그래서 생각했습니다. 중년과 노년이, 마흔과 일흔이 한자리에 모여 후반생의 과제를 놓고 난상토론을 벌이면 어떨까? 과연 두 세대가 이 첨예한 주제에 대해 수십 년의 나이 차이를 넘어 소통할 수 있을까? 궁금했고, 만약 이런 대화의 자리가 성사되어 소통까지 이루어진다면, 그 자체로 후반생과 죽음에 관한 우리 사회의 담론에 새로운 장을 여는 자극이 되리라고 믿었습니다.

대화의 주인공은 쉽게 정해졌습니다. 예순을 넘어 첫 책을 펴내고, 활발한 저술 활동과 방송 활동을 하며 진정한 인생 2모작을 실천하고 계신 노년 상담가 고광애 선생님, 17년 동안 노인복지의 현장에서 노년 전문가로 활동하고 최근에는 '죽음준비교육' 전문 강사로 또 한번 세상을 놀라게 한 유경 선생님. 칠십 대의 고광애 선생님과 사십 대의 유경 선생님은 나이로나 경력으로나 가장 맞춤한 분들이었습니다. 다행히 두 분 모두 제 야심찬(?) 기획에 "재미있겠다!"고 선뜻 응해주셨습니다.

하지만 2년에 걸친 작업 기간은 두 분께 생각만큼 '재미있지'는 않으셨을 겁니다. 안타깝게도 그 사이 두 분 모두 가까운 사람을 잃는 슬픔을 겪으셨고, 그 슬픔 속에서 죽음에 관한 글을 쓰는 이중고를 겪어야 했습니다. 그럼에도 저의 성마른 채근에 말없이 따라주신 두 분께 감사드립니다.

이 책은 먼저 큰 주제를 정하고, 그 주제에 대해 두 분이 각각 글을 쓰신 후 다시 돌려 보고 토론하는 과정을 거쳐 완성되었습니다. 편지를 주고받듯 서로에게 쓰신 글도 있고, 각각의 독특한 경험과 공부를 살려 깊이 있게 써 내려간 글도 있습니다. 편집자로서는 두 분의 공력과 개성을 최대한 살리고자 노력했습니다. 부디 이 책이 계기가 되어, 우리 사회 곳곳에서 세대간 대화가 활발하게 이루어지길, 그리하여 우리의 후반생이 더욱 풍요로워지길 기대합니다.

책머리에

일흔이 마흔에게

93세 어머니가 내게 자주 하시던 말씀이 있었습니다.

"넌 늙은이를 몰라도 참 모른다."

이어서 하시는 말씀, "하긴 늙는 게 뭔지 알질 못하니……."

그때마다 나는 속으로 "모르다니요, 늙는 걸 알다 알다 숫제 업이 되다시피 됐는데……" "늙는 걸 알다 알다가 노인 책을 다 냈는데……" 하고, 차마 내놓고 말은 못해도 속으로 이렇게 뇌까렸습니다. 도무지 늙을 것을 생각도 않다가 늙음을 맞닥뜨린 어머니를 나는 옆에서 쭉 지켜보았습니다. 곱고 당당하셨던 어머니의 몸과 맘이 쇠락해가면서 겪던 시행착오들, 그 과정이 엉뚱하게도 나로 하여금 노년 대비를 천착하게 했습니다. 수년간 쌓여진 그것들을 어쭙잖게나마 책으로 엮은 것이 나의 첫 번째 책이었습니다.

내 나이 50대에 시작해서 육십 초반에 걸쳐서 준비하고 쓴 첫 번째 책에는, 노년학의 지식과 더불어 실제로 겪고 보아서 알게 된 경험들을 버무려놓았습니다. 그래 그런가, 바로 내가 겪는 얘기를 짚어준 것 같더라는 독후 평을 더러 듣기도 했습니다. 아닌 게 아니라, 그 책에는 내 깐에도 제법 자부하는 구석이 있었지요. 소위 이론과 경험이 녹아 있는, 실제에 결합된 책이었노라는 어림없는 생각 말입니다.

책을 낸 게 엊그제 같은데, 어느새 나는 칠십 고개를 넘고 있습니다. 그런데 칠십 고개를 넘으면서 내가 코웃음 쳤던 어머니 말씀이 자꾸만 떠오르는 건 웬일일까요. 어머니 말씀대로 늙는다는 걸 너무 모른 채 책을 냈었다는 걸 자인해야만 했습니다. 50대와 60대가 알고 느끼는 늙음, 그것만을 아는 딸을 보면서 8,90대였던 어머니가 어찌 "너는 늙은이를 몰라도 너무 모른다"는 말을 하지 않을 수 있었겠어요!

일흔이 되어 오십, 육십 대에 썼던 노년 얘기를 돌아보니, 거기에는 조심하느라고 했건만 칠십 넘은 노인의 실제 사정이나 경험은 배제되어 있었습니다. 세상이 하도 빨리 바뀌는지라, 그 책 속의 지식이 벌써 낡은 것이 되어버린 것은 어쩔 수 없다고 쳐도, 칠십이 지나가면서 이런저런 노년 증후군에 대한 내 생각이 바뀌고 맘이 변한 것은 어쩔 것인지. 나의 이 변덕 속에는 나이가 농익어서 그렇게 변한 것도 있으려니 하고 자위를 합니다. 하지만 어쩌면 부득부득 다가오는 나의 죽음을 유예하고픈 속맘은 정녕 없는 걸까, 나는 속으로 내 자신에게 힐문해 보곤 합니다.

사람의 몸은 기본체력이 필요합니다. 마찬가지로 늙어가는 것에 대해서도 맘으로 정신으로 기초지식과 지혜를 갖출 필요가 있습니다. 기초가 다져지면, 언제라도 나처럼, 시시로 때때로 변하기도 하는 응급상황에 따른 대처법은 어떻게든 나오게 되어 있겠지요. 그런데 아주 늙은 다음의 대처법을 가르쳐주는 책은 어디 있을까, 칠십에 허덕허덕 이 책을 겨우 썼는데……. 아니, 아니, 그보다 저 마지막 길, 한번 가면 왔다가 다시 다녀갈 수도 없다는 그 마지막 길은 누가 겪어보고 알려줄 수 있을지. 죽음을 체험했던 사람이 돌아온 적이 없고…… 마지막 그 길을 어떻게 가야 한다는 생생한 경험을 가르쳐준 사람은 없습니다. 그저 믿을 것은, 펄펄한 지금 갈고 닦아놓은 기초지식이 마지막 길에서 힘을 써줄 거라는 예감뿐입니다.

그러므로 비록 체험이 녹아 있지 않아서 현실감이 떨어질지는 모르지만, 오랫동안 학자들이 연구에 연구를 한 것들이 앞에 있으니 이들이 연구해놓은 것을 너나없이 배워서 기초체력을 길러놓으면 어떨까요. 기초체력을 다져놓고 있으면, 더러 실제 체험에 부족분이 있더라도 훨씬 수월하게 그 길을 가게 되지 않을까요. 한번 가면 되돌아 올 수 없다는 그 길을, 그리고 반드시 혼자서 가야 하는 그 길을 조금은 수월하게, 그리고 조금은 품위 있게 통과하게 되지 않을지……. 펄펄 살아 있는 지금 우리는 마지막 그때 죽는 준비를 해야 하고, 죽어가는 마지막 그때는 품위 있게 사는 준비를 해야 합니다. 이 둘이 어우러져야 두루두루 삶의 질을 높이는 어른 값을 해내게 될 테니까요.

내 혼자 힘으로는 어림없는 일이었습니다. 다행히 중년, 아니 청년이면서 나이에 어울리지 않게 노인들과 섞여서 현장을 누비던, 유경이란 나의 친구이자 동료가 있어 이 책은 가능했습니다. 덕분에 마흔에서부터 일흔 이후의 삶을 관통하면서 아우르는 내용의 책이 탄생하게 되었습니다. 늙어 보지도 못한 주제(?)에 감히 노년을 이야기하는 유경 씨의 이야기에는, 현장의 생생한 체험과 지식과 노년과의 어울림이 담겨 있습니다. 그런 유경 씨의 이야기가 이 책에 생기를 불어넣어준 셈입니다. 유경 씨를 보면, 경험해 보지도 않고 모든 걸 아는 현자 모양 노인을, 늙음을, 그리고 어떻게 늙어가야 함을 아는 젊은이입니다.

이 책은 유경 씨와 편지를 주고받다 나오게 된 책이니 두 사람의 공저입니다. 하지만 실은 두 사람이 들쑥날쑥 주고받은 글 조각들을 모아서 정리하고 편집해서 책으로 만든 김혜경 씨와의 3인 공저라 할 수 있습니다.

세 번째 책을 펴내며, 고광애

마흔이 일흔에게

마흔여덟, 저는 요즘 "낼모레 쉰"이라는 말이 저절로 실감 나는 시절을 보내고 있습니다. 오십 고개가 불과 2년밖에 남지 않았다는 숫자상의 느낌만이 아니라, 제 몸과 마음 모두 젊어서의 생생함 혹은 푸릇푸릇함에서 상당히 멀어졌다는 자각 같은 것을 하게 되어서입니다. 그래서일까요. 노인복지 현장에서 어르신들과 함께 울고 웃으며 17년의 세월을 보낸 내게 나이 듦이란 과연 무엇일까, 곰곰 생각해 보곤 합니다. 저와는 아무 관계가 없는 완전한 타인의 나이 듦도 아니고, 또한 부모님을 포함해 저와 관계 맺고 살아가는 가까운 사람들의 나이 듦도 아닌, 바로 제 자신의 나이 듦을 이제야 비로소 진지하게 들여다보게 되었다고도 할 수 있습니다.

일흔 넘어 여든, 아흔의 인생 선배님들께서는 그깟 나이 마흔이, 쉰이 뭐 별 거냐 하실지도 모르겠습니다. 한참 어린 것이 같잖다고 혀를 차실지도 모르겠습니다. 그래도 사람마다, 때마다, 느끼고 생각하는 것은 다 달라 나름의 감회가 어찌 없겠습니까. 그러니 무조건 나이를 앞세우며 너희는 젊어서 아무것도 모른다, 너도 한번 늙어 봐라 하고 몰아붙일 일은 아닐 듯합니다.

저는 오늘보다 내일 조금이라도 나은 사람이 되고 싶은 바람을 가지고 있습니다. 이미 결혼한 사람이니 결혼 전보다 결혼 후가 그래도 좀 나았으면 좋겠고, 아이 둘을 기르고 있으니 어미가 되기 전보다 어미가 된 다음이 좀 나았으면 좋겠습니다. 노인복지 일을 하고 있으니 이 일을 하기 전보다 나은 사람이 되었으면 좋겠습니다. 또 나이 마흔보다는 쉰이, 쉰보다는 예순이, 예순보다는 일흔이, 일흔보다는 여든이 좀 나았으면 좋겠습니다. 이렇게 제게 나이 듦이란 조금씩이라도 나아지는 사람, 괜찮아지는 사람이 되려는 노력 같은 것이며, 그렇게 되고 싶다는 소망 같은 것입니다.

그런데 이것은 제가 만들어낸 생각이 아니라 지금 노년을 보내고 계신 분들이 몸소 제게 가르쳐주신 것입니다. 나이는 자랑도 아니고 벼슬은 더더구나 아님을 명심하라고 하셨습니다. 끊임없이 나아지려는 노력을 하지 않는다면 길어진 노년기는 스스로에게나 뒤따라오는 세대에게나 모두 짐스러운 것이고, 볼썽사나운 꼴일 뿐이라고 하셨습니다. 아무것도 하지 않고 가만있어도 시간이 흐르면 함께 늘어나는 것이 나이이니, 제대로 나이 들기 위한 노력이야말로 얼마나 귀한 것인지요. 제 인생의 선배이신 어르신들의 이 가르침은 앞으로도 변치 않을 제 삶의 지표입니다.

돌아보면 저를 행복하게 만들어주시는 어르신들만 계셨던 것은 아닙니다. 때로는 가슴 아프게도 하셨고, 때로는 화가 나고 속상하게도 하셨습니다. 심지어 어르신들과의 만남을 그만두고 싶을 만큼 힘들게 하시는 분들도 계셨습니다. 어르신들을 만나고 돌아오는 길, 흐뭇함에 미소 짓는 날도 있었지만, 눈물과 함께 무릎에서 힘이 빠져나가는 날도 있었습니다. 그러나 중요한 것은 제가 오늘도 여전히 어르신들 곁에 머물러 있다는 사실입니다. 오래 전 방송국 아나운서로 일하며 만난 어르신들의 내리사랑이 그 시작이었음을 고백합니다. 어르신들의 그 사랑에 폭 빠져 어르신들 앞에서 강의를 하고 방송을 하고 글을 쓰다 보니 어느새 여기까지 왔습니다. 어르신들이 몸소 가르쳐주고 보여주신 잘 늙어가는 방법을 여기저기 소문내다 보니 중년들을 만나 노년준비를 함께 고민하는 사람이 되었습니다. 어르신들이 마지막까지 인간의 존엄을 잃지 않고 가시도록 도와드릴 방법을 찾아 죽음준비 공부를 하다 보니 어느새 '죽음준비교육 전문 강사'라는 이름을 얻어 가졌습니다.

이렇게 저는 어르신들 세상에서 살아가고 있습니다. 제 가슴이 아프고 슬프고 힘들 때도 여전히 어르신들의 내리사랑은 달콤하고, 가르침은 끝이 없으며 보살핌은 따뜻하기만 합니다. 어느 누가 이렇게 많은 부모님들과 선배님들의 사랑과 관심을 한 몸에 받을 수 있을까요. 그러니 저는 참 행복한 사람입니다.

이번에 70대이신 고광애 선생님과 함께 책을 엮으며 저는 아주 새로운 경험을 했습니다.

'나이 듦의 거침없음'이라고나 할까요. 저도 모르게 이것저것 재고 있는 사이에 선생님은 맘껏 하고 싶은 말씀을 하시며 망설임 없이 앞으로 걸어 나가셨습니다. 그것은 바로 나이의 힘, 나이 듦의 힘이었습니다. 그래서 부러웠습니다. 부모님과 아이들 사이에서 '낀 세대' 노릇을 하고 있는 저와는 달리, 선생님은 자유롭게 훨훨 날아다니시는 듯했습니다. 정해진 틀에서 벗어나 무엇을 해도 괜찮을 것 같은, 노년에 이르러서야 비로소 가닿을 수 있는 곳에 이미 도착해 편안하게 즐기고 계신 것 같았습니다. 그래서 또 부러웠습니다.

이 책에 담긴 힘과 지혜로움은 모두 고광애 선생님의 몫입니다. 그리고 제 곁에서 소박하고 아름다운 노년의 모습을 몸소 보여주고 계신 85세, 80세의 친정아버지와 어머니의 몫이기도 합니다. 또한 오래도록 저와 함께하면서 노년의 삶을 몸으로, 가슴으로, 손짓으로, 눈빛으로, 눈물로, 웃음으로 가르쳐주신 수없이 많은 어르신들의 몫이기도 합니다.

어르신들이 계셔서 제가 있습니다.

다시 새봄을 맞으며, 유경

차례

책머리에

제1부 나이 듦의 기술, 나이 듦의 지혜

마흔과 일흔이 나이 듦을 느낄 때

새로 태어나는 중년

씩씩하게 나이 드는 법

아직 사랑은 있다

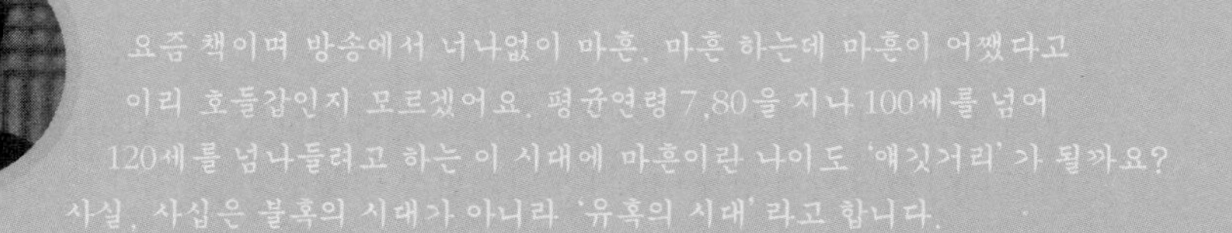

요즘 책이며 방송에서 너나없이 마흔, 마흔 하는데 마흔이 어쨌다고
이리 호들갑인지 모르겠어요. 평균연령 7,80을 지나 100세를 넘어
120세를 넘나들려고 하는 이 시대에 마흔이란 나이도 '애깃거리'가 될까요?
사실, 사십은 불혹의 시대가 아니라 '유혹의 시대'라고 합니다.

우리가 나이 먹는 법을 배워야 하는 이유는 나이 먹는 것 자체가
중요해서가 아니라 '제대로' 나이 먹는 것이 중요해서입니다.
사람은 먹고 자기만 해도 시간이 흐르면 저절로 나이를 먹습니다.
그러니 나이는 자랑이 아닙니다. '제대로' 나이 먹지 않는다면
누구나 먹는 나이에서 우리가 얻을 것은 아무것도 없으니 말입니다.

제1부

나이 듦의 기술, 나이 듦의 지혜

마흔과 일흔이 나이 듦을 느낄 때

새로 태어나는 중년

씩씩하게 나이 드는 법

아직 사랑은 있다

나이듦에 대한 오해와 이해

노년, 절정을 산다!

1

—

마흔과 일흔이 나이 듦을 느낄 때

나도 나이가 들었구나!

– 마흔이 말하는 나이 듦 • 유경

지난해 여름은 정말 무서운 더위였습니다. 신문을 보니 프랑스에서는 7월에만 122명이 폭염으로 사망했는데, 이 가운데 66명이 75세 이상 노인이었다고 합니다. 2003년 여름 16일 동안 계속된 폭염으로 만 오천여 명이 사망했던 것보다는 희생자가 적어 그나마 다행이라나요.

하지만 저는 여든넷, 일흔아홉 친정 부모님이 힘겹게 여름을 나시는 것을 곁에서 지켜보며 가슴 졸였습니다. 사람이 나이 들어가면서 체력이 약해지면 바깥 환경에 적응하는 힘이 눈에 띄게 떨어진다는 사실을 눈앞에서 생생하게 확인할 수 있었습니다. 그래서 “오십부터는 한 해 한 해가 다르고, 육십이 넘으면 계절이 바뀔 때마다 또 다르고, 칠십에는 한 달 한 달이, 팔십 넘으면 하루하루가 다르다!”는 말도 나왔을 겁니다.

얼마 전 버스 안에서의 일입니다. 승객이 거의 없어 조용한 차 안에서 뒷자리에 앉은 젊은 연인들의 이야기 소리가 귀에 들어왔습니다.

"오빠, 오빠는 몇 살까지 살고 싶어?"

"나? 음…… 한 오십 살? 아니지, 요즘 평균수명이 늘어났다고 하니까 한 육십 살쯤?"

"어머머, 정말 그렇게 오래 살고 싶어? 나는 그렇게 추해질 때까지 살기는 싫은데."

"그럼 너는 몇 살까지 살고 싶은데?"

"자리도 좀 잡히고, 돈도 좀 모으고…… 제일 좋을 때가 서른다섯쯤인 것 같아. 그쯤에서 깨끗하게 딱 끝났으면 좋겠어."

"야, 그럼 너 앞으로 살날이 얼마나 남았냐?"

"내 나이가 올해 스물셋이니까, 12년 남았지."

제가 들은 것은 여기까지였습니다. 그 다음 이야기는 하나도 귀에 들어오지 않았으니까요. 그 아가씨가 12년 후에 맞게 될 제일 좋을 때라고 했던 서른다섯 나이에 제 나이를 맞춰 보느라 머릿속이 복잡했기 때문입니다.

'그럼 나는 저 아가씨가 끝내고 싶다는 나이보다 무려 13년이나 더 살았구나' 하는 생각이 들면서 은근히 부아가 치미는 것이었습니다. '평균수명 팔십 시대에 오십, 육십까지 살고 싶다는 것도 그런데, 뭐? 서른다섯 살? 내 참 어이가 없어서. 그럼 나는 벌써 죽었어야 한단 말이야? 그것도 13년 전에?' 괜히 혼자 분이 나서 속으로 구시렁댔습니다.

앞으로 몇 살까지 살고 싶으냐는 질문에 20대는 대부분 몇 살이라고 나이를 말하는 경우가 많은데, 중년으로 옮겨가면 몇 살이라고 숫자로 표현하기보다는 "아이들 다 키우고, 아이들 앞가림이나 하면, 아이들 자리 잡는 것 보고……"라는 식으로, '아이들'의 성장이나 안정에 초점을 맞추는 것을 많이 봅니다. 아무래도 중년의 어깨 위에 얹힌 짐의 무게 탓이겠지요.

그런데 가만 생각하면, 젊은 사람들이 막연하게 육십까지만 살겠다고 하거나 서른다섯까지만 살고 깨끗하게 끝내고 싶다고 말하는 것에는 나이 듦에 대한 인식이 전혀 들어 있지 않은 것 같습니다. 20대 푸릇푸릇한 지금의 나이는 그저 숫자일 뿐이고 나이 들어가는 일은 저 멀리 떨어진 남의 이야기이기에, 그들의 입에 오르내리는 육십이나 서른다섯은 오히려 아무 의미도 없는 듯 느껴집니다.

그렇다면 과연 우리는 언제 스스로 나이 듦을 느끼고, 늙어감을 실감하는 것일까요? 저요? 글쎄요. "쉰이 낼모레"라는 말을 실감하고 있는 마흔여덟 살 아줌마인 저는, 대부분의 중년 여성들과 마찬가지로 흰 머리칼이라든가 주름살, 그리고 체력이 떨어진 것을 느끼는 순간 저의 나이 듦을 확인하게 되더군요. 특히 아이들이 하는 말을 잘 못 알아듣거나 젊은 사람들과 함께한 자리에서 그들의 유머를 한 박자 나중에 알아듣고 뒤늦게 웃을 때, 슬쩍 민망해지며 나이 듦을 절감하곤 합니다.

또 한 가지, 다른 사람과의 관계에서 예전의 새파랗게 날 서 있던 면이 조금은 무뎌지고 너그러워진 것 같아 좋긴 한데, 반면에 새로운 관계를 맺는 과정에서 맞닥뜨릴 수밖에 없는 갈등이 점점 버겁고 싫어져서 웬만하면 피하고 싶어지더군요. 이런 게 제게는 다 제 나이 듦의 증거로 다가오곤 합니다.

1950년대의 우리나라 평균수명은 52.4세였고, 1990년대에 이르러 드디어 70세를 넘어섰습니다. 통계청의 2005년 생명표를 보면 우리나라 평균수명은 78.63세(남 75.14세, 여 81.89세)입니다. 앞에서 말씀드린 버스 안 그 아가씨는, 제일 좋을 것 같다는 나이 서른다섯에다가 또다시 서른다섯을 더하고 그 위에 12년쯤 더 보태야 우리나라 여성의 평균수명을 채우게 되는 셈이죠.

궁금한 김에 한 가지 더, 과연 어르신들이 스스로를 '노인'이라고 생각하는 연령은 몇 세인지 한번 찾아봤습니다. 65세 이상 노년을 대상으로 조사한 한국보건사회연구원 자료에 47.2%가 70~74세, 30.8%가 65~69세라고 답한 것을 보면, 어르신들이 스스로를 '노인'이라고 인식하는 연령이 70세 전후임을 알 수 있지요. 예로부터 전통적으로 노인이라고 생각해온 환갑보다는 10년 정도, 경로우대 등 노인복지법에서 서비스를 제공하기 시작하는 연령인 65세보다는 5년 정도 늦어진 것인데, 물론 80세가 넘어야 노인이라고 생각한다는 응답도 있었습니다.

우리 사회의 노인 문제, 고령화 문제가 심각해지고 그에 따라 노년준비가 시대의 화두로 떠오른 배경에는, 평균수명의 증가와 노인 인구의 급증 등이 자리 잡고 있습니다. 우리를 둘러싼 이런 환경의 변화 속에서 너나 할 것 없이 나이 듦과 늙어감을 심각하게 생각하지 않을 수 없는 거죠.

나이 들어 좋은 점

다시 앞의 버스 안 젊은 연인들 이야기로 돌아갑니다. 연인 중 오빠라고 불린 청년은 평균수명이 늘어났다는 것을 알면서도 육십까지 살고 싶다고 했고, 아가씨는 서른다섯 살까지만 살고 깨끗하게 끝났으면 좋겠다고 했는데, 왜일까요?

다른 이유도 있겠지만 혹시 노인에 대한 부정적인 이미지, 거부감, 거리감, 이런 것들 때문에 나이 듦 자체를 그저 피하고만 싶은 것은 아닐까요? 혹시라도 제 생각이 맞는다면 그들이 노년에 대해 가지고 있는 부정적인 이미지, 거부감, 거리감에는 나름대로 이유가 있을 것입니다.

그런데 사람들이 다 싫어하고 어떻게 해서든 피하고 싶어하는 '나이 듦'에는 그럼 정말 장점이 없을까요? 아니, 혹시 우리에게 나이 듦의 장점을 볼 수 있는 눈이 없는 것은 아닐까요? 궁금한 마음에 만나는 어르신들께 틈날 때마다 나이 듦의 장점을 꼽아 보시라고 했더니 몇 가지 공통적인 것이 나왔습니다.

많은 분들이 나이 듦의 미덕으로 가장 먼저, 좀더 넉넉하고 너그러워졌다고 하셨습니다. 그러면서 아무래도 자신이 어떤 사람인지, 넘치는 것은 무엇이며 부족한 것은 또 무엇인지 이제 겨우 알게 된 것 같다고 하셨습니다. 넘치고 부족한 점을 애써 거부하지 않고, 있는 그대로 인정하고 받아들이게 됐다고 말씀하실 때는 저절로 제 마음이 다 수굿해지더군요. 그중에는 "철들자 노망난다더니 이제 좀 인생이 뭔가 알 것 같고 철도 좀 난 것 같은데, 그러고 보니까 갈 때가 다 됐네 그려!" 하며 껄껄 웃으시는 분도 있었습니다.

한편, 인생에서 가장 중요한 것을 확실히 알게 되었다고 하시는 분들도 있었습니다. 그분들은 서로 사랑하고 사랑받는 것이 가장 소중하다는 사실을, 좋은 시절 다 보낸 뒤에야 알게 돼서 안타깝다고들 하셨습니다. 그래서 어르신들이 배우자를 떠나보내고 나서 그렇게 후회들을 많이 하시나 봅니다. 사랑한다는 말은커녕 다정한 말 한마디 못한 게 마음에 걸린다는 말씀을 하실 때 저절로 눈가가 촉촉해지는 분들을 많이 만납니다.

어르신들은 또 세상 보는 눈과 사람 보는 눈이 젊을 때보다 넓어진 것도 나이 들어 나아진 점으로 꼽으시더군요. 예전에는 나만 옳고 내 것만 최고라고 억지를 부리기도 했지만, 이제는 세상에는 너무도 많은 길이 있고, 사람들 얼굴 생김새가 다 다른 것처럼 생각도 판단도 행동도 다 다르다는 것을 이해하고도 남는다는 것이었습니다.

그렇지만 주위를 돌아보면 연세 드신 분들이 그저 나만 옳다고 하셔서 젊은 사람들을 멀리 쫓아버리는 경우가 여전히 많은데, 그러니 역시 나이 듦이란 어떤 정해진 틀이 있는 게 아니라 개개인이 살아온 역사의 반영이며 발자취인 모양입니다.

사랑을 주어야 사랑을 받을 수 있고, 열심히 일을 해야 보상을 얻으며, 시간과 정성을 쏟아야만 마음을 얻을 수 있다는, 어찌 보면 너무나 단순하고 평범한 진실을 노년에 이르러 확실히 깨달았다는 분도 계셨습니다. 또 어떤 분의 말씀은 아직 그 억양까지도 제게 남아 있습니다. 지금 보면 새파란 나이였는데도 마치 세상 다 산 것처럼 굴면서 새로운 시도도 노력도 하지 않았던 젊은 시절이 후회된다고 하시며, 앞으로는 남은 날이 단 하루라 해도 새 마음으로 살고 싶다는 희망을 덧붙이셨습니다.

그러고 보면 역시 나이 듦에 장점이 없었던 것이 아니라, 우리에게 그 장점을 보는 밝은 눈이 없었던 셈입니다. 우리가 미처 몰랐든 아니면 애써 외면했든, 중요한 것은 다른 사람의 눈과 잣대가 아니라 스스로 자족하며 행복을 느끼는 것이겠지요. 내 잣대를 바꾸면 남보다 내가 먼저 행복해지고 현명해진다는 것을, 저는 이렇게 어르신들께 배웠습니다.

그나저나 겉모습으로나, 생각과 활동으로나 '멋지고 쿨한 노년'

의 대표이신 고광애 선생님께서는 언제 나이 듦을 느끼셨는지, 또 이제 막 나이 듦을 실감하는 중년에게 어떤 말씀을 해주고 싶으신지 궁금합니다.

올라갈 때 그 꽃을 보세요

—일흔이 말하는 나이 듦 • 고광애

'나이'라는 게 얼마나 상대적인가. 버스 안에서 속살거리던 젊은 연인들의 나이 타령을 전해 들으며, 실로 '나이란 상대적'이더라는 평소의 내 생각이 옳구나, 더욱 확신하게 되었습니다.

나이가 상대적이란 증거 하나 더 대볼게요. '지공세대'라고 한다던가요? 나도 지하철을 공짜로 타고 다닌 지가 벌써 몇 해 되었습니다. 아침에 화장 싹 하고 옷도 나름대로 잘 챙겨 입고 지하철 매표소 앞에 서면, 그렇게 차려입었음에도 불구하고 자동적으로 경로권을 내미는 역무원은 영락없이 젊은 사람입니다. 하지만, "주민등록증을 보여주셔야겠네요" 운운 하는 사람은 열이면 열, 다 사십이 넘어 보이은 나이 먹은 역무원입니다.

나이를 가장 정확히 맞추는 나이는 어린이들이더라고요. 애들은 아무런 선입견이나 편견 없이 나이를 보고 있습디다. 이 지점에서 딱한 일이 우리 노년들 사이에 벌어지곤 합니다. 다름 아니라, 어린 애가 무심히 "할머니, 할아버지" 하고 부르면 벌컥 화를 내는 노년들 말입니다. "내가 왜 할머니냐?"고. 하지만 어쩝니까. 아무 선입견 없는 아이들 눈에 할머니 할아버지로 보이는 것을.

서른다섯이 죽을 나이라고 나불대는 그 철딱서니 스물세 살 처녀는 그렇다 치고, 나도 왕년에는 늙도록 굼실굼실 살고 있는 노인들이 되게 구질구질해 보이던 때가 있었습니다. 그래서 얘기를 곁길로 돌려 보면, 내가 상담을 하노라면 대책 없이 구는 젊은 것들에게 어찌 하면 좋으냐는 상담을 해올 때가 더러 있습니다. 답이 없을 것 같은 막막함 속에서 나는 해답을 찾는 노하우를 터득했지요. 그것은 다른 게 아니라 내 젊은 날에, 그러니까 상담에 나오는 젊은이의 나이에다, 그 시절에다 나를 앉혀놔 보는 거지요.

이렇게 그 나이에, 그리고 그 시절에 나를 대입해놓고 나서 내 젊은 시절을 회상해 보곤 합니다. 그러다 보면, 나도 대개는 대책 없는 젊은 것들과 어슷비슷한 생각을 하고 행동을 했었더라고요. 굳이 다른 점이 있다면, 내 젊은 시절은 요즘 애들처럼 내놓고 떠들지를 안 했을 뿐입디다. 그러고 보면, 속으로 움충하니 구시렁대던 나보다는 요즘 애들이 훨씬 밝고 투명하다는 생각입니다.

다시 나이 얘기로 돌아와서, 유경 씨는 나이 듦을 느낄 때가 체력이 떨어질 때, 한 박자 늦게 젊은이들 얘기를 알아들을 때, 무디다기보다 내 보기에 너그러워질 때, 그래서 새로운 관계 맺기가 버거워질 때라 했습니다. 그런 걸 두고 '유동성 지능의 저하'라고 한대요. 이제까지 배워서 알고 있는 밑천을 가지고 살아도 아무 지장이 없어서 그렇다는군요.

그런데, 그러그러한 때에 나이 듦을 느낀다는 게 내 보기엔 마치 버스 안에서 서른다섯 살이 죽을 나이라던 23세 처녀와 똑같이 유경 씨도 뭘 모르기는 매한가지다 싶어요. 사실, 요즘 책이며 방송에서 너나없이 마흔, 마흔 하는데 마흔이 어쨌다고 이리 호들갑인지 모르겠어요. 평균연령 7,80을 지나 100세를 넘어 120세를 넘나들려고 하는 이 시대에 마흔이란 나이도 '얘깃거리'가 될까요?

마흔이란, 평균수명이 50에도 못 미치고 40도 안 되던 시절의 퇴물 이야기지, 지금이 공자 왈 맹자 왈 하는 시대는 아니니까요. 하긴 그 옛날 공자님은 '사십에 불혹(不惑)'이라 하셨으니…… 마흔이란 나이도 말이 되긴 되려나? 사십이니 중년이니 말들을 하는 요즘 젊은이들이 내 보기에는 우리 늙은이보다 외려 뒤진다고 생각합니다. 아이쿠, 잠깐만 기다려요! 버스 안에서 봤던 철딱서니랑 한 묶음에 묶어 "뭘 모르는군" 한다고 너무 화내지 말고 들어주세요. 마저 얘기해 볼게요.

유경 씨가 나이 듦을 느낀다고 말한 그런 현상은, 단지 청춘기 끝자락에서 오는 현상일 뿐입니다. 그러니까 이제 본격적인 중년기로 들어서기 전에 느끼는 성장통에 불과한 게 아닐까요. 유경 씨 말마따나 푸릇푸릇한 애송이 시절을 벗어나느라고, 그리고 성숙해지려는 그 어간에 겪는, 중년기로 가기 위한 통과의례란 말입니다.

수명이 길어지다 보니, 세상 모든 기준, 그중에서도 인생주기가 바뀔 수밖에 없습니다. 일테면, 지금까지는 한 세대 하면 보통 30년으로 쳤지요. 요즘은 어림도 없습니다. 30년이라니요, 대학 3, 4학년만 돼도 신입생을 보면서 세대차이 증후군을 느낀다는군요. 서너 살, 아니 두어 살 차이만 나도 큰동서 작은동서 사이에 세대차이가 엄청나다고 하더라고요. 두어 살 많은 큰동서가 두어 살 아래 동서에게 느끼는 괴리로 당황들을 한다고 말입니다.

그러니까 나 고광애만 종래의 인생주기가 바뀌었다고, 그래서 중년이란 말거리도 안 된다고 떠드는 게 아닙니다. 실제로 미국 맥아더재단에서는 십여 년에 걸쳐서 사회학자, 생물학자, 의학자, 심리학자 등등 다방면에서 고명하디고명한 학자들이 이 시대에 맞춰 '새 인생주기'를 만들었다고 합니다. 새 인생주기를 보면,

1세~25세 : 교육기

25세~50세 : 청춘기

50세~75세 : 중년기

75세 이후 : 노년기

그런가 하면 생물학자인 최재천 교수의 인생주기법은 그야말로 생물학적이라서

1세 ~ 50세 : 번식기

50세 이후 : 번식후기

로 나뉩디다. 최 교수 말로는, 인류 최초로 번식기와 번식후기의 기간이 같아지려고 하는 시기에 우리가 와 있답니다. 그리고 50여 년 후에는 번식기보다 번식후기가 더 길어지는 시대가 온다고 합니다.

이런 새 주기표에 따르면, 유경 씨는 중년은커녕 아직도 청춘기에 있고 나 역시 노년기에 있는 것이 아니라, 비록 끝자락이 다가오긴 하지만 어쨌든 엄연히 중년기에 있는 중이더라고요. 이런 판국에, 40대들이 겨우 나이 마흔을 갖고 중년의 위기니 어쩌니 할 때가 아니란 거지요. 그런 맘으로 중년의 끝자락에 매달려서 다가올 노년을 느끼는 나의 나이 듦 얘기를 들어주시구려.

사람들 보고 몇 살까지 살고 싶으냐고 하면, 죽음과는 전혀 무관한 줄로 아는 젊은 것들은 거침없이 몇 살에 죽을 거라 단정해서 말할 수 있습니다. 하지만 죽음 앞에 한 걸음 다가선 중년부터는, 중년이 지고 있는 막중한 책임도 책임이지만, 그보다는 살날이 줄어드는 게 섬뜩해서 쉽게 몇 살까지 살고 싶다는 소리를 못하는 게 아닐까요. 유경 씨랑 나랑 '죽음 독서모임'에서 공부했던 유명한 퀴블러 로스 여사의 죽음에 이르는 5단계를 봐도 그렇잖습니까? 다 아는 얘기겠지만, 죽음에 이르는 5단계란 다음과 같습니다.

제1단계 부정 : 내가 왜 죽어? 그럴 리가 없어.

제2단계 분노 : 왜 하필 내가 죽어야 해? 지금 죽기에는 억울해.

제3단계 타협 : '언제 언제까지 살게 해주면 이러이러한 좋은 일들을 하겠습니다'는 식으로 각자 믿는 절대자에게 타협을 거는 단계.

제4단계 우울 : 우울증과 절망을 느끼는 단계.

제5단계 수용 : 별 수 없이 죽음을 받아들이는 단계.

이중 세 번째 타협의 단계에서 중년, 특히 중년 여성이 가장 많이 내거는 거래조건이 "내 딸 결혼만 시키고 죽게 해주세요"라고 합니다. 딸의 결혼이라는 막중한 책임감 때문에 죽음을 유예해달라는 처절한 어미의 책임감도 책임감이겠지만, 그만큼 막중한 책임감을 거래조건으로 내걸어서 자기 생명을 연장하고픈 의도가 아주 없다 할 수 있을까요?

중년에 들어선 표식 중의 하나가 나이를 거꾸로 세기 시작하는 것이라고들 합니다. 또 빈 둥지가 되는 때부터 시작한다고도 해요. 사실 우리나라는 자식들이 선진국처럼 일찌감치 떠나가서 인위적으로 빈 둥지를 만들지는 않지요. 외려 늦도록 캥거루새끼 모양 부모 품을 못 떠나고들 있으니, 중년기 징후를 '빈 둥지 증후군'을 느낄 때부터라고 말할 수 없는 것은 우리나라만의 특수 사정이지요. 나이를 거꾸로 세기 시작하는 것이 중년의 시작이라면, 그 증상이 점점 더해져서 나이란 으레 자기가 예정한 자기 죽을 나이에서 지금 나이를 빼는 버릇을 가진 사람들을 일컬어 노인이라 할 수 있지 않을까요.

그렇다면 내 경우엔 언제 나이 듦과 늙음을 절감했느냐? 늙은이 걱정은 '걱정도 팔자'란 말대로, 언제부터인가 만사에 걱정을 해대고 있는 나를 발견했습니다. 유경 씨는 한 박자 늦게 젊은 것들 말을 알아듣는다고 했습니다. 나는, 나는요, 못 알아듣는 것은 물론이고, 젊은 것들의 얘기에 함께 웃고 즐기지를 못하고 있더라고요. 다들 웃고 즐기는 마당에서, 나의 반응은 "그건 아닌데……" 하다가 "저러다가 일 내려고……" 하면서 "늙은이는 걱정도 팔자"란 말대로 매사에 걱정이 많아진 나 자신을 봤습니다.

내가 〈볼링 포 컬럼바인〉이란 영화를 볼 때 일이에요. 영화가 끝나자 극장에 있던 젊은이가 전부 일어나 박수를 치는 가운데서 나와 내 동행만 그 자리에 근심어린 채, 망연자실 앉아 있었습니다. "그렇게 총기 사건이 흔한 나라에 왜들 이민은 가며 웬 유학들을 그리 갈까?" 하면서요. 〈주유소 습격사건〉이란 영화를 볼 때는, 젊은이들은 발을 구르며 웃고 보는데 나만 "저거, 애들이 보고 흉내 내면 어쩐다?" 하고, 웃으며 즐기기는커녕 근심에 빠져 있었습니다. 그런데 아닌 게 아니라, 얼마 후 신문 한구석에 〈주유소 습격사건〉을 흉내 낸 범행이 일어났다는 보도가 나긴 났어요.

이처럼 걱정 속에 빠져 있다 보니 내 자식들이 모든 문제에서, 특히 걱정이 될 수 있는 문제에 대해서는 어미인 나를 제외시키고 있습디다. 어른 아이 다 모이는 가족모임 자리 말고, 모처럼 저희들끼리 모여 얘기하고 노는 자리에 이 어미를 빼놓더라고요. 자식들 가운데 앉아서 웃고 떠드는 재미로 살아온 이 어미를. 진실로 늙어감을 절감하였습니다.

사십은 불혹의 시대가 아니라 '유혹의 시대'라고 하더군요. 급히 가버리는 속성을 가진 게 청춘기입니다. 아무쪼록 빨리 가버릴 청춘기에 유행가 가사 모양, "있을 때 잘해" 보세요. 아무렴, 꽉 잡고, 알차게 살아내야지요. 있을 때 잘해야지요.

내려갈 때 보았네.
올라갈 때
보지 못한
그 꽃.
— 고은의 〈그 꽃〉

내려갈 때 보면 늦는 수가 있으니, 아무쪼록 올라갈 때 '그 꽃'을 보기 바랍니다.

2

새로 태어나는 중년

마흔의 자식 노릇 • 유경

올해 마흔여덟 살인 저를 포함해 이 땅의 사십 대와 오십 대는 위로 부모님을 섬기고 아래로 아이들을 챙겨야 하는 전형적인 '낀 세대' 입니다. 아들, 며느리, 딸, 사위 노릇에다가 아이들의 부모 노릇도 해야 하고, 그 밖에 가족과 친척, 친구들 사이에서 마땅히 해야 할 역할은 물론, 직장과 직업에서 요구하는 역할까지 모두 합해져 결코 만만치 않은 무게가 '낀 세대' 의 어깨에 얹혀 있지요.

그중에서도 첫째가는 소중한 역할이 바로 아들 딸 노릇일 텐데 그게 정말 쉽지만은 않습니다. 경제적인 봉양이든 간병이든 수발이든 정서적인 지원이든, 부모님 부양은 그 어느 것 하나 만만치가 않은 것 같습니다.

슬하에 아들만 넷을 둔 어머니 이야기입니다. 아기자기하게 마음을 주고받을 딸이 없는 것을 벌충이라도 하는 듯, 맏아들이 워낙 살가워 어머니는 매일같이 아들과의 전화 통화로 소소한 집안일에서부터 아들 회사 일까지 묻고 들으셨습니다. 집안의 모든 일을 아들과 의논하다 보니 맏며느리는 점점 더 할 일도 할 말도 없어질 수밖에요. 언젠가 자주 전화 못 드려 죄송하다는 며느리에게 어머니가 딱 부러지게 말씀하셨습니다. "괜찮다. 네 전화 필요 없다. 아범이 다 이야기해주는데 뭐. 아범이 워낙 자상해서 나는 너희들 일에 궁금한 거 하나도 없다."

어머니 자리에서 먼저 생각해 봅니다. 나이 들어 외롭고 쓸쓸하신 어머니, 무뚝뚝한 남편과는 늘 거리가 있고 그저 다정다감한 맏아들을 의지하고 살아오셨겠지요. 그 아들 외에는 며느리도 그 누구도 보이지 않으셨던 거지요.

아들 자리에 앉아 봅니다. 아버지를 대신해 가정 경제를 책임지고 꾸려오신 어머니, 그 강하던 어머니가 이제 나이 들어 약해진 모습으로 자신만 믿고 의지하시는데 그보다 중요한 일이 어디 있을까요. 어머니가 원하신다면 그 무엇을 못해드리겠습니까. 어머니를 위한 일이니 아내의 불평불만은 잠시 접어둬도 좋을 것 같은데, 아내가 이해해주지 못하는 것 같아 아쉬울 뿐입니다.

며느리는 가슴이 답답합니다. 어떨 때는 어머니와 남편, 두 사람이 살면 좋을 텐데 하는 생각도 합니다. 남편이 몸만 자기 곁에 있는 것 같아 유쾌하지 않습니다. 집안의 모든 일은 어머니와 남편 사이에서 다 결정되고, 자신은 그저 손발이 되어 움직이면 됩니다. 부부 사이에 의논이라는 것을 해 본 지가 언제인지도 모르겠습니다. 어머니의 명령에 남편이 예하면 모든 것은 끝나버리니까요. 이것은 경제적인 부양의 문제도 아니고, 신체적으로 돌봐드려야 하는 간병이나 수발의 문제도 아닌데, 사람의 몸과 마음을 마르게 합니다.

노년기 부모님께 성인 자녀가 도움을 드리는 것 모두를 부양이라고 했을 때, 그 구체적인 내용으로 경제적 지원 · 간병 · 수발 · 집안 청소 · 세탁 · 식사 준비 · 시장 보기 · 교통편의 제공 · 걱정거리나 문제점 청취 같은 것을 들 수 있습니다. 걱정거리나 문제점을 듣고 그 해결 방법을 찾아보는 것은 정서적 지원에 들어가겠지요.

앞의 어머니와 아들 사이에서처럼 정서적 지원이 잘되고 있는 것은 좋은 일이지만, 며느리가 완전히 배제되어 있는 것이 문제입니다. 저는 그 부부가 예전보다 서로에게 친밀감이 떨어지고 서먹한 것은 바로 어머니와 아들, 그들만의 소통에서 시작되었다고 봅니다. 오히려 며느리가 정서적 지원을 담당했더라면 어머니-아들-며느리로 이어지는 직선형 의사소통이 아니라, 세 사람이 삼각형을 이루어 한 사람이 각각 두 사람과 쌍방향으로 서로 의사소통을 할 수 있었을 겁니다.

그런가 하면 돈 때문에 등지고 사는 부모와 자식도 있습니다. 넉넉지는 못해도 자식들이 드리는 돈으로 당신들 생활은 그런 대로 꾸려나갈 수 있는 분들이십니다. 그런데도 효심이 없어서가 아니라 사는 게 다들 고만고만한 까닭에 충분히 해드리지 못하는 것을 죄송해하는 자식들 원망에 하루 24시간, 365일이 모자랍니다. 자식들이 안부 전화를 걸어도 그저 돈, 돈, 돈 이야기뿐입니다. 다른 부모들이 자식들한테서 받은 비싼 옷이며, 에어컨이며, 양문 냉장고며, 해외여행이며, 그런 이야기를 늘어놓으며 비교하고 자신의 신세를 한탄하고 호통을 치십니다.

돈이 곧 효심이라 생각하니 어느 자식인들 그 부모님의 성에 차겠습니까. 먹고살 것 있고 건강 웬만하니 자식들 자기 앞가림 하느라 이리 뛰고 저리 뛰는 것을 대견하게 여기시면 될 것을, 마음속이 늘 끌탕입니다. 그래서 자식들은 도망가고 싶어합니다. 부모님을 만나고 싶어하지 않습니다. 부모님을 뵈러 가 봤자, 형제자매들이 모처럼 마음먹고 다함께 부모님께 가 봤자 좋은 소리 듣는 일 없고 조용히 끝나는 날이 없으니까요. 참으로 딱한 일입니다.

연로하신 부모님이 경제적인 어려움을 겪지 않도록 최선을 다해 정성껏 봉양하는 것이야 자식 된 도리로 당연한 일일 것이나, 그 끝이 도무지 보이지 않는다면 이 또한 감당할 길이 없지 않겠습니까. 저는 이분들을 보면서 경제적인 부양이나 지원의 문제 이전에, 아무리 피와 살을 나눈 부모 자식이라도 제대로 된 관계 맺음이 없다면 남보다 못하다는 것을 실감했습니다.

셋째 아들이 제게 그러더군요. "밥 굶고 몸 아픈 동네 어르신께 그 정도 했다면 착한 사람이라는 이야기라도 들었을 겁니다. 부모이기 때문에 무조건 다 해드려야 됩니까? 이건 아닙니다. 정말 괴롭고 피곤합니다!" 남편 눈치만 보며 잠자코 있던 셋째 며느리가 잠시 남편이 자리를 비운 사이에 하소연합니다. "비교하기로 치면 다른 부모들은 자식 집도 사주고, 차도 사주고, 사업 자금도 대주잖아요. 키워주신 것만으로도 물론 감사하지만, 자식들 사는 형편 빤한데 해도 해도 너무하니까 이제는 징그러워요."

그 어르신들께서는 자식들이 괴롭고 피곤해하면서 당신들을 징그럽게 여기기까지 하는 것을 상상이나 하실까요. 저는 세상에 당연한 것은 없다고 생각합니다. 부모니까 당연히 받아야 하고, 자식이니까 당연히 고개 숙이고 부모님 원하시는 것을 무조건 들어드려야 하는 것은 아니지요. 반대로도 마찬가지입니다. 부모니까 당연히 자식한테 다 해주고 가진 것 다 내주어야 하는 것은 결코 아닙니다. 또 자식이 부모님께 당연하다는 듯이 받아서도 안 되고요.

내가 누군가에게 돈이든 사랑이든 무엇을 받는 것은 당연한 것이 아니라 감사한 일이고, 또 내가 누군가를 위해서 돈이든 사랑이든 내놓는 것은 기꺼움이 바탕이 되어야 하며 상대 역시 기꺼운 마음으로 받아들여야 관계가 원만하고 편안한 법입니다. 돈 없이는 살 수 없는 인생사지만 돈으로 모든 것을 재는 일만은 없어야겠습니다. 특히 노년에 말입니다.

사회적 효가 필요하다

친구 아버지께서 당뇨 합병증으로 입원하셨을 때의 일입니다. 제 친정아버지도 당뇨가 조금 있어 식이요법 등을 하며 관리 중이셔서 친구 아버지의 병세에 각별히 신경이 쓰였습니다. 위험한 순간을 넘기셨다고 해서 병문안을 가겠다고 하니 친구는 한숨부터 내쉽니다. 고비는 넘겼지만 며칠 더 병원에 계시면서 예후를 보자는 의사의 말도, 퇴원했다가 갑자기 어려운 일이 생기면 어떻게 하느냐는 가족들의 만류도, 아버지를 막지 못했다는 것이었습니다. "병원은 답답하고, 내 병은 내가 더 잘 안다"는 말씀으로 퇴원을 강행하셨다고 했습니다.

기운이 하나도 없는 친구가 전화기 속에서 묻습니다.

"얘, 노인 분들 다 그러니? 당치 않은 고집에 정말 오만 정이 다 떨어지더라."

"……"

"아이고, 그래도 어떻게 하니. 내가 제일 가까이 사니 돌봐드려야지. 오빠는 지방 근무에 맞벌이지, 남동생도 아이가 어리고 자기들 사느라 바빠서 들여다 볼 새나 있어야지."

결국 고집불통 아버지의 간병은 외동딸인 친구 차지가 되고 말았습니다. 집안에 누구 하나 배탈만 나도 생활 리듬이 바뀌고 이런저런 돌봄이 필요한데, 입원이라도 하게 되면 보통의 가정에선 그 간

병이 또 보통 일이 아닙니다.

몇 년 전 친정아버지가 허리 수술을 하셔서 일주일가량 입원을 하셨는데, 제 두 아이를 돌봐주시던 친정어머니께서 아버지 옆에 주로 계시고 올케와 제가 번갈아 수발을 들었습니다. 오빠와 제 남편은 퇴근 후에 잠시 들르는 정도였습니다. 여름방학 중이었던 아이들은, 일하랴 병원 가랴 바쁜 제 얼굴 볼 새도 없이 집에 저희들끼리만 있어야 했는데, 아직도 그때 이야기를 합니다. 아침, 점심, 저녁 세 끼를 모두 엄마가 끓여놓고 간 김치찌개만 먹었고 간식은 삶은 옥수수뿐이었다고요. 지금은 웃으며 이야기하지만 모든 생활이 환자 중심으로 돌아가면서 일상이 일순간 정지되는 것 같았습니다. 그래서 입원이 길어졌더라면 어떻게 했을까 종종 생각해 보곤 합니다.

그러니 치매 어르신이 있는 집에선 수발하는 가족이 꼼짝도 못하는 일이 생기고, 반찬거리라도 사러 가려면 방문을 밖에서 잠그고 나오는 일이 생길 수밖에요. 다른 사람은 그 사정은 알려고도 하지 않은 채 치매 걸린 부모를 가둬둔 못된 자식으로 몰아붙입니다. 어느 한 사람 또는 한 가족의 힘만으로는 도저히 감당할 수 없는 치매나 뇌졸중은 사회가 공동으로 책임져야 합니다. 그렇지 않으면 노인의 문제가 결국 가족 해체로 이어집니다.

치매 걸린 어머니의 수발을 전적으로 아내에게 맡긴 남편은 아내가 집에서 어떤 어려움을 겪는지 속속들이 알 수 없지요. 몸과 마음 모두 피폐해진 아내가 견디다 못해 집을 나가버리면 결국 남편과 치매 걸린 어머니, 아이들만 남게 됩니다. 이제 치매 어머니와 아이들은 누가 돌볼 건가요. 다른 이유도 있지만 실제로 이렇게 가족이 해체되는 경우도 많은 것으로 압니다. 노부모님의 간병과 수발에는 이렇게도 어렵고 복잡한 문제들이 많이 얽혀 있습니다.

부모와 자녀 관계는 한 사람의 일생을 통해 지속되는 가장 긴 관계 중의 하나지요. 자신이 선택한 부부도 때에 따라 일심동체(一心同體)가 되었다가 이심이체(二心異體)가 되었다가 하는데, 선택이 아니라 운명으로 주어진 부모 자식 간에는 더 말해 무엇 하겠습니까. 그런 점에서 사십 대와 오십 대뿐만이 아니라 누구나 '사이에 낀 세대'일 수밖에 없다는 것이 오히려 위안이 됩니다. 부모가 자식을 낳아 기르고, 그 자식이 자라 부모가 되고, 그렇게 보면 낀 세대 아닌 세대가 어디에 있겠습니까.

노년의 부모님을 모시는 일은 물론 어려운 일이지만, 그래도 불가능한 일은 아닙니다. 경제적인 도움이든 신체적인 돌봄이든 정서적인 보살핌이든, 부모님 원하시는 것을 자녀 된 자들은 최선을 다해 해드려야 마땅합니다. 그러나 그것이 개인이나 가족의 힘만으로 되지 않을 때 '사회적 효'가 필요한 것입니다.

부모님들은 그동안 자신의 자녀만을 위해 일하지 않았습니다. 내 자식만을 위해서 세금을 낸 것은 아닙니다. 평생의 노동을 통해 내 자식과 함께 다른 자식들도 길러내셨다는 것을 제대로 안다면 자기 부모는 자기가 책임지라고 말할 자격은 아무에게도 없습니다. 부모 부양, 이제는 정말 사회가 함께 풀어나가야 합니다. 우리들의 부모는 바로 이 사회, 이 나라의 부모이기 때문입니다.

장수 시대의 효 • 고광애

야박한 효도 인심

며칠 전 상담에선 어느 시어머니의 호소를 들었습니다. 내용인즉슨, 맞벌이 아들 내외가 안쓰러워서 틈틈이 아들네에 가서 청소도 해주고…… 철이 바뀌면 며느리 새 옷도 사주고…… 그러던 어느 날, 고부가 같이 백화점에 갔답니다. 그런데 며느리가 이도 저도 싫다고 타박을 하는 바람에 며느리 옷을 끝내 못 사고 말았답니다.

시어머니 왈, "네 옷을 못 사서 어쩌니?"

며느리 왈, "옷은 안 사주셔도 돼요."

"옷보다는 우리 집에 오시는 걸 하지 마세요" 하고 덧붙여서

"전화도 없이 오시면 어떡해요."

"그럼, 청소는 어떡하니?"

"오빠도 하고 저도 하면 돼요."

사랑은 본디 내리사랑이라고 했습니다. 아무리 그렇기로서니 젊은이들의 치사랑, 즉 효도 인심이 야박하기가 이를 데 없습니다. 소위 기성세대, 특히 우리 노년들은 충효를 지고지선(至高至善)의 덕목으로 배우며 살아온 세대입니다. 그런 노년들이 바라보는 젊은이들의 행투리에 우리 노년들은 참으로 막막해지고 있습니다. 허나, 막막하다고 저들과 척을 지고 살 수는 없잖습니까. 그래도 미워할 수 없는 저들과 더불어 살아야 한단 말이지요.

현대는 변해야 삽니다. 역지사지(易地思之)라는 고사성어까지 끌어들이지 않더라도, 저들의 입장이 돼서 생각해 봅니다. 생각하다 보면 내가, 우리 노년들이 변해야 할 몫이 보입니다. 그리고 적응력을 발휘해 볼 만한 시절에 우리는 와 있습니다.

저들이 우선시하는 덕목은 효가 아닙니다. 저희들의 사생활 보호가 일순위입니다. 그러니 저희들 일 도와준다고 저희들 집을 무시로 드나드는 사람을 좋아할 리가 있습니까. 특히 '보이지 않는 감시의 눈길' 같은 시어머니의 출입에는 단연코 "아니올시다!" 이지요.

노인들의 출입은 비단 며느리에게뿐 아니라 다른 사람들 누구에게나 부담이 가는 일입니다. 작년 8월에 돌아가신 나의 어머니는 돌아가시기 얼마 전까지도 나들이를 하셨습니다. 가실 만한 집을 방문하셨건만…… 사람들은 딸인 내게 하소연을 하더군요. "제발, 어머니 혼자 저희 집에 오시지 않게 해"달라고. 젊어서는 우리 어머니의 내방을 그리도 반기던 친지에게서 나온 말이었습니다.

상노인인 나의 어머니가 누구네고 집에 들어서면, 제일 먼저 걱정이 앞선답니다. 지레, 가실 때에 어떡하나, 일일이 모셔다드릴 수도 없는데 택시를 태워드려야 하나, 혼자 집까지 잘 가실 수 있으려나, 가시다 무슨 일이라도 난다면……. 나의 어머니처럼 상노인이 아니더라도 노인을 만나면, 아니 노인이 오시면, 뭘 대접할까는 요즘 세상에서는 문제가 아닌 모양입니다. 요즘은 내남직없이 먹을 것이 흔한 세상인데…… 대접할 음식보다도 용돈을 얼마를 드려야 하나 말아야 하나, 그게 더 고민인가 봅니다.

칠십인 나도 여기까지 쓰다 보면, 화가 납니다. 김창완의 노래 가사대로 "아니, 벌써" 언제부터 내가 사람들에게 이렇게 부담을 주는 존재가 됐더란 말인가! 노인의 존재는 가족 친지간에서만 문제가 되는 게 아닙니다. 공적인 회의, 모임, 행사에서 노인, 좋게 말해서 원로의 자리는 어디일까요? 또 언제까지 앉아 있어야 저들에게 부담이 안 가는 시점이 될까요?

이 모든 걸 눈치껏 잘해야 하니, 골이 아픕니다. 그래서 나와 나의 언니들은 일률적으로 적용할 원칙을 하나 세웠습니다. 즉, 어떤 공적인 자리거나 사적인 자리거나 자식네 집이거나, 의례적인 초청은 사양하기로 했습니다. 혹시 나중에 무슨 뒷소리라도 날까 저어해서 건성으로 하는 초청에는 응하지 않기로 했습니다. 진정성이 배인 초청을, 그것도 세 번은 할 때 그런 초청에만 응하기로 했습니다. 까탈

스럽게 보이는 이 초청 수락법을, 이 글을 읽는 독자들 모두가 따라하기를 바라지는 않습니다. 그저 하나의 가이드라인으로 삼아서 자식네든 모임이든 참석 여부를 결정하자는 것이지요.

이러니 하물며 나의 상담고객인 60대 노년이, 무시로 그것도 전화 연락도 없이 며느리네를 드나든 것은 이 시대에 맞지 않는 시어머니의 행위였습니다. 며느리를 탓할 계제가 아니었습니다.

따지고 보면, 젊은이들만 치사랑에 인색한 건 아닙니다. 낫살 먹은 우리 또래 전후의 세대들도 노부모 모시기에 지쳐 있는 사람들을 볼 수가 있습니다. 에둘러 말할 것도 없이 나 자신을 봐도 그랬습니다. 93세에 돌아가신 나의 어머니와 함께 살면서 나는 서서히 어머니에게 진력을 내고 있었으니까요.

그것은 우리네 부모들이 너무 장수하신 탓입니다. 그럼, 우리네 부모보다 더 장수할 우리네는 어쩌려고 이런 소리를 하나. 그래서 변해야 하고, 변해야 살 수가 있을 것입니다. 예전 같이 환갑이 귀해서 환갑잔치를 거하게 치르던 시절이면 너도나도 온갖 효도를 할 수 있었습니다. 뭐, 유교정신에 투철한 조선 시대 사람들만 할 수 있는 게 아니란 말입니다. 까짓, 십수 년 할 효도인데 그것도 못 할 건 없지요.

안 그런가요? 오십 지나서 한 십 년 남짓 하는 효도 기간에 어느 자식인들 부모 봉양을 못 하겠습니까. 그런데 지금은 한 십 년 하는 효도가 아니란 말입니다. 20년, 30년, 40년, 50년도 바라보는 기간이 되었습니다. 그동안 자식들도, 저희들도 폭신 늙어가고 있습니다. 늙은 부모 세대와 앞서거니 뒤서거니 늙어가면서, 늙은 자식들은 서서히 진력을 내고 있습니다. 부모 세대, 자식 세대, 어쩌면 요즘처럼 조기퇴직을 하다가는 3세대가 쭈르르 연금수혜자로 살아갈 수도 있습니다.

더구나 진력을 내는 걸 떠나서 까딱하다가는 자식 세대가 지쳐서, 아니면 돌연히 병으로 부모보다 먼저 쓰러지는 경우가 허다하게 되었습니다. 이러니 어느 증권회사의 입구에 "재수 없으면 백 살까지 산다"고 쓰인 대로 장수는 백 퍼센트 축복이 아닐 수 있습니다. 이래서 우리네는 장수를 두려워합니다.

이 지점에서 우리 노년 세대는 생각의 틀을 근본부터 바꾸어야 합니다. "효?" 소위 자식들의 효도라는 게 어쩌면 용어부터 사라질 사어(死語)가 될지도 모르겠습니다. 그럼에도 불구하고 우리는 효를 가르치고 베푸는 실습을 젊은 저들에게 시켜야 합니다. 주는 것도 베푸는 것도 습관입니다. 습관은 훈련이 필요합니다. 그리고 효의 실습은 '더불어 사는 삶' 이라는 인류보편적인 가치를 이어가는 기초입니다.

그렇지만 애써 길들여놓은 효도라는 보석을 지금은 쓸 때가 아닙니다. 지금은 효를 받을 때도 아닙니다. 뭘 바라는 사람에게는 주기 싫은 법. 지금은 그저 효도라는 보물을 아끼고 아껴서 비단 보자기에 싸서 장롱 깊숙이 보관할 때입니다. 내 몸 움직일 수 있고, 내 정신 온전할 때 홀로 살아낼 맘을 다지고, 홀로 생활을 할 일입니다. 자식의 효도니, 자식을 의지하느니 하는 말이나 생각은 그야말로 지난 세대의 소리입니다.

그러면, 자식이 뭔가? 그래요, 자식은 귀하고 자식의 효도는 귀합니다. 그리고 필요합니다. 언제 필요한가? 먼 먼 훗날, 저 마지막을 치달을 그때에, 장롱 속 깊은 곳에 싸두었던 효도라는 보물을 꺼내서 써 볼까 하는 생각입니다. 그때까지 우리는 효도라는 그림의 여백만 감상하면서 지낼 일입니다.

따로 또 같이 가는 인생길 • 유경

질풍노도의 시절

'낀 세대'의 또 한 가지 고민은 바로 자식 기르는 일입니다. 그래서 오늘은 자식과의 관계를 한번 생각해 보려고 합니다. 이미 자녀가 성인이 되었고, 손자 손녀를 여럿 두신 고광애 선생님 같은 인생 선배님들은 제 이야기에서 지나간 한 시절을 떠올리실지도 모르겠습니다. 올해 열여섯, 열다섯 살인 두 딸아이 중 큰아이와 제가 함께 끙끙대며 앓은 사춘기 홍역은 참으로 힘들었습니다. 물론 아직 다 끝났다고는 생각하지 않지만 그래도 지금은 어느 정도 정리가 되었기에 이렇게 털어놓을 수 있는 건지도 모르겠습니다.

아, 그 누가 사춘기를 일러 '질풍노도'의 시기라 했던가요! 아이 속에서 자신도 주체하지 못할 만큼 거센 바람이 수시로 불어대는 것을 보면서 제가 직접 사전에서 '질풍노도'의 뜻을 찾아보기도 했습니다.

질풍노도(疾風怒濤) : 명 몹시 빠르게 부는 바람과 무섭게 소용돌이치는 물결.

수시로 절절 끓어 넘치는 그 청춘의 에너지를 옆에서 고스란히 느끼며, 사춘기를 몸으로 마음으로 겪는 아이 못지않게 사춘기 딸을 처음 키워 보는 어미 역시 그 거센 바람과 거친 물결 속을 같이 헤매지 않을 수 없었습니다.

휴대폰을 끼고 살며 친구들과의 소통에만 골몰하던 아이는 언제부턴가 엄마 아빠와의 약속을 어기기 시작하더니 슬슬 거짓말을 하기에 이르렀지요. 어설픈 자유가 문제였던가, 덜컥 겁이 난 저는 아이와의 관계를 꼼꼼히 살펴나가기 시작했습니다. 담임선생님을 만나고 주변의 선배 학부모들에게 조언을 구하면서 아이가 원하는 것이 무엇인지, 결핍된 것 혹은 넘치는 것은 무엇인지 헤아려 보았습니다.

그제야 미처 알지 못했던 점들이 눈에 들어오면서 마치 찬물을 머리에 뒤집어쓴 것 같았습니다. 아이를 잘 기르고 싶다는 의욕만 넘칠 뿐, 아이가 아닌 저를 중심에 두고 우왕좌왕하며 미숙하게 대처해온 부족한 어미의 모습이 적나라하게 드러났습니다. 스스로에게만 몰입해 있는 이기적인 제 얼굴을 마주하고 나니, 아무도 모르게 상처 입고 고통받았을 아이가 떠올라 눈물이 쏟아졌습니다. 허둥대는 마음을 가라앉히고 가장 급한 일부터 해결해나가기로 마음먹기까지는 시간이 좀 걸렸지요.

큰딸아이와 함께 서울 한남동 '꼰벤뚜알 성프란치스코 수도회' 영내에 있는 한국심리상담연구소를 찾은 것은 어느 금요일 오후였습니다. 아이와 좀더 사이좋고 행복하게 지내고 싶었고, 아울러 아이의 진로를 정하는 일에 도움을 받고 싶어서였습니다. 먼저 아이와 나란히 앉아 성격의 특징을 알아볼 수 있다는 '표준화 성격진단 검사' 와 16가지로 되어 있는 성격 유형을 알아내 자신과 상대의 성격을 이해하는 데 도움이 된다는, 요즘 여기저기서 많이들 하는 MBTI 검사를 했습니다.

두 가지 검사만으로 끝난 저와는 달리 아이는 거기에 더해 적성 검사, 교과 흥미 실태를 측정하는 학습 흥미 검사, 다양한 직업 분야에 대한 흥미를 측정하는 직업 흥미 검사를 하더군요. 아이의 검사가 진행되는 3시간 동안 저는 검사실 바깥에 앉아 책을 읽다가 지루해지면 녹차를 마시고, 그러다 또 허리가 뻐근해지면 일어서서 왔다 갔다 하기도 하고, 멍하니 앉아 밖을 내다보기도 하면서 검사가 끝나기를 기다렸습니다. 제가 전혀 알지 못했고 상상조차 하지 못했던 결과가 나올지도 모른다는 약간의 두려움과 궁금증이 뒤섞이면서 생각은 이리저리 마음대로 흘러 다녔습니다.

방과 후면 늘 경복궁 뜰 안 벤치에 앉아 시집(詩集)을 펼쳐들고는 날이 어둑어둑해질 때까지 읽고 외우고 하다가 일어나곤 했던 여중생. 교과서와 노트는 교실 사물함에 다 집어넣고 가방에는 소설책만 넣고 다녔던 여고생. 혈혈단신 월남해 삼남매 먹이고 입히고 가르치기에 벅찼던 아버지와 부업을 하느라 손가락 지문이 다 닳아버린 어머니는 이런 제게 아무런 내색도, 잔소리도, 꾸중도 하지 않으셨습니다.

먹고사느라 바빠서 그러신 것도 물론 있었겠지만, 그보다 더 중요한 것은 흔들림 없는 믿음을 갖고 묵묵히 지켜보셨다는 점이지요. 아이의 방황과 그 아이를 제 자리로 돌아오게 하려는 노력을 조금씩 하며, 저는 부모님의 그 믿음으로 지금의 제가 만들어진 것을 그동안 까맣게 잊고 있었다는 것을 뼈저리게 깨달았습니다.

우리는 서로의 거울!

그 친구는 고등학교 2학년 때 짝이었습니다. 친구가 고1 때 아버지가 돌아가셨고 어머니 혼자 고만고만한 네 딸과 아들 둘을 길러야 하는 어려운 처지였던 것으로 기억합니다. 넉넉하지 못한 생활에 어머니고 아이들이고 모두 얼마나 힘들지는 어린 나이였지만 짐작하고도 남는 일이었지요. 아무튼 말로 다할 수 없는 우여곡절이 있었고, 이제 어머니는 일흔둘, 맏딸인 제 친구는 쉰을 바라보는 나이가 되었습니다.

그런데 30년 동안 멀리서 혹은 가까이에서 그 모녀를 지켜보면서 한 가지 늘 아쉬웠던 것이 있었어요. 친구들이 모여 어머니와의 갈등이나 소소한 싸움에 대해 털어놓고 어머니 흉을 보거나 속상해하면 그 친구의 결론은 한결같았습니다. "우리 엄마랑 나는 원래부터 안 맞아서 그런지 나는 늘 그러려니 해."

알고 보니 어머니가 오래 전에 점을 보셨는데 점쟁이가 큰딸과는 물과 기름 사이라며 절대 잘 지낼 수가 없다고 했다는 것입니다. 어머니는 점쟁이 말을 철석같이 믿으셨고, 친구는 친구대로 서로 안 맞는 사이라는 이야기를 하도 많이 듣다 보니, 무슨 일이든 '안 맞는다' 는 것을 바탕에 깐 채 생각하고 행동하게 되었던 거지요. 좋은 일이 생기거나 평화로우면 오히려 우연이라 여기고, 좋지 않은 일이 일어나서 부딪치면 당연하게 여기다 보니, 어떤 행동의 개선이나 서로를 위한 노력은 해 볼 엄두도 내지 않았고요. 어머니와의 갈등을 아주 불편하고 힘들게 여기면서 풀 방법을 애써 찾던 친구들과는 전혀 달랐습니다.

지나간 일이지만 만일 그때 친구 어머니께서 점쟁이를 만나지 않으셨더라면 어땠을까요. 아니, 점쟁이가 물과 기름 같은 모녀 사이가 아니라 찰떡같은 모녀 사이라고 했더라면 또 어땠을까요. 모르긴 몰라도 모녀 관계는 지금과는 분명 다른 모습이었을 겁니다. 관계를 맺고 풀고, 어떤 때는 직접적으로 또 어떤 때는 조금 돌려서 마음을 표현하기도 하고, 상대방을 한 가지 모습으로 고정해놓는 것이 아니라 있는 그대로 인정하고 받아들이면서 우리는 함께 성장하고 성숙해갑니다.

지금 한국과 일본에 떨어져 살고 있는 두 사람은, 나이가 주는 여유와 너그러움에 힘입어 그런대로 무난한 모녀 관계를 유지하고 있습니다. 물론 둘만이 아는 방법, 둘만의 고유한 방식으로 교감하고 소통하고 있으리라 믿지만, 모녀 모두가 젊을 때 내밀한 감정을 촘촘하게 엮어 짜는 과정을 겪지 못한 것을 생각하면 안타까울 뿐입니다.

반대로 50대 중반의 남자 선배 한 사람은 20대 중반의 아들을 볼 때마다 "어쩜 저렇게 나 같을까? 나랑 너무 똑같아!"를 연발한다고 하더군요. 외모와 체구가 비슷한 것은 물론 성격, 식성, 취미, 습관, 취향 등이 하도 같아서 '거울 속의 분신'이라고 했습니다. 어떤 생각이나 판단을 하는 데 단 한 번도 어긋난 적이 없기 때문에 이제는 서로의 의견을 물을 필요도 없다는 것이었어요.

그 이야기를 같이 듣던 한 친구가 "거의 인간 복제 수준이군!" 하면서 끌끌 혀를 찼습니다. 어떻게 두 사람의 모든 것이 일치할 수 있느냐며, 비슷한 정도를 확대해석하거나 간절한 희망사항을 기정사실로 여기는 것 아니냐는 질문에, 그 선배는 그럴 리 없다며 고개를 내저었습니다.

저는 솔직히 선배의 아들을 한번 만나고 싶었습니다. 아들 역시 아버지와 같은 생각을 하며 똑같이 느끼는지 궁금했기 때문이지요.

아무리 내가 낳아 기르는 자식이라 해도 엄연히 독립적인 인격을 가진 고유의 존재임을 잊어서는 안 된다고 귀에 못이 박히도록 들었고, 그것을 머리로만 아는 것이 아니라 마음으로 몸으로 실천하기 위해 애쓰는 처지에 그들 부자 관계가 몹시 궁금했습니다. 아니 오히려 걱정됐습니다. 거울 속의 나는 아무리 똑같아 보일지라도 결코 나 자신은 아니니까요.

달라서 신기하고, 닮아서 행복하기를……

일주일 후 금요일, 아이와 함께 검사 결과에 대한 해석과 상담을 위해 연구소를 다시 찾았습니다. 먼저 아이 차례. 상담실 바깥으로 아이의 목소리와 함께 간간이 웃음소리가 새어나오더군요. 그 다음은 아이와 엄마가 함께 상담하는 시간. 상담 선생님은 아이의 적성 검사 결과표와 학습 흥미 검사 결과표를 보여주며, 아이의 관심사와 선호도에 대해 설명하고 직업 가능성, 앞으로 적합한 직무군(職務群)을 예측해서 알려주었습니다.

이어서 아이와 엄마인 제가 잘 맞는 부분과 잘 맞지 않아 더 많은 이해와 노력이 필요한 부분이 어디인지를 찾아보기 위해 했던 성격 검사 결과를 알아보는 순서였습니다. 아니나 다를까, 역시 비슷한 부분도 있었고 다른 부분도 있었습니다. 순간 드는 생각. '아, 이렇게 똑같으니까 싸우고, 또 이렇게 서로 다르니까 부딪치는구나!'

집으로 돌아와 아이와 저의 성격을 그래프로 나타낸 종이를 나란히 펼쳐놓고 오래도록 들여다봤습니다. '왜 하필이면 이런 것을 닮았을까, 이왕이면 좋은 점을 닮지.' '이건 유일한 내 장점인데 이런 거나 좀 닮지, 왜 이런 건 정반대람.' 불평을 하자니 끝이 없었습니다.

흔히 자녀들이 부모를 보며 하는 말이 있지요. "나는 절대 엄마처럼 살지 않을 거야!" "나는 아버지처럼 나이 들고 싶지 않아!" 그 안에 담긴 마음을 가만 헤아려 보면 닮아서 싫고 달라서 미운 겁니다. 평소 싫어하던 부모님의 모습이 자신 안에 고스란히 들어 있는 것을 확인할 때, 그 싫은 점은 필요 이상의 거부감을 일으킵니다. 그렇다고 해서 사사건건 다른 생각과 태도와 행동을 있는 그대로 인정하고 받아들이는 것 또한 어렵기는 매한가지고요. 싫으면 등 돌리고 안 보면 그만인 타인이라면 문제가 없을 것을, 부모 자식이기에 힘들기가 이루 말할 수 없습니다. 내 자식은 나에 대해 그런 마음을 가지지 않았으면 하는 것이 부모의 솔직한 심정이겠지요.

밤새 이리 뒤척이고 저리 뒤척이며 곰곰 생각하다가 어느 순간 불을 맞은 듯 마음을 바꾸기로 합니다. 닮아서 싫고 달라서 미운 게 아니라, 달라서 신기하고 닮아서 행복한 것으로요. 하나님께서 내게 선물로 주신 자식이 어쩜 이리도 닮았을까 하며 감사와 행복을, 그리고 다른 점을 통해 또 다른 인격과 삶을 경험하게 하시니 또 감사와 행복을 느낀다면, 무엇이 그리 큰 어려움이며 넘지 못할 갈등일까 싶었습니다.

부모님을 보며 느끼던 미묘한 감정의 어긋남과 갈등 또한, 서로 너무 달라서 생긴 것이든 똑같이 닮아서 생긴 것이든 일단 있는 그대로 받아들이기로 마음먹어 봅니다. 설사 부모 자식 관계라 할지라도 나를 알고 남을 알아가는 일이 우리네 인생길의 가장 기본인 것을 잊어버리고, 오늘도 저는 그저 제 자신만 들여다보며 걷느라 여념이 없었지요. 그런데 간단한 심리 검사와 상담 과정을 통해 저 자신을, 아이를, 그리고 부모님과의 관계를 볼 수 있게 되었으니 저는 이번에도 또 일석삼조의 선물을 받은 것이 분명합니다.

마흔, 부모가 되는 나이 • 고광애

듣고 보니, 가족 가운데 한 사람만 위기를 겪어도 집안 전체가 어려울 텐데 엄마와 딸이 함께 발달 위기에 빠져 있는 셈이네요. 사춘기 딸과 사추기(思秋期)에 있는 중년 부모의 격돌, 누구 말마따나 그야말로 '중년과 청춘의 격돌' 이군요. 자녀와 부모 모두에게 닥친 시련입니다.

이 지점에서 내 자식들이 사춘기일 때를 회상해 봅니다. '무대책이 대책' 인가? 나는 뒤에서 가만히 지켜봐준 거 말고 해준 일이 하나도 없었습니다. 큰아이가, 좋아하던 이 어미를 어느 날부터인가 사뭇 적대적으로 대하면서 교생 실습을 온 여선생님에게 경도되는 모습을 보며, 한 마디 불평도 한 마디 충고도 못했던 걸로 기억합니다. 속으로 교생 선생을 좀 원망은 했었지요. 한번 찾아 가서 따끔하니 싫은 소리를 해 볼까 하는 충동을 순간 느끼기도 했지만, 물론 아무런 행동도 취하지 않았지요.

유경 씨는 딸의 사춘기를 '질풍노도' 라고 했지만 내 경우는 조금 정도가 약했는지, 질풍노도라기보다는 '변덕' 이 변증법적으로 쌍곡선을 이루며 왔다 갔다 하는 시기 같았어요. 진실로 얼이 빠질 듯 정신이 없었지요. 언제는 엄마와 시간 가는 줄 모르게 이야기를 하다가, 어느 날부터는 어미와 말도 안 섞고 눈조차 안 맞추는 녀석을, 그저 별 수가 없어서 그대로 보고만 있었던 기억밖에 없군요.

인과응보라 할 수는 없지만, 그러던 내 아들이 하루에도 몇 번씩 변하는 제 딸년과 애증을 번갈아 오가며 힘겹게 씨름하고 있다는 소식이 전해집니다. 보통 부모들이 자식에게 "너도 요 담에 너하고 똑같은 자식을 낳아 당해 봐라"고 악담을 한다지만, 제 애비보다 더 강한 성격을 타고 난 손녀딸과 씨름하는 내 아들이 안쓰럽기만 합니다, 지금은요.

소위 사춘기가 되면, 갑자기 부모보다 친구를 더 좋아하지요. 그렇게 사춘기의 질풍노도기가 시작됩니다. 절대적이었던 부모의 권위, 맥가이버 같은 만능의 부모를 이제는 저들이 차가운 비판의 눈초리로 바라보기 시작하는 거지요. 부모로부터 빨리 떠나고 싶어하면서 동시에 부모에게 의존하는 것도 놓을 수 없는, 그래서 갈등하지 않을 수 없는 저들. 이런 모습이 사춘기의 요체가 아닐까요. 유경 씨 말마따나 부모와는 닮아서 싫고 달라서 미운 건가 봅니다.

한마디로 부모로부터의 독립과 의존의 황금분할을 못 찾고 헤매 다니는 저들을 어찌 아니 봐줄 수 있겠소. 그게 바로 성인으로 가는 길목에서 치르는 성인 역할 학습인 모양입디다. 이제 '품안의 자식' 이 '품 밖의 자식' 으로 가는 길목에 있는 사춘기 애들에게 부모란 어렸을 때처럼 절대적인 존재가 아닙디다.

이 지점에서 우리 부모도 사춘기 애들 모양 변해야 공평하지 않겠어요? 자식을 향한 태도 변환을 해야 갈등 해소의 길이 나올 겁니다. 지금까지는 부모가 자녀를 통제하는 관계였습니다. 이제는 부모 자식이 서로 대등한 관계로 전환해야지요. 소위 부모 자식 간의 관계가 수직 관계에서 수평 관계로 옮겨가야 한다는 얘기입니다.

수평적 관계란 뭘 말하는 거냐? 우리 자식들을 애들 다루듯 해서는 안 된다는 얘기입니다. 저애들을 어른 대하듯 해야 한다는 말입니다. 쟤들을 대등한 인격체로 대우해야 한다는 거지요. 그러고 나면 부모와 자녀는 새로운 힘에 의한 상황에 적응할 수 있습니다.

대등한 인격체로 자녀들을 대우한다는 것은 우리 부모들도 자녀에게서 무엇이고 주기만 하는 존재가 아니라 받기도 하는 관계가 포함되어 있지요. 일테면, 저 철딱서니들한테도 모르는 것 있으면 가르쳐달라고 할 수 있어야 합니다. 어린 사람에게도 거리낌 없이 배울 수 있는 유연성, 이 유연성이 앞으로 두고두고 자식과의 관계에 윤활유 역할을 하게 될 거고요, 나아가서 노년기의 인간관계를 잘 가질 수 있는 요소입니다. 내 경우, 나는 자식들이 어렸을 때부터도 모든 일에 의논 상대자로 대우했고, 실제로도 나는 대부분 저들의 판단이나 충고를 들으며 살아왔습니다.

또 하나, 빼놓을 수 없는 것이 있습니다. 바로 '적극적인 경청(active listening)' 이라는 것이지요. 철딱서니 같은 저들의 얘기라고 치부해버리고 저들이 하는 소리를 흘려들었다가는 큰 코 닥칠 일이 벌어집니다. 저들이 하는 얘기가 아무리 맘에 차지 않더라도 열심히 경청을, 적극적으로 잘 들어줘 보라는 거지요. 줄기차게 들어주다 보면 자식들도 느낍니다. 부모가 자신의 맘을 알아준다는 것, 부모와도 고단함을 나눌 수 있다는 것, 나아가서 저희들에게 삶의 용기를 주고 저희들이 느끼는 고독을 다독거려주기도 한다는 걸 느낄 것입니다. 이렇게 하다 보면 달관의 경지에까지 도달할 수 있습니다.

요 지점에서 부모들이 조심할 일이 하나 있습니다. 저들의 말을 들어주다 보면, 저들의 문제나 처지에 곧바로 나을 수 있는 처방을 내려주고 싶은 부모의 마음이 생깁니다. 하지만 우리 부모들은 처방해주고픈 유혹에서 벗어나야 합니다. 어른들 눈에는 뻔히 보이는 해결책이라도 우리 부모들은 저들에게 처방해주고 가르치고 충고하고 명령하는 타성에서 이제는 떠나야 할 때가 왔습니다. 저들 스스로 헤쳐나가는 모습을 옆도 아닌 뒤에서 지켜봐주는 게 다 자란 자식들의 부모, 그것도 특히 어미들의 자리입니다.

유경 씨는 심리 검사를 통해 달라서, 그리고 닮아서 생기는 갈등임을 깨달았다고 했습니다. 나와 다르고 나와 닮아서 생기는 갈등이라면 가만히 지켜봐주는 수밖에 없지 않습니까? 태어나길 그리 태어났으니 말입니다. 사실 내가 단언컨대, 권위적인 통제를 하는 부모 밑에서는 정형화된 자식이 나올 수는 있어도 창의적인 인물이 나올 수는 없습디다.

누군가는 그랬습니다. 자식에게 '올인(all in)' 하는 한국의 어머니들, 딱 반으로 쪼개서 '하프인(half in)' 하면 되겠다고. 자식에게 반만 하고 반은 가만히 지니고 바라보는 것이지요. 소위 자식의 성공에 올인 하는 이런 엄마의 집착이 자식들에게는 곧바로 굴레가 되고, 이것이 다시 악순환이 되어 반복을 하게 됩니다. 지금보다 딱 반만 하면 자식도 잘되고 내 노후도 잘되니, 바로 윈윈 전략인 셈이지요.

하루아침에 어떻게 저 어린 것들에게 야단은커녕 가르치지도 말라, 외려 저들한테 배우고 재네들 말을 들어만주라니! 철딱서니 데리고 이렇게는 못하겠다고 말하시는 분들, 부모의 체신이 서지 않아서 못하겠노라고 항의하는 분들께 한 가지 비방을 일러드리지요.

'회심(回心)' 이란 것을 해 보세요. '회심' 이란 스위스의 정신의학자인 폴 투르니에가 주장한 얘기인데, 늙어가면서 문자 그대로 맘을 한번 돌려 먹으라는 거지요. 맘을 어디서 어디로 돌리느냐? 젊어서는 세상살이, 그러니까 극심한 경쟁사회에서 치러내야 할 사회생활을 하느라, 돈 벌고 자식 키우기에 바빠 옆도 뒤도 못 본 채 앞만 보고 살아왔잖아요. 덕분에 어느 정도 자리가 잡히고 자식도 키워냈으면, 그때쯤에 맘을 한번 돌려 먹으라는 거지요. 세속적인 것에서 좀 차원 높은 데로. 그러고 나면, 다 자란 자식들 일에서 벗어나 초연해지는 경지를 맛보게 되지요. 아직은 자식이 어려서 그럴 때가 아니라고요? 이를수록, 빠를수록 좋습니다.

아, 그런데 회심을 하기 전에 하나 할 일이 있습니다. 앞에서도 말했지만, '명령권'과 '권력의지'를 벗어 던져야 할 것입니다. 회심과 더불어 권력의지와 명령권을 버리는 것은 긴긴 노년을 살아내는 데 주요한 요소가 될 겁니다. 명령권을 버리고 나면, 자녀에게 충고를 하거나 자녀 문제에 부모 잣대로 해대는 처방 같은 걸 자연 안 하게 되지요. 또 권위를 벗어버리고 나면, 자식들에게서도 뭘 배우고 갈등 사태에서도 흔연히 승복하고 들어갈 수 있는 도량이 절로 따라옵니다. 사실 요즘같이 변화가 빠른 정보화사회에서 젊은 저들, 자식들에게 뭘 안 배우겠다고 뻗대다가 어떻게 되려고요.

회심 한번 하면 사춘기 자식들과도, 그리고 긴긴 노년기도 잘 지낼 수 있답니다.

나를 찾아가는 여행 • 유경

나를 들여다보다

가끔 선생님을 뵐 때마다 느끼는 것이 있습니다. 그중에 하나는 칭찬을 아주 잘해주신다는 거지요. 선생님과 제가 공통으로 알고 있는, 그가 다니는 직장에서는 성격이 까다롭기로 소문나 다들 같이 일하기 싫어하는 사람도, 선생님께는 한 직장에서 15년 넘게 근무한 끈기 있는 사람으로 칭찬을 받습니다. 세상이 제 손 안에 있는 양 만만히 보며 철없이 날뛰는 청춘도, 선생님께는 만화 속에 나오는 톡톡 튀고 깜찍한 주인공이 됩니다.

칭찬하시는 선생님을 옆에서 지켜보며 나이 듦의 미덕이란 바로 저런 것인가, 생각한 적이 여러 번 있습니다. 물론 나이 먹는다고 해서 누구에게나 저절로 생기는 것도 아니고, 너나없이 모두가 제 것으로 만드는 미덕이 아니라는 것은 알고 있지만요.

지난해 넉 달 동안 일주일에 한 번씩 '칭찬 대화법' 공부를 한 적이 있습니다.(세상에는 갖가지 종류의 공부가 참 많지요?) 그런데 첫날 첫 수업에 들어갔다가 좀 당황했습니다. 담당 선생님이 흰 종이를 한 장씩 나눠주더니, 이름 말고 수업 시간에 부를 별칭(別稱)을 하나 만들어서 적고 그 아래에 자신의 장점 10가지를 죽 써 보라고 하는 것이었어요.

별칭이야 인터넷상에서 쓰는 '구슬 꿰는 실'을 그대로 적으면 되니까 새삼 고민할 필요가 없었지만, 문제는 '나의 장점 10가지'였습니다. 함께 수업에 참여하면서 저만 못한다고 빠질 수도 없고 난감했지요. 옆에 앉은 다른 사람들을 보니 저와 마찬가지로 다들 고민하는 표정이 역력했습니다. 어쩌겠습니까, '에잇, 모르겠다. 한번 해보자!' 결심하고는 작업(?)에 들어갔습니다.

예상했던 대로, 선생님은 한 사람씩 돌아가며 별칭과 장점 10가지를 소리 내어 발표하고 다른 사람들은 잘 듣고 느낌을 말하라고 했습니다. '아이쿠, 이걸 어쩌나……' 드디어 제 차례가 왔습니다.

"구슬이 서 말이라도 꿰어야 보배라고 주위의 예쁜 구슬들, 즉 좋은 사람들이 서로 함께 일하도록 연결하는 데에 관심이 많아 구슬 꿰는 실입니다!" 하니, 건너편에 앉은 사람이 "너무 기니까 그냥 구슬로 부르면 어떨까요?" 하더군요.

"줄여서 부르시려면 구슬보다는 실로 해주세요!"

"왜요? 구슬이 더 예쁘잖아요."

그때 선생님이 나서서 정리해주었습니다.

"본인이 구슬보다 실이 좋다고 하네요. 마음이 구슬보다는 실에 가 있다는 거니까 실로 부르기로 합시다. (땅! 땅! 땅!)"

이어서 장점 10가지를 읽으려는데 시작도 하기 전에 얼굴이 빨개지고 등에 진땀이 났습니다. ①별칭처럼, 사람들 맺어주는 것을 좋아하고 잘한다. ②어르신들과 잘 지낸다. ③공부를 잘하지는 못하지만 열심히 한다. ④무엇이든지 잘 먹는다. ⑤잘 웃는다. ⑥상냥한 편이다. ⑦메모를 잘한다. ⑧혼자 놀기를 잘한다. ⑨12년 위아래인 띠동갑들과 잘 지낸다. ⑩분수를 알고 무리하지 않는다.

부끄러움을 무릅쓰고 수업 시간에 발표했던 '나의 장점 10가지'를 굳이 말씀드리는 것은 제가 뜻밖에 소중한 것을 얻었기 때문입니다. 무엇보다도 제 장점을 찾아내려니 비록 짧은 시간 동안이지만 제 자신에게 관심을 기울여야 했습니다. 보통 때는 모든 관심과 신경이 저 아닌 바깥의 다른 사람에게로 뻗쳐 있었는데, 그것을 거두어들여 오로지 제게로 집중하니 부족하지만 제가 가진 것들이 보였습니다. 그러면서 제가 가진 것들을 인정하고 칭찬하는 과정을 자연스레 거치게 된 것이지요.

굳이 미국의 심리학자인 매슬로우(Maslow)의 '욕구 단계설'*에

---

*인간의 욕구는 타고난 것이며 아래 단계의 욕구가 충족되어야 다음 단계로 나아갈 수 있다는 이론. 1단계 생리적 욕구, 2단계 안전에 대한 욕구, 3단계 애정과 소속에 대한 욕구, 4단계 자기존중의 욕구, 5단계 자아실현의 욕구.

맞추어 넣지 않아도, 사람은 누구나 다른 사람에게 인정받고 사랑받으며 존중받고 싶은 욕구를 지니고 있게 마련입니다. 그런데 우리가 쉽게 놓치는 것은, 자기 자신보다 다른 사람에게서만 인정받고 칭찬받으려 한다는 점입니다. 내가 나를 잘 알아서 좋은 점은 발전시키고 나쁜 점은 고치면서 바꿔가는 것이 순서인데, 그것을 잊고 칭찬도 야단도 그저 바깥을 기준으로만 하는 것이지요.

한 해 한 해 나이가 들수록 그래도 좀 괜찮은 사람, 어제보다는 조금이라도 더 나은 사람이 되고 싶은 소망을 품는다면 '나를 찾는 여행'이 먼저임을 기억해야 한다는 것을 배운 귀한 시간이었습니다.

내 인생 내가 그려간다

요즘의 4050세대는 일하랴, 아이들 기르랴, 연로하신 부모님 봉양하랴, 머리가 복잡하고 어깨가 무겁습니다. 그런데 그것도 모자라 노년준비 스트레스에다, 4억이니 6억이니 10억이니 하는 입이 딱 벌어질 만큼의 노후자금 액수로 너나없이 골치가 아픈 게 사실입니다. 그러니 나이 드는 게 싫고, 늙는 게 무서울 수밖에요.

이미 노년에 접어든 어르신들은 "내 인생 지금부터!"라며 아직은 안 가겠다고, 가고 싶지 않다고 하시고, 젊은 사람들은 늙기 싫다고, 노년 이야기라면 지긋지긋하다고 고개를 내두르니 둘 사이에는 깊고도 넓은 강이 흐르고 있습니다. 어떻게 하면 이 강의 폭과 깊이를 좀 줄일까 고민하고 그 방법을 함께 나누는 것이 제 직업이기도 하지만, 너무 크고 심각하게만 여길 것은 아니라는 생각도 듭니다. 오히려 지금 살아가는 자리에서 내 삶을 바탕으로 그에 맞는 나이 듦의 방식들을 찾아내는 편이 훨씬 더 손쉽고 현명한 것 같습니다. 왜냐하면 나이 듦의 시간 역시 오로지 나의 것이며 노년의 삶 또한 내 손으로 만들어나갈 수밖에 없기 때문이지요.

돈 얼마로는 결코 해결할 수 없는 많은 것들이 모여서 남은 나의 삶과 노년을 구성하게 될 것이므로, 쉽게는 앞에서 말한 것처럼 자신의 장점도 한번 찾아보고, 다른 사람들이 나를 어떻게 보는지, 나는 상대를 어떤 존재로 느끼는지 점검하고 관계를 고민하는 것으로 시작할 수도 있다고 믿습니다.

또 비록 한 치 앞을 모른다고는 하지만, '나의 5년 뒤'를 그려 보는 것도 좋은 방법일 것 같습니다. 나이 사십, 오십에 한참 뒤인 칠십, 팔십을 생각하다 보면 구체적인 실감은 없이 건강이며 경제 문제에 대한 근심 걱정으로 오히려 부정적인 영향을 더 많이 받을 수도 있으니, 가까운 미래부터 챙기는 것도 도움이 되지 않을까요? ……5년 뒤 내 나이와 배우자의 나이는? 무엇을 하고 있을까? 어떤 사람이 되어 있을까? 아이들에게는 어떤 변화가 일어날까? 어디에서 어떻게 살고 있을까?…… 긍정적인 상상, 희망이 담긴 상상을 해본다면 지금의 삶을 어떻게 꾸려나갈지 그림이 그려질 것입니다. 이러면서 한 발짝씩 앞으로 나아가는 것이지요.

노년기에 나타나는 특징 중 하나가 '수동성의 증가' 라고들 합니다. 문제를 스스로 나서서 적극적으로 해결하기보다는 누군가의 도움을 받아 수동적으로 해결하거나, 신비한 힘에 의해 혹은 우연히 잘되도록 그냥 맡겨버리는 경향이 늘어난다는 뜻인데, 노력이나 시도 자체를 지레 포기해버리는 것이지요. 끝까지 내 삶을 온전히 내 것으로 끌어안고 가지 않는다면, 성숙한 노년의 삶이 아님은 물론 장수(長壽) 자체가 무의미하다고 봅니다.

노년에 대한 준비 역시 마찬가지여서, 어떻게 되겠지, 정부에서도 무슨 대책이 있을 테니까 그냥 기다리지 뭐, 하는 자세로는 안 됩니다. 노후준비 자금이 조금 부족하더라도 내가 나의 생을 어떻게 디자인해서 꾸려나갈지 곰곰 생각하지 않으면 안 됩니다. 그런 노력이야말로 나이 듦을 선물로 받은 사람들이 선물을 주신 분께 드릴 수 있는 최소한의 보답이라고 믿습니다.

중년, 인생 2모작을 시작하라 • 고광애

예전 같으면 인생을 마무리할 나이가 후반생의 초입이 되는 시절이 되었습니다. 이게 다 장수 시절 덕이지요. 그럼 몇 살부터 중년이라 할 수 있을까요. 새 인생주기법에 따르면 오십부터? 나이야 어쨌거나 각자 생각하기 나름이겠지요. 하여튼 중요한 것은, 중년으로 들어서면서 지금까지 살았던 것과는 달라져가고 또 달라져 있더라는 사실입니다.

나뿐 아니라 남편도 자식도 세상도 다 변합니다. 어떻게들 변하던가, 중년이 되면 무슨 꿈들을 꾸던가, 이 꿈이 실제 삶에서는 어떤 계획으로 변환이 되던가, 이처럼 중년의 삶을 어떻게 바꿔서 새로 짜고 또 거기 맞추어 제대로 살아냈느냐 여부에 따라서, 이어지는 노년기의 삶의 질도 판가름이 나더라고요.

중년이 되면서 흔히들 말하지요. 남성은 점차 여성화되어가고 여성은 남성화되어간다고 말이에요. 하지만 중년 시절을, 그리고 인생을 예민하게 들여다보지 않는 한, 이런 현상은 감지하지도 못한 채 그대로 넘어갑니다. 하지만 확실히 여자들은 중년이 되면서 변합니다. "열아홉 수줍던 그 아내가/ 첫아이 낳더니만/ 고양이로 변했네/ 눈 밑에 잔주름이/ 하나둘씩 늘더니만/ 어느덧 호랑이로 변해버렸네"라는 유행가 가사대로, 여성이 남성화한다는 소리에 수긍이 가긴 합니다. 이런 현상이 잡힐 듯 말 듯한 상태에서 언뜻 중년을 넘어 본격적으로 노년기에 들어서면, 참 가관이 벌어집니다.

소위 엄청 잘나고 유식하고 출세도 남 부러울 것 없이 했다는 남자들조차 어떻게 돼가는지 아세요? 하나같이 좁쌀영감에다가 고집불통, 시쳇말로 보수골통이 되어버립디다. 반면에 여성노인들은 하나같이 씩씩하기라니……. 오죽하면 호랑이로 변했다는 유행가가 다 생겼을까요. 세상에 부끄러움이 없어지고 세상 변화에도 잘 따라가더라고요. 골수 맹추여자 빼고는요.

사람들은 누구나 중년이 되어가면서 소위 자신의 실존적 의미, 쉽게 말해서 지금까지 자기가 살아온 세월이랄까, 삶을 되돌아보게 됩니다. 그러고 나서 드는 생각은 대개 비슷합니다. '내 인생이 이것뿐일까? 아니. 2%도 아니고 상당량 부족하다. 그래, 이대로 살기에는…… 아직은 시간이 남았는데 이대로 살기에는…… 나의 인생 2막을 준비해 볼까?' 그래서 여성들은 자신의 적성을 찾아, 또 어디서 무엇을 할까 하고 제2의 교육기관을 찾아나서나 봅니다. 어딜 가나 이런 기관이 붐비는 것을 보면, 그렇습디다.

앞도 옆도 안 보고 남편만 바라보고 자식만 죽어라고 키우다가 어느 날 문득, 중년여성이 자기 살아온 삶을 돌아보게 되는 '그때'는 언제일까요. 남편도 자식도 아닌 '자기만의 인생'을 생각하고, 나아가서 독립까지 꿈꾸는 '계기'는 언제일까요. 남편으로부터 자신의 존재를 확인하기 어려운 때라는 것이 정설일 듯합니다.

언제부터인가 남편은 자기 일, 바깥일에 빠지고, 아내란 존재는 그날이 그날처럼 그저 집안에 붙박이로 있는 가구처럼, 도무지 아내라는 내 존재가치가 없어 보일 뿐 아니라 관심 밖의 인물 같은 느낌이 들 때가 아닐까요. 이런 때 느끼는 소외감을 해소하느라 대개의 여자들은 한동안 남편에게 엉기고 투정하는 기간이 있게 마련. 하지만 아무리 엉기고 투정을 해 봤자 별 수가 없다는 것을 알게 되면, 이때 여자들은 자기 자신만의 인생을 위한 시도를 하더라고요. 물론 처음부터 결연히 나서는 결단력 있는 여자도 있긴 하지만 그런 여자는 흔치 않습니다.

중년의 위기랄까를 먼저 겪었던 사람으로 한마디 한다면, 이 지점에서 부부가 공연한 감정소모로 시간 낭비할 필요가 없습니다. 중년에 들어서 2% 정도만 모자란다면 나도 그런 대로 참아 보라 하겠습니다. 하지만 그 정도가 아니라면, 곧바로 '자기 자신'을 찾아보라고 하겠습니다. 그리고 거기로 가는 지름길이 있다는 것도 귀띔해줄 수 있습니다. 남의 인생살이에다 대고 이런 말을 할 수 있는 게 다 일흔이란 나이 덕이지요.

자기 자신이 되는 시기

아무튼 그 길이란, 주저 없이 2모작 3모작 인생 개발을 시작하라는 겁니다. 이를 두고 boom(becoming one's own man), 즉 '자기 뜻대로 살기'라 하던가요. 주저 없이 2모작 3모작 인생 개발을 해야 하는 절실한 이유가 하나 더 있습니다. 그것은 지금 세상이, 이 시대가 장수 시대라는 것과 맞물려 있어서 그렇습니다.

이제는 남자도 그렇지만, 우리 여자들은 특히나 남성들보다 7~8년을 더 장수한다지 않습니까. 간단한 셈법으로도, 평균나이만 산다 해도 우리 여자들은 10여 년 정도 과부가 돼서 홀로 노년기를 살 확률이 높습니다. 엄마 역할, 주부 역할 끝내고도 그후로 20년, 30년, 40년이 될지도 모를 기나긴 노년기를 살아내기 위해서, 2모작 3모작 인생을 개발하는 것은 시급하고도 절박한 현실이 되어 있습니다.

유경 씨, 중년으로서 중년 값을 해내는 가장 큰 부분이 뭐라 생각하십니까? 중년의 위력이 발휘되는 때는 어떤 문제에 직면했을 때입디다. 어떤 문제가 생기면, 이 문제에 대해 의사결정을 내리고 이에 대한 책임을 지는 '지배 세대'가 바로 중년 세대 아닙니까. '지배 세대'란 얼마나 빛나고 중차대한 세대입니까.

유경 씨도 비슷한 얘기를 내게 보낸 편지에 담았습니다만, 중년에 와서는 확실히 유동성 지능이 낮아지는 건 대세입니다. 유경 씨도 젊은 애들보다 한 박자 늦게 알게 되더라고 했듯이 말이지요. 대신 '결정성 지능'이 높아지지 않습니까. 경험과 교육과 훈련을 통해서 생겨 난 결정성 지능이야말로 이 세상을 바로 이끌기 위한 지적 능력이고 권력입니다.

무모하다 할 패기와 실행력에서는 벗어났습니다. 축적된 경험에서 나온 이성으로 사물을 이해하고 장기적 안목에서 여러 가지를 판단하는 그 힘! 그 힘이야말로 말 그대로 '힘'입니다. 이 '힘'이 쇠퇴한 모습이 늙은이입니다. '나만의 인생'을 위해서 2모작하고 3모작하는 인생준비를 망설임 없이 하시기를 바랍니다.

그러기 위해서 한 가지는 꼭 말하고 넘어가겠습니다. 지름길을 일러준다고 생각하면서 하는 말입니다. 그것은 바로 극성 엄마(big mom)가 되지 말라는 것입니다. 극성스런 여자가 되지 말라는 거예요.

사실 요즘 우리나라는 중년 엄마뿐 아니라 온 나라의 남자, 여자, 젊은이, 늙은이, 노조, 여행객, 너나없이 모두 모두 너무 극성스러워졌다는 느낌입니다. 더 심하게 표현하자면, 그악스러워졌다고까지 나는 말하고 싶어요. 좋은 일에나 나쁜 일에나 한가지로요.

여자들이 남편 다루는 것도 그래요. 사실, 우리 여자들끼리 하는 말이기도 하지만, 이건 남편이 아니라 남편을 아들 정도로 취급한다 이 말입니다. 뭐, 이건 남녀평등하고는 동떨어진 이야기고요. 내가 성숙해지면 저들 남자들도 성숙해가련만 언제까지나 소년 다루듯이, 넥타이 하나도 맘대로 못 매게 닦달질을 할 참입니까. 우리네 여자들, 남편을 지나치게 통제하고 숨 막히게 한다고 하면 내가 시어미라서 저런 소리한다고들 하시려나? 남편들 역시 '자기 자신이 되어가는 시기(boom)' 인데, 그들 역시 미숙한 남자에 머물러 있지 않고 어른(big man)이 되어가고 있는데…….

예로부터 집안에서 대접받지 못하는 남자는 밖에서도 대접을 못 받는다고 어른들이 그러셨잖아요. 실제로 위축된 남자는 매력 있는 남성 구실을 못하는 법. 그러니까 남편 길들이기에도, 자식 교육에도, 살림에도, 완벽주의에서 벗어나자고 하고 싶네요.

내 아는 선배는 "걸레질이란 하면 할수록 손해고 남는 게 없는 것"이라는 말로, 그 자리에 있던 우리 모두를 즐겁게 해주십니다. 사실, 사는 데 의미 있는 삶, 행복한 것, 이런 것들이 중요하잖아요. 내게 맡겨진 의무를 완벽하게 한답시고 내 모든 것을 투자하며 살다 보면, 나의 정서적 안정감은 사라져버리지요. 남는 것은 스트레스 속에서 헤매고 있는 자신을 보게 될 겁니다. 그래서 말인데, 이게 시어미라는 사람이 해도 되는 소리인지는 모르겠지만, 소위 '살림 잘하는 여자 되기' 강박증에서 벗어나라고 나는 감히 '불량노년' 스럽게 말을 해 봅니다.

일에 완벽을 기한다는 것은 동시에 다른 중요한 것들을 포기함을 의미하지요. 사생활, 우정, 취미 등등을 깡그리 무시하고 살아 보세요. 종당에, 그러니까 늙어서는 이도 저도 못하는 불능자가 돼버립니다. 이런 노인들은 하릴없이 노년기를 지루하고 힘들게 보내게 되더라고요. 좋은 노년은 어느 날, 하루아침에 되는 일이 아니더라 이 말입니다.

3

씩씩하게 나이 드는 법

준비 없는 은퇴의 고통 • 유경

지난해 가을, 서울 삼성동 코엑스에서 열린 '2006 실버 취업박람회'에 갔을 때의 일입니다. 행사장 안은 일자리를 구하는 분들로 발 디딜 틈 없이 붐볐지만, 예년에 비해 그래도 훨씬 정돈되고 차분한 모습이었습니다. 그간의 경험이 쌓인 덕이겠지요.

예년과 다른 풍경도 있었습니다. 우선 대학 뷰티디자인학부 학생들의 봉사 코너인 '이미지 관리관'이 눈에 띄었습니다. 그날 그 자리에서 지원서를 내고 바로 현장 면접을 보는 어르신들께 메이크업을 해드리고 있었는데, 한 남자 어르신은 태어나 처음으로 화장을 하니 쑥스럽다면서도 어린 여학생들 손에 얼굴을 맡긴 채 눈을 지그시 감고 계셨습니다. 또 한쪽에서는 '실버 나레이터 모델' 어르신들이 검은색 정장을 똑같이 맞춰 입고 나란히 줄을 서서 당신들의 직종 안내를 하고 계셨습니다. 좀 어둡고 무겁게 느껴지는 검은 정장이 아쉽기는 했지만, 한편으론 지금 막 뮤지컬 무대에서 춤과 노래 공연을 마치고 내려오신 듯 활기차 보였습니다.

그 전해와 마찬가지로 가장 많은 분들이 줄을 서 있는 곳은 역시 광고 모델 신청을 하는 곳이었습니다. 신청서를 내면 현장에서 디지털카메라나 비디오카메라로 어르신들의 앞과 옆얼굴을 촬영하는데, 줄이 무척 길게 이어지고 있었습니다. 그리고 또 한 가지, 한 안과 병원에서 병원을 방문한 환자들을 안내하고 상담해주는 '병원 안내 도우미' 직종을 새로 선보였는데, 깨끗한 환경에 특별한 기능이 필요 없을 거라 생각들을 하셨는지 무척 오래 기다린 끝에 신청서를 접수하고 계셨습니다.

일하고 싶어하는 어르신들은 많은데 일자리는 없고, 내로라하는 대기업들은 아예 노인 취업 자체를 외면하고, 이런 답답한 현실 속에서 여기저기 이력서를 내는 어르신들은 한결같이 말씀하셨습니다. "나이가 장애더라고……." 제가 해마다 찾아가는 취업박람회장을 비롯해 일자리와 관련해 만난 어르신들 사례를 몇 가지만 소개해 보겠습니다.

첫째 사례

"업무 : 예식장 주례 / 근무지 : 결혼식 장소에 따라 / 대상 : 남, 55세~65세"

일 년 전 직장에서 퇴직한 후 눈높이만 낮추면 그리 어렵지 않게 다시 일을 시작할 줄 알았던 김○○ 어르신. 시간이 흐를수록 취업은 점점 멀게만 느껴지고 퇴직 일 년이 다 돼가자 초조해지기 시작했습니다. 실버 취업박람회장의 '예식장 주례 알선' 부스 앞에 서니 '이 일이라면 할 수도 있겠다'는 은근한 희망이 일었습니다. 그러나 구인 광고판의 다음 줄에서 그만 눈길이 멎고 말았습니다.

"자격 조건 : 대머리 아닌 자, 키 167cm이상"

160cm를 가까스로 넘긴 키에 훌쩍 벗겨진 이마……. 다른 많은 분들처럼 김 어르신도 월급만으로 두 아이 키우랴 부모님 생활비 챙겨드리랴, 퇴직 후를 생각해 돈을 모아둘 여력이라곤 없었습니다. 20대 후반인 두 자녀는 아직 결혼은커녕 취업도 하지 못해 네 식구가 많지 않은 퇴직금을 야금야금 꺼내 쓰고 있는 처지여서, 참다못한 아내도 일자리를 알아보는 중이라고 했습니다.

김 어르신은 은퇴나 퇴직을 남의 이야기로만 알고 살아온 젊은 날의 자신이 한심하다며, 아무 일도 찾지 못하고 있는 지금의 자기 모습이 이렇게 못나 보일 수 없다고 내내 한숨을 쉬셨습니다.

결혼식 주례를 서는 데 머리숱과 키가 무슨 상관이냐고 물으니 담당자가 망설임 없이 답합니다. "신랑 신부가 평생 사진으로 남는다며 키가 큰 주례를 선호하고, 대머리 역시 싫어해서 할 수 없이 이런 기준을 만들었다!" 혹시 주례로서는 충분히 자격이 되는데 머리숱이 좀 적다면 어떻게 하느냐는 질문에도 역시 막힘이 없습니다. "가발 쓰고라도 하시겠느냐 물으면 99%가 그러마고 대답하신다!"

그런데 그 다음 해 취업박람회장 주례 구인(求人) 부스 광고판에는 그 문구가 없었습니다. 다행이라는 생각이 든 것은 잠깐이었고, 겉으로 써 붙이진 않았지만 면접 과정에서 여전히 중요한 고려사항일 거라는 생각이 든 것은, 외모에 대한 편견이 심한 우리 사회와 사람들의 인식에 대한 의심 때문이었습니다.

취업박람회장에서는 아니었지만, 아파트 경비원 선발 과정에서 머리숱과 안경 착용 여부를 보는 곳이 있어서 놀란 적도 있습니다. 아파트 경비하는 일에 머리숱이 무슨 상관이며, 나이가 들면 대부분 보안경을 쓰는 경우가 많은데 왜 그런 기준을 만들었느냐는 질문에 따라온 대답은 참으로 단순했습니다. "주민들이 싫어하거든요!"

이해할 수 없었습니다. 업무 능력과 머리숱이 무관할 뿐만 아니라, 제가 사는 아파트의 경비 아저씨들은 늘 모자를 쓰고 계시기 때문에 그분들의 머리숱이 많은지 적은지 저는 알지 못하거든요. 거기다가 많은 분들이 안경을 쓰고 있고 저 역시 안경을 쓰는 처지인지라, 안경이 그분들의 업무 능력을 저하시킨다든가 인상을 나쁘게 만든다는 생각은 해 본 적이 없습니다. '나이가 장애' 라는 어르신들의 한탄을 절감하는 순간들입니다.

둘째 사례

은행 지점장까지 했던 신○○ 어르신. 정말 끝까지 버티고 버티다가 퇴직했다고 합니다. 주위에서는 은행에 있었으니 알뜰살뜰 모아

놨을 거라고 말들을 하지만 주식투자로 손해를 많이 봤고, 친구 대출 보증을 선 것이 잘못돼 속이 텅텅 빈 신세라고 한탄도 하셨습니다. '고령자 취업알선센터'에 등록을 하고 교육을 받으며 상담을 해보니 은행 지점장 경험이 구직에 아무 도움이 되지 않는다는 것을 알게 되었습니다.

그런데 신 어르신의 경우는 무슨 일이든 하겠다는 각오가 되어 있다고 입으로는 말씀하지만, 실제로는 지난 시절의 경력을 떨쳐버리지 못하는 체면이 문제였습니다. 주유소의 '주유원' 자리는 드나드는 차량이 너무 많다며 거절했고, '건물 경비직' 역시 사람이 붐비는 역세권이나 공공건물이 아니라 사람들의 출입이 드문 개인 소유 건물만을 고집하고 있었습니다. "아는 사람들 눈에 띌까봐……"가 그 이유입니다. 옆에서는 조금 더 절박하고 조급해지면 달라질 거라며 기다리는 중입니다.

셋째 사례

52세에 언론사 사무직에서 퇴직한 권○○ 어르신. 퇴직 후 9년 동안 어떻게 살아왔는지 모르겠다고 하셨습니다. 당시 두 딸은 대학생이었고, 모아놓은 돈 한 푼 없이 달랑 집 한 채뿐이었습니다. 친지의 소개로 잠깐 학원 강사도 했고, 작은 인쇄소에 나가 업무를 봐주기도 했습니다.

'일은 곧 먹고살 돈'이었기에 조급해진 것은 권 어르신만이 아니었습니다. 조금이라도 벌어 보겠다며 친구 가게에 돈을 투자하고 일을 거들던 아내는 결국 투자한 돈도 건지지 못한 채 오히려 빚을 떠안았습니다. 집을 줄일 수밖에 없었습니다. 그후 두 딸의 결혼으로 빚은 전혀 줄어들지 않고 오히려 늘어나 이번에는 집을 팔고 전세로 옮겨 앉았습니다.

24시간 근무하고 24시간 쉬는 아파트 경비원으로 어렵게 취직을 하신 권 어르신은 그래도 시집 간 딸들에게 손 내밀지 않고 부부가 굶지 않고 사는 것이 다행이라며, 언론사에 다닌다고 어깨에 힘 꽤나 주던 시절이 꿈만 같다며 쓸쓸하게 웃으셨습니다.

넷째 사례

젊어서 도서관 사서로 일했던 조○○ 여자 어르신. 고령자 적합 직종에는 '사서 보조원'이 엄연히 들어 있지만 뽑는 곳이 없어 작은 개인 회사에 취직을 했습니다. 복지관에서 배운 실력으로 포토샵까지 포함해 컴퓨터를 능숙하게 다루는 조 어르신이지만, 오전 9시부터 오후 7시까지 하루 종일 근무에 점심을 주지 않는 것은 물론 수당이나 보너스 없이 월급은 70만 원입니다.

업무 능력과 업무량에 비하면 턱도 없는 금액이지만, '나이 든 여자'가 일자리 구하는 게 얼마나 어려운지 아는 조 어르신은, "젊은 사람들도 이런 일자리 구하려고 혈안이 되어 있다!"며 큰소리치는 사장 앞에서 오늘도 마지못해 억지로 웃으며 일하고 있습니다. 먹고 살아야 하니까요.

준비 없는 퇴직자들에게는 공통점이 있습니다. 먼저, 퇴직 후 '좀 쉬어야지' 하는 마음으로 어영부영 지내다 보면 보통 3, 4개월이 훌쩍 지나가버리게 됩니다. 한 6개월쯤 지나 현실을 파악하고 취업 전선에 나서는데, 50대 후반에 퇴직한 사람들은 이 쉬는 때에 60대로 넘어가기도 하지요. 50대와 60대의 차이는 취업 현장에서 엄청나게 큰 간격입니다.

또한 자신에게는 꿀맛 같은 6개월의 휴식이었지만, 취업 상담이나 새 직장 면접 과정에서는 그 6개월이 빈 칸으로 남아 있는 셈입니다. 나이 든 사람들의 6개월은 젊은 사람들의 3년과 맞먹는다고 하지요. 그만큼 주위 상황이 빨리 변한다는 뜻인데, 취업 경력에서의 공백은 손해이므로 재취업을 할 생각이라면 그 기간 동안 컴퓨터를 배운다든가 해서 철저하게 자신의 경력을 관리해야 합니다.

또 한 가지는, 자기 경력에 대한 자부심이 지나쳐 함께 일하기 어려운 사람으로 비치는 경우입니다. 직장에서는 상사가 부하 직원에게 업무 지시를 하는데, 나이 많은 신입 부하 직원에게 지시가 아닌 부탁을 해야 한다면 어느 누가 선뜻 고용하려고 나서겠습니까. 직장에서는 일을 하는 것이지 대접받는 것이 아니니까요.

마지막으로 준비 없는 퇴직자들은 정보 수집에 게으르다는 공통점이 있습니다. 부족한 기회에다가 시도조차 하지 않는다면 어느 세월에 일자리를 얻을 수 있겠습니까. 꾸준한 정보 수집이 취업으로 연결되는 수가 많습니다. 여기저기 문을 두드려 보는 노력이 가장 먼저입니다. 아니 그보다 훨씬 더 중요한 것은, 내 인생에도 은퇴가 있다는 것을 똑똑히 알아차리는 일이겠지요.

은퇴 후에 새로운 일자리를 찾느라 몸 고생, 마음 고생하시는 분들에게 은퇴 후의 여행이라든가, 은퇴 이민 같은 이야기는 다른 세상 남의 이야기일 뿐입니다. 노후준비 못했다고, 자기 자신의 노년 생활을 제대로 계획하지 못했다고 비난만 할 일이 아닙니다. 노년에 대한 인식이 너나 할 것 없이 부족했고, 미처 자신의 노후를 챙길 여유도 없었고, 세상이 이렇게 변할 줄은 꿈에도 몰랐기 때문입니다. 준비하지 못한 과거를 탓하며 한탄한다고 해결되는 것은 없습니다. 지금 여기에 그분들이 일할 수 있도록 자리를 만들고, 능력을 발휘하도록 돕고, 노년 일자리가 결코 청년 일자리를 빼앗는 것이 아니며 서로가 하지 못하는 부분을 채워주면서 함께 사회를 구성해나가는 것임을 깨닫는다면 그 어려움이 조금은 줄어들 것입니다.

저 역시 은퇴 후의 생활을 늘 막연하게만 여기다가 이렇게 취업 현장에 가서야 찬물을 덮어쓴 듯 현실로 느끼는 경험을 합니다. 만만찮은 노년의 일자리 문제는 중년을 보내는 제게도 반드시 풀어야만 하는 가장 어려운 과제인 것 같습니다. 그러니 다른 것 다 떠나서 생활비 걱정, 먹고살 걱정 안 하는 것만으로도 감사한 노년이라고 할 만하지요.

익숙한 것과 결별하라!

–일흔의 경제법칙 • 고광애

건강보다 돈이 걱정

"노후준비는 경제력!" 많은 사람들이 하는 소리입니다. 돈만 있으면 노후준비는 다 됐다고도 합니다. 경제력을 갖추는 것이 바로 노년준비의 근간이라…… 물론 맞는 말입니다. 돈이, 그것도 먹고살 돈이 없는데 그 외의 소리는 배부른 소리에 불과하고, 말짱 건성 울리는 꽹과리 소리만도 못할 것이긴 합니다. 유경 씨도 "다른 것 다 떠나서 생활비 걱정, 먹고살 걱정 안 하는 것만으로도 감사한 노년"이라고 했네요.

늙어지면, 몸이 늙어가고 아픈 것이 노인들에게는 제일로 큰 걱정거리일 거라고 나는 생각해왔습니다. 그런데 그게 아니더군요. 2006년 통계청에서 설문한 걸 보니까, 건강 문제보다 돈 걱정이 가장 큰 걱정거리라고 합니다. 건강 문제는 30.1%인데 반해 경제적 어려움은 44.6%에 달합니다. 경제력 없이 오래도록 목숨 부지하고 사는 건 재앙이라더니, 그 말이 맞나 보네요.

늙고 병들어 아프고 고독한데, 돈까지 없다니……. 나 역시 남들에 질세라 열심히 늙어가는 이 마당에 생각해 보니까 아찔합니다. 그래서 영악한 요즘 젊은이들은 일찌감치 수입의 몇 퍼센트를 노후자금에 적립해야 하는가가 화두라더군요. 심지어 미국에서는 '부모와 함께 하는 10대 재테크' 니 뭐니 하는 판이라니, 세계 제일의 부자나라도 그럴진대 무엇이든 세계와 나란히 하려 드는 우리나라 사람들이 가만있을 리가 없지요. 한 살이라도 젊어서부터 준비해야만 노후준비가 제대로 된다는 정보가 여기저기서 넘쳐 납니다. 솔직히 일찌거니 노후준비를 하는 저들이 부럽기도 합니다.

우리 시절이야 그날그날 살기도 어려웠으니 노후준비 할 겨를이나 있었나요. 노후준비니 뭐니 하는 용어조차 생소한 지경이었지요. 그저 열심히 자식 키우고 살다 보면 늙어서는 그냥 저절로 살아지는 줄 알던 시대였습니다. 사실, 우리가 이렇게까지 오래 살게 될 줄도 몰랐습니다. 또 사실, 세상이 이렇게 왕창 변해서 자식들 의지하고 사는 시대가 깡그리 가버릴 줄은 상상도 못했습니다.

하지만 우리 시대 사람들이라고 다 가난한 것은 아닙니다. 지난 3,40여 년간, 우리나라가 산업사회로 이행되어오는 어간에서 단단히 재력을 축적한 부자 노인층도 제법 많습니다. 이들에게 노후준비의 근간이라는 돈은 문젯거리도 안 되지요. 이들 외에 우리나라에서 비교적 노후준비가 됐다고 할 수 있는 사람들도 있습니다. 공직이나 교직에 2,30년 근무한 이들입니다. 이들의 노후 경제 문제는 안정되어 있습니다. 하지만 이런 연금 혜택을 받는 사람들이 우리나라 전체 인구 중에 20%도 안 되는 것이 현실입니다.

문제는 근근이 살아오다가 어느 날 느닷없이 은퇴와 노년기라는 새로운 세상을 동시에 맞닥뜨린 사람들이 대다수라는 사실입니다. 대다수의 이 사람들이 우리를 막막하게 하고, 그리고 슬프게 합니다. 허나 별 수가 없습니다. 노년들 스스로 해결하는 수밖에. 보통 사람들, 일찍부터 노후준비는 생각도 못했고 하지도 않았던 수많은 서민들은 어쩔거나. 이 또한 할 수 없습니다. 늦었지만 내 노후준비는 내가 하는 수밖에.

내 노후는 내가 준비한다

우선 맘을 바로 잡는 것부터 시작해야 합니다. 지난여름 실버박람회에 가서 유경 씨가 만나 본 분들이 바로 스스로 노후준비에 나선 용기 있는 분들이겠지요. 거기 박람회에 오기까지 이분들은 맘을 한 번 돌려서 바로 잡는 것부터 하셨을 겁니다.

또 있습니다. 아직 코엑스까지는 안 갔지만 어떻게든 가진 돈을 가지고 스스로 노후 경제 문제를 해결해 볼까 하는 노년층들도 계시지요. 이런 분들에게 전문가들은 권합디다. 비록 쥐꼬리만 할지라도 가지고 있는 공적 연금, 사적 연금(퇴직연금, 개인연금 등등), 금융 자산, 부동산, 펀드 투자 중 한두 가지가 있다면 그것들을 활용해 보라고요. 만약 이도 저도 없다면, 또 다른 살 길을 내가 찾아보는 수밖에요.

"국가가 노후를 책임져주는 시대는 선진국에서도 이미 지나갔습니다. 이제는 개인 스스로 노후를 대비할 수밖에 없습니다."

와튼 스쿨에서 보험과 위험 관리를 담당하는 올리비아 미첼 교수의 말입니다. 미국은 정부연금, 기업연금, 개인저축을 통해서 노후준비를 한답니다. 세계에서 제일 부자라는 미국도 노후 걱정 없는 사람은 10% 정도고, 70세에도 일하는 남성이 20%를 넘는다고 합니다.

동서양을 막론하고 아이러니하게도, 극빈층은 오히려 노후 문제가 없다면 없다고도 할 수 있습니다. 특히나 내세울 자식마저 없는 노년층은 그야말로 국가가 거의 모든 책임을 맡고 있는 실정입니다. 기초생활 수급자가 되면, 글쎄, 그게 생활이냐고 반문할 사람들이 있을지 모르겠지만, 어쨌거나 생존은 가능하도록 지원을 해줍니다. 주거비용도 대주는데, 일례로 보증금을 융자해줄 때 정부가 집주인에게 직접 돈을 건네고 훗날 이사를 하거나 사망하면 집주인에게서 그 보증금을 돌려받는 시스템이지요.

건강관리는 보건소와 병원에서 해결해줍니다. 아주 늙어서 공공 노인시설에 들어가기도 용이합니다. 극빈 노인들을 돌보는 이 공공 노인시설이 생각보다 좋습디다. 그래서 늙어서는 못된 열 자식보다 이런 시설에 들어갈 수 있는 노인들을 부러워하는 어르신들이 계십니다. 일반 서민들은 아무리 침을 흘려도 갈 수 없는 시설입니다. 그래서 가난한 서민 노인들이 하는 말이 있습니다. "그저, 자식이 웬수지."

물론, 부자들에게는 몸이 늙어가더라도 돈이 문제가 되지 않음은 두 말이 필요 없습니다. 이제 우리나라 부자들의 수준도 세계 수준이 되었습니다. 외국을 제집 드나들듯 하며 골프며 기타 여가부터 병원 치료까지 세계 최고 수준을 누리고 살게 되었습니다.

부자라고 하기보다는 소위 고소득자라 할 수 있는 사람들의 노후 경제 상황은 어떨까요. 이들은 늦어도 45세를 전후해서 은퇴 설계를 이미 해놓는다고 합니다. 그럼, 노후에 필요한 돈이 얼마일까요? 넉넉하게 잡아서 노후 생활비로는 1년에 5,594만 원(삼성생명 산정)이 든다고 합니다. 수준을 좀 낮춰서 해외 골프를 자제하는 정도면 일년에 3,504만 원이 필요하다고 하고요. 고소득층에게 이 정도야 "애걔걔!"겠지만 서민층에게는 입이 벌어질 액수이지요.

일본의 경우, 2인 부부의 한달 생활비로 25만 7,000엔, 조금 여유로운 생활을 하려면 37만 9,000엔이 든답니다. 이들 역시 주 노후자금인 연금이 이에 못 미치는 것이 문제라고 합니다. 은퇴 시점의 수입보다 30% 정도 많은 130%는 되어야 안심하고 위엄 있는 노후의 삶이 가능하다는 말도 있습니다. 노후자금은 연간 필요금액의 25배는 있어야 한다는 의견도 있습니다. 이것도 연리 4%대일 때 경우입니다(CNN 인터넷판). 그러니 현재 연리 3%대인 우리나라는 더 많은 돈이 필요하다는 얘기가 됩니다.

한마디로 정리해 보면, 선진국이든 중진국이든 어느 나라나 집 빼고 10억이 좀 넘는 돈이 노후에 필요한 자금이라는 얘기지요. 절로 "어휴!" 소리가 나옵니다. 하지만 10억 원 정도만 있으면 몸은 늙었어도 금력이란 권력을 여전히 쥐고 있게 됩니다. 지불하는 자로서 제왕의 자리를 지키며 노후를 보낼 수 있다는 뜻이지요.

익숙한 것과 이별하라

문제는 부자나 고소득층도 아니고, 그렇다고 극빈층에도 낄 수 없는 노인들입니다. 지금까지 겨우겨우 살아온 노년들, 자식들도 간신히 저희들 앞가림이나 하는 처지인 이들에게 자신의 노후생활비용이며 의료비 마련이 얼마나 막막한지요! 더구나 문제는 이런 분들이 노년 인구에서 대다수를 차지한다는 사실입니다.

막막하기 이를 데 없는 이 많은 사람들의 노후생활은 어쩔거나. 별 수 없이 "은퇴 뒤엔 벌어놓은 자산을 까먹고 살 수밖에요." 하지만 전문가들은 은퇴 뒤에는 벌어놓은 자산을 까먹고 살아야 한다는 주장이나 선입견을 버리라고 충고합니다. 치매가 걸렸다면 몰라도 그렇지 않은 경우라면, 비록 늙었더라도 안전자산 위주로 꾸준한 재테크 활동을 이어가야 한다고 전문가들은 권합니다. 글쎄, 이 글을 쓰고 있는 나 자신 37년생인데 지금 재테크 활동을 할 수 있을까? 개인차가 있겠지만, 나로선 선뜻 자신이 안 섭니다.

지금까지는 이런 분들은 직장생활이나 소규모 자영업을 하며 평범하게 자기 앞가림이나 하고 살다가, 퇴직금이나 저축한 돈을 은행에 넣고 이자로 노후생활을 하는 사람이 대다수였습니다. 내가 아는 선배도 남편의 퇴직금과 어느 정도의 저축을 은행에 넣어놓고 2백여만 원의 금리를 받아 교외의 아담한 주택에서 두 식구가 별 지장 없이 살았습니다. 내외가 공통된 취미이자 직업이었던 성악으로 국내외 교회에서 봉사도 하고 뒤늦게 플루트도 배우면서……. 그러던 그들이 금리가 3%대로 곤두박질치면서 하루아침에 빈곤층 노년이 되어버렸습니다. 한달 이자 수입이 50만 원 남짓하니……. 그렇게 소리 없이 노인 중산층이 여기저기서 붕괴되고 있었습니다.

이 많은 노인 세대가 하루아침에 극빈층으로 추락해가도 어느 정치가나 어느 매체에서 문제제기가 없었습니다. 그저 흘러가는 일회성 기사가 나왔을 정도로 흐지부지되고 말았지요. 이 가운데서도 다행이랄까, 우스운 현상이 벌어지긴 했습니다. 극소수 사람들의 예겠지만, 그것은 바로 미친 것 같은 집값 상승에 편승해 절로 노후준비가 되어버린 행운의 노년들도 없잖아 있다는 겁니다.

하지만 이런 측면이 있다 해서 집만 바라보고 있다가는 확실한 낭

패입니다! 그래서 81.7%가 황혼취업을 원하는 거지요. 이제 와서 자식에게 뭉칫돈 썼던 것을 후회도 해 보고, 자식을 향한 올인에서 딱 반으로 줄여서 하프인만 할 걸 하고 때늦은 후회를 하는 분들이 있습니다. 이런 분들은 저축만을 능사로 알았던 걸 후회합니다. 나도 남들처럼 펀드니 뭐니 투자라는 데에 눈길을 돌려 볼 것을…… 아니, 그보다도 은근히 부동산투기를 경멸하던 어쭙잖은 사회정의감이 뭐람, 일찍이 부동산에 눈길을 돌렸으면 이 지경은 안됐을 것을 후회도 해 봅니다. 문화적으로는 최상위급인 내 선배 부부도 스스로 살 길을 찾아 맘을 바꾸고 생활을 바꿔야 했습니다. 시쳇말로 패러다임을 바꾸는 수밖에요. 목표를 수정하고 꿈을 조절하는 현실감각이 절실해진 시점이었던 겁니다.

안 그래도 노년은 포기의 계절입니다. 삶이란 매 순간 익숙한 것과의 결별을 잘 할 수 있어야 한다잖아요. 지불자의 자리, 제왕의 자리와도 결별을 해야 합니다. 일찍이 소노 아야꼬는, 노인은 경조사비를 안 내도 된다고 했습니다. 경조사비와 당당한 결별을 해도 누구도 뭐라 안 합니다. 자식을 다 키워놨으니, 피치 못할 교육비가 나갈 리도 없습니다. 이런데 무엇이 두려운가? 돈 없이 살 수 있을까 하는 두려움? 맘을 한번 돌리면, 살아집니다.

스포츠센터 대신 동네 공원으로 운동 가고, 무료 봉사로 하던 레슨은 유료로 바꾸고, 호텔 커피숍이나 분위기 있는 찻집 대신 자판기가 있는 곳으로 만남의 장소를 바꾸고, 이제는 나이도 있고 하니 해외 구석구석의 교회까지 찾아가서 하던 성가 봉사도 중단하고……. 그런데 이러지 않고, 행여 돈 없다고 비참하다고 파괴적 자기방어를 할까 두려워 나는 저 부부를 주시하고 있습니다. 우울증, 알콜 중독, 도박, 자살 시도 등등, 많은 노인들이 이런 데에 빠지기에 하는 소리입니다.

익숙한 것과의 이별 중에는 '재산은 자녀에게 물려주는 것' 이라는 전통 관념에서 '내 자산은 내 노후를 위해서 쓰는 것' 이라는 발상의 전환도 필요합니다. 언제까지 자식들 주위를 소리 없는 헬리콥터 모양 빙빙 돌면서, 가진 돈으로 성인이 된 자식들에게 투자에 투자를 할 것입니까.

우리나라에서 경매로 집을 날리는 원인이 대부분 자식들 사업자금으로 빌려줬다가 그런 거라고 합니다. 이런 사실을 알면서도 맘대로 되지 않는 게 우리네 세대의 슬픈 자화상입니다. 절약과 검약이 체질화되어서 나를 위해서 쓰면 오히려 괴롭다며, 나를 위해 돈을 쓰기보다 자식에게 주어야 기쁘다는 못 말리는 우리 세대의 노년들……. 그래서 집을 담보로 노후생활비를 빌려주는 모기지제도도 자식들 때문에 활성화되지 못한다는군요. 내가 못 먹고 못 쓰더라도 집은 자식에게 남겨주려는 부모 마음. 거기에 더 고약한 것은 자식들의 반대로 모기지를 못하고 고생하는 노년들입니다.

그런데 요즘 들어 좀 부족한 노후자금으로 보다 안락한 노후생활을 누리는 방편이 유행하고 있다는 뉴스가 심심찮게 보입니다. 생활비, 주거비, 거기에 골프비용까지 적게 드는 남쪽 나라에 가서 노후를 보내는 사람들이 많답니다. 오늘날같이 다양화된 세상에서 획일적인 노후의 삶을 살라고 할 사람은 없습니다. 각자 좋은 대로 살면 되지요.

하지만 내 경우, 일주일이 멀다 하고 친지들을 봐도 물리지 않던 데 물설고 낯선 곳이 좋기로서니…… 하는 마음입니다. 비록 가난해도 가장 편한 모국어를 구사하면서 정서적으로 공감대가 형성되는 익숙한 환경에서 노후를 살아가야 하지 않을까, 고목을 옮겨 심으면 튼실하게 자라지 못하는 것처럼 늙은 우리가 다 늦게 이민을 가다니 싫은 게 솔직한 심정입니다.

아무리 금력이 권력이라지만, 경제적 안정만 가졌대서 노후 보장이 다 됐다는 뜻은 아닙니다. 금력이란 권력을 신중하지 못하게 휘두르다가 자식도, 친구도, 그리고 돈도 다 달아나버린 사람을 볼 수 있습니다. 사람들이 떠나버린 부자에게 남아 있는 사람은 돈을 노리는 사람뿐이요, 남는 것은 소외와 고독뿐입니다. 그러기에 가난한 사람의 상가에는 슬픔만이 있고, 부자의 장례에는 다툼만이 있다는 말이 있잖습니까.

없어도 부모 자식 간에, 친지들 간에, 평등하고 상호적인 관계를 맺어야 할 것입니다. 행여 지불자로서, 또 제왕으로서 역할을 잃은 보상심리에서 나오는 충고를 해대거나 존경을 안 한다고 툴툴대는 노인이 될까 저어됩니다. 충고를 강매하고 존경을 강요하는 수직 관계보다는 서로를 배려하고 함께 가는 수평 관계를 갖는 것이 노년의 소외를 면하는 첩경일 터입니다. 긴긴 순례자의 길 같은 인생의 먼 길을 부모, 자식, 형제, 친지가 앞서거니 뒤서거니 걸어가는 자세로 지내는 데 돈이 많고 적음에 그리도 휘몰려야 하는 걸까요.

몸과 사이좋게 지내기

—마흔의 건강법 • 유경

선생님, 지난 한 해는 정말 "낼 모레 쉰!"이라는 말을 절감하며 살았습니다. 평소 저는 노년준비 중 결코 빼놓아서는 안 되는 것이 바로 건강이고, 건강을 위해서는 무엇보다 먼저 몸과 사이좋게 지내야 한다고 강조해왔습니다. 하지만 이번에야말로 그동안 제가 제 몸을 귀하게 다루지 않고 세심하게 보살피지 않았으며, 친절하고 다정하게 들여다보지 않았다는 것을 뼈저리게 경험했습니다. 그것도 병원 출입을 하면서야 비로소 깜짝 놀라 뒤돌아보게 되었으니 제가 얼마나 어리석은 사람인지요.

가을로 접어들면서부터 '가슴 울렁거림'이 시작됐습니다. 아무 일도 없는데 깜짝 놀랐을 때처럼 가슴이 덜컥 내려앉고, 시험 직전처럼 두근두근 떨리기도 하고, 커피를 지나치게 많이 마신 날처럼 울렁거리기도 하는 것이었어요. 누구는 혈압이 높은가 보다 하고, 누구는 고단한 탓이라고도 했는데, 문득 귀에 들어오는 한마디가 있었으니 갱년기 증상에도 그런 것이 있다는 말이었습니다.

건강보험공단에서 2년에 한 번씩 하는 종합건강검진 예약을 해놓았는데 그새를 못 참고 따로 병원에 가기도 그렇고, 열심히 인터넷을 돌아다녔지요. 갱년기의 여러 증상 가운데 '가슴 울렁거림'이 들어 있더군요. 딱히 다른 데가 아픈 것도 아니어서 일단 제 몸에 좀더 주의를 기울이고 관심을 갖기로 했습니다. 우선 커피 마시는 양을 줄이고 (사실 몸 상태가 좋지 않으면 저절로 줄어들긴 하지만요), 그동안 무심코 먹었던 이런저런 약이며 건강 보조식품들을 중단했습니다.

몸 상태가 크게 나아지진 않았지만 몸을 들여다보는 사이, 중년을 대상으로 강의를 할 때마다 소리 높여 강조하던 "몸과 사이좋게 지내라!"는 말이 새삼 제 가슴에 절절하게 다가왔습니다. 바쁘다는 핑계를 대며 5분 투자하는 것도 아까워하던 맨손체조도 정성껏 하고, 편하다는 이유로 신경 안 쓰고 맘대로 앉던 자세도 바로 하고, 강의할 때를 빼놓고는 운동화를 신어 몸과 발 모두를 챙겼지요.

그런데 몸과 마음이 편치 않으면 관계도 꼬이게 마련인가 봅니다. 왜 그렇게 사람들과의 관계가 어려운지, 비명을 지르고 싶을 정도였습니다. '가슴 울렁거림'에 시달리던 어느 날, 아주 오래 전의 감정을 헤집어내는 편지를 한 통 받았습니다. 편지에서 옛 동료이자 후배는 제게 서운하다고 말하고 있었습니다. 예전에 저는 그로 인해 이미 아플 대로 아팠고 혼자 겨우 추슬러 일어났건만, 그는 이제 와서 뒤늦게 나로 인해 자기가 아프고 섭섭하다고 말하고 있었습니다.

저는 고민 끝에 침묵을 택할 수밖에 없었습니다. 몸과 마음 모두 평상심을 잃었을 때는 섣불리 움직이지 않는 게 좋겠다는 나름의 판단이었지요. 제가 조절할 수 없는 상태로 흘러가버리는 것을 막기 위함이었습니다. 아니, 솔직히 제가 그에게 더 이상 상처받고 싶지 않았던 것이지요. 제 자신을 위한 방어가 침묵이었던 셈입니다. 마흔일곱 동갑내기 친구도 그 무렵 그런 말을 하더군요. “나 아무래도 갱년기인 것 같아. 감정의 기복이 심해졌어. 너는 안 그러니?”

얼마 뒤, 한 달 넘게 계속된 ‘가슴 울렁거림’이 갑상선이나 심장의 문제일 수도 있으니 검사를 해 보라는 신경과 의사 선생님의 권유로 집 근처 내과를 찾았습니다. 검사를 해서 신체적인 이상 없이 ‘가슴 울렁거림’이 지속된다면 심인성(心因性)일 가능성이 높다고 하더군요.

혈액 검사 결과 갑상선 기능에는 아무런 이상이 없지만, 갑상선 초음파 검사 결과 1.2cm의 갑상선 결절이 발견되었고, 심전도 검사에서는 1분에 1회 정도의 부정맥이 확인되었습니다. 갑상선 결절? 부정맥? 전혀 예상하지 못했던 일이기에 당황스럽고 걱정되기도 하면서 의기소침해지는 기분이었습니다. 검사 결과를 확인하고 집에 돌아와서 부지런히 인터넷 검색부터 했지요. 검색을 하면서 제 입에선 저절로 “아니, 갑상선 결절이 이렇게 흔한(?) 병이었단 말이야?”

하는 말이 나왔습니다.

그래도 마음 한구석이 무겁긴 했습니다. 결절이 양성이 아니라 혹시 악성이라면?…… 그렇다면 열심히 고쳐야지!…… 곰곰 따져 보니 병이 저만 피해가라는 법은 없더군요. 나이로 봐도 병이 찾아올 때가 됐지 싶기도 하고, 더구나 몇 가지 질병을 한꺼번에 갖고 계신 어르신들을 매일 만나는 처지에 담담하게 받아들여야겠다는 생각이 들었습니다. 저녁식사를 하며 남편과 아이에게 지금까지의 상황을 설명했고, 특히 중학생 딸아이에게는 가족들의 이해와 관심과 사랑이 병을 고치는 데 가장 중요하며 미리 걱정할 것은 없다고 강조를 했지요. 일종의 도움 요청이기도 했습니다.

어른들 말씀이 병은 소문내는 거라고 하시더니, 맞는 말이었습니다. 오빠에게 전화를 걸어 의사 친구에게 좀 물어봐달라 했더니 바로 올케 언니의 전화가 왔습니다. 저보다 두 살 위인 올케 언니도 바로 2년 전 갑상선 이상이 발견되었다며, 약물 복용으로 정상이 되었다고 했습니다. 그러면서 갑상선 이상이 있다는 사람들 이야기를 죽 해주는데, '정말 이렇게 흔한 병이었단 말이야?' 하는 생각이 또 들었습니다. 역시 사람은 자기에게 일어나는 일만 알고 사는 법인 모양입니다.

그뒤 대학병원의 내분비내과로 옮겨 목에 바늘을 찔러 넣는 '갑상선 초음파 유도하 세포 검사' 라는 것을 했고, 심장내과에서는 심초음파와 운동 부하 검사와 24시간 심전도를 측정하는 홀터 검사를 했습니다. 예약, 진료, 검사, 결과 확인까지 약 두 달이 걸렸고 드디어 12월 초에 결과가 나왔습니다. 갑상선에 1.5cm 크기의 양성 결절이 있으니 6개월에 한 번씩 초음파 검사 할 것, 심장과 관련해서는 부정맥의 일종인 '심실 조기 수축' 증세가 있는데 별다른 치료는 필요 없고, '가슴 울렁거림' 은 그냥 그러려니 하고 살아갈 것!

몸의 이상을 발견하고 검사하는 과정에서 몸에 주의를 기울이다 보니, 새삼 그동안의 무관심과 함부로 대한 일들이 떠오르면서 고스란히 후회로 되살아나더군요. 중한 병으로 확인되더라도 지레 포기하지 않고 씩씩하게 고치리라 결심을 하긴 했지만 솔직히 불안한 마음을 떨칠 수 없었습니다. 질병에 뒤따르는 고통과 경제적인 부담, 가족들이 겪을 어려움이 차례로 다가오면서 가슴을 짓눌렀습니다.

노년기의 네 가지 고통[四苦] 가운데 하나가 질병, 즉 건강과 관련한 문제지요. 제 몸의 병을 들여다보는 사이에 만성질환을 두 가지 이상 함께 앓는 어르신들 생각이 났습니다. 잘 낫지 않는 병 자체의 고통, 치료에 수반되는 경제적인 부담, 수발하는 가족들의 어려움, 거기에다 노인들 아픈 거야 당연하다며 적극적인 치료로 완쾌될 수 있는 질병까지도 굳이 돈 들여 치료할 필요가 없다는 편견까지 있으니, 어르신들이 얼마나 힘들고 외로우실지, 비로소 생각이 미쳤습니다.

지난 2003년 '척추간 협착증' 으로 고생하시던 친정아버지께서 수술을 하시겠다고 했을 때, 81세의 연세를 들어 모두들 반대했습니다. 마취에 대한 불안, 체력에 대한 걱정, 수술 후 경과에 대한 불확

실성 등을 이야기했지만, 저를 포함한 자식들 모두 속으로는 '연세도 많은데 웬만하면 그냥 사시지, 아버지 연세에 무슨 큰 수술까지……' 라고 생각했던 것은 아닐까요.

올해 85세이신 아버지는 건강한 허리로 열심히 자원봉사도 하시고, 동창회 일로 여전히 바쁘십니다. 수술 후 부지런히 걷기 운동을 하고 잘 관리하신 덕이기도 하지만 수술 그 자체가 가장 중요한 치료였습니다. 아버지는 요즘도 가끔 말씀하십니다. "그때, 단 하루를 살더라도 허리 좀 안 아팠으면 좋겠다고 생각하고 수술했는데, 참 잘했어!"

요즘 저는 식구들에게 "나의 유흥 시대는 끝났어!"라는 말을 심심찮게 합니다. 입이 원하는 대로 먹고, 생활리듬이 깨질 만큼 늦게까지 노는 일에 이제 작별을 고하게 되었다는 뜻입니다. 50년 가까이 잘 살아준 몸을 지금부터라도 잘 보살피지 않으면 이후의 삶 자체가 마구 흔들릴 것을 잘 알기 때문입니다.

노화라는 것이 어느 날 갑자기 한꺼번에 몸 전체에 오는 것이 아니고 70년, 80년 동안 하루하루 쌓인 결과입니다. 그러기에 쉰을 바라보는 나이에 몸의 변화에 서서히 적응해나가야 하고 몸과 사이좋게 지내야 한다는 것을 몸으로 마음으로 깨달은 것이지요. 어르신들을 날마다 만나면서도 늘 건성으로만 느끼던 제가 이번에 제 몸을 통해 확실한 교육을 받은 셈입니다. 이래서 어른들이 늘 말씀하시나 봅니다.

"아무렴, 나이에 장사(壯士) 없지. 없고말고!"

내 식대로 건강 지키기

–일흔의 건강법 • 고광애

"아침에 곳곳이 쑤신다고 투덜대지 말 것." 프랑스의 소설가 장 루이 푸르니에의 충고입니다. 50세를 넘겨서도 아침에 일어날 때 아무 데고 아프지 않다면, 이건 여기저기 죽었다는 말이라네요. 늙어간다는 것은 거저 늙는 게 아니라 아파가며 늙는 것입니다. 수명은 나날이 길어져서 평균수명 80세를 바라보고 머지않아 100세로 치달을 거라는데, "개똥밭에 굴러도 이승이 좋다"고, 오래 살게 된 것은 좋은데 여기저기 아파가며 오래 살자니 좀 그렇습니다. 건강 악화와 수명 연장을 맞바꾼 형국이랄까요.

단명하던 시절에는 들어 보지도 못한 병에다가 온갖 성인병, 거기다 암은 거짓말 보태서 한 집 걸러 하나씩 환자가 있는 것 같습니다. 그래 그런가요? 눈만 뜨면 어디 어디 몸에 좋다는 건강 타령, 어디 어디 몸에 이롭다는 먹을거리 타령들입니다. 살기 위해서 건강하려는 건지, 건강하기 위해서 사는 건지 모를 정도로, 요즘 일부 사람들은 건강에 탐닉해 있습니다. 오죽하면, 건강은 오늘의 문화 속에서 새로운 "구원론(救援論)"(정진홍 교수)이라고까지 했겠습니까. 그러다 보니, 국민 전부가 아마추어 전문가 수준을 넘어서 이제는 의사 저리 가라 할 만한 프로 건강 전문가가 된 것 같습니다.

이 마당에 나까지 건강 이야기를 하고 싶지는 않은데, 편집자가 하 중요한 사항이라 빼놓을 수가 없답니다. 그래서 중요하다는 성인병 관리며 치료법 같은 것은 우리 의사 선생님 몫으로 밀어놓고, 여기서는 그저 오래 살다 보니 오래 사는 누구에게나 오는 병 아닌 병을, 즉 '닳고 찢어진 여기저기'를 어떻게 다스릴까에 대해서만 다룰까 합니다. 이는 의사에게 뛰어가기 전에 각자 개인들이 해야 할 일들이니까요.

결론부터 먼저 얘기하자면, "족집게 같은 해답은 없다"가 내 답입니다. 다만 조심조심 매만지고 다독거려서 덜 닳고 덜 찢어지도록, 그래서 덜 아프게 하자는 얘기밖에 없습니다.

생긴 대로 잘 살자!

몸무게와 체질량지수는 절대적으로 낮아야 한다는 말에 이견을 다는 사람은 없는 듯합니다. 몸무게가 나가고 체질량지수가 높으면 만병의 근원이 되고 모든 성인병의 원인이라고 합니다. 이런 말을 듣다 보면, 온 국민이 나서서 다이어트하고 체질량 줄이는 범국민운동이라도 벌려야 할 것 같습니다. 거기다가 몸무게나 체질량지수, 또 혈압의 이상적인 수치도 종래 제시되던 수치보다 한 단계 내려가야 한답니다. 일테면, 체질량지수도 종래에는 23이하라고 했는데 요즘은 21은 되어야 안심이라네요. 몸무게와 체질량지수가 높다 보면 자연 혈압도 올라가게 돼 있다는군요.

그래서 종래 이상적인 혈압이 120/80, 나이 먹은 사람들은 130/90도 괜찮다고 해왔는데, 요즘은 120/80에서 110/70으로 내려놔야 안심이지 그 이상이면 장래의 잠재적 고혈압 환자가 될 가능성이 있다니, 무섭습니다. 왜 무서우냐 하면, 몸무게와 혈압이 높으면 만병의 근원이 된다니 그렇지요. 고지혈증, 당뇨, 동맥경화성 심장병, 퇴행성관절염, 유방암, 자궁암, 대장암 등등 온갖 병이 다 거기서 생긴다니 말입니다. 120/80의 혈압, 23이하의 체질량지수에 이르기 위하여, 남녀 불문하고 소위 웰빙을 추구한다는 우리나라의 중장년층과 노년층이 모두 나서 열심히 땀 빼고 운동하고 다이어트하고…… 눈물겹습니다.

그런데 이 대목에서 나는 의사들이 획일적으로 이상적인 수치를 내놓고 우리 모두에게 협박 아닌 협박을 한다고 생각합니다. 웬 외람된 소리냐고 하겠지만 선무당으로서 한마디 하자면, 사람이란 태어날 때부터 그러니까 요즘 잘 쓰는 용어로 유전인자가 두둑한 체질로 태어나는 사람도 있고, 여위고 마른 유전인자 덕에 날씬하게 태어나는 사람도 있습니다. 우리 모두가 많이 봐오지 않았습니까. 날 때부터 두둑한 체질로 태어난 사람일지라도, 도중에 크게 살이 더 찌고 혈압이 많이 높아지지 않는 한 건강하게 잘 살아갑니다. 아니, 마른 사람들보다 스태미너나 지구력에서 더 건강하며, 웬만한 고뿔쯤도 너끈히 넘기고 사는 사람들이 많습니다.

예를 들면, 남의 프라이버시를 들추려는 게 아니라, 언젠가 텔레비전에서 나와 얘기한 탤런트 김을동 씨가 그런 예입니다. 이분 말씀의 요지는, 남 보기에 뚱뚱할지는 모르지만 자신은 건강하고 활기차게 아무 문제없이 사노라는 것이었습니다. 내 친구도 김을동 씨 버금가게 두둑해서, 고등학교 때 교복 벨트를 맨 끝 구멍에다 겨우 채우곤 했습니다. 그런데 엊그제 만났더니 홀쭉 살이 말라서 허리까지 구부정한 게, 저 친구가 나와 동기생이라고 할 수 있을까 싶었습니다. 천성이 모범생인지라, 의사 선생님 말씀에 따라 혈압 120/80 이하, 체질량지수 23이하에 도달하느라 폭삭 늙어버린 겁니다.

사실 중년이 넘어서고 노년에 들어와서는 체중이 불어나는 게 당연합니다. 어윈 쇼의 소설에서 "여자가 중년이 넘으면 얼굴을 택할 것이냐, 몸매를 택할 것이냐 하는 기로에 선다"라는 구절을 읽은 기억이 있습니다. 내 생각에, 얼굴만 택해서 몸이 마냥 살이 불어나게 할 수도 없고, 그렇다고 몸매를 택해서 미국 여배우 제인 폰다(나와 동갑입니다)처럼 체격은 20대 그대로인데 얼굴만 70대가 되어도 보기 흉하다 싶습니다.

이 지점에서 '노년은 포기의 계절' 임을 상기하면 좋겠습니다. 이상적인 얼굴과 몸은 포기하고 보는 겁니다. 공자님 가르침대로 중용을 지켜서, 이도 저도 이상적이지는 못하지만 이도 저도 보기 민망하지 않게 유지하면 되지 않을까요? 의사 선생님들에 대한 불만을 털어놓자면, 이분들은 자기 전공의 병에 관해서만 주의와 처방을 해줍니다. 환자의 여러 여건을 전방위적으로 진단을 안 해주는 거지요. 이런저런 조건 다 무시하고 무조건 120/80, 23이란 수치를 강요하면, 우리 모두는 얼마나 많은 스트레스를 받는가 말입니까. 그리고 그 스트레스가 다시 이상적인 수치들을 되돌려놓는 악순환의 원인이 되지 말란 법도 없을 것 아닙니까.

먹을거리 이야기 한마디 하고 다음 얘기로 넘어가겠습니다. 어쩜, 무슨 음식이 좋고 나쁘고 하는 뉴스에 따라 그날 시장에서 먹을거리 판매량이 천장을 치거나 곤두박질을 한답니다. 어제는 이 먹을거리가 어째서 좋다더니, 오늘은 그 먹을거리가 저래서 나쁘답니다. 심지어는 가장 이상적인 식품이라던 우유도 이상적이기는커녕, 칼슘 흡수율이 그렇고 그러니까 대신 브로콜리나 케일만 먹어도 된다는 기사가 났습니다.

하긴 약도 그렇습니다. 내가 2000년에 낸 책에서는, 호르몬 대처요법의 이점으로 갱년기 이후 여성들의 심장병 발병을 줄여준다는 의학 소식을 썼습니다. 그런데 불과 몇 년 만에 그 유명하다는 미국 WHI(Women's Health Initiative)에서 연구한 결과, 호르몬 대처요법을 받은 여성들이 외레 심장병 발병율이 많았다니 유구무언(有口無言)입니다.

결론적으로, 우리 늙은이들끼리라도 이 소리 저 소리에 쓸려 다니지 않는 성숙함이 요구되는 시점이라 생각합니다. 자, 그럼 어떻게 할 것이냐? 우선, 평소 세끼 먹는 대로 먹되, 살이 찌는 것이 안 좋다니 식탐을 내지 않아 볼 것! 그런데 식탐의 한계는 어디까지일까요? 칼로리가 얼마인가를 따지기보다, 그저 섭섭할 때 수저를 놓는 습관 정도면 될 듯합니다. 또 하얗게 굳어버리는 고기의 기름기나 걷어내고, 굽고 튀겨 먹기보다는 쪄 먹는 요리 쪽을 택하는 것도 좋을 것입니다. '포기의 계절'에 와 있는 우리이니 짭짤하고 고소한 맛도 어느 정도 포기해야겠지요. 안 그래도 늙으면 맛 봉오리가 둔해져서 젊은이보다 무려 3배 정도가 되어야 제대로 맛을 알게 된다니, 그저 평소에 좀 싱겁더라도 싱거운 대로 먹는 수밖에요.

운동도 그렇습니다. 운동이 아무리 좋기로서니 운동을 너무 해서 얼굴이 폭삭 늙기보다는, 늙은이가 뭐 힘쓸 데도 많지 않을 터이니 그저 걷기나 꾸준히 하고(운동 안 하던 분들에게 하는 얘기입니다), 스트레칭, 그러니까 보건체조라도 열심히 하면 되겠습니다. 그 정도로 해서 우리 늙은이들이라도 온 세상의 건강 찾기 소란 속에서 물러나 좀 조용히 살도록 합시다.

내 부자 친구는 호화 스포츠센터에 다닙니다. 그런데 스포츠센터에 가더라도 힘들게 오래 하는 운동은 눈치가 보여서 못하겠답니다.

젊은이들이, 저 노인네 얼마나 오래 살려고 저리 기를 쓰나 하는 것 같다나요? 뭐, 젊은 것들 눈치가 보여서가 아니라 다 늦게 하는 운동 적당히 해야지, 너무 극성을 피우는 게 아름다워 보이지 않는 것은 사실입니다.

오래 써서 생긴 병들

병은 아니지만, 단지 오래 써서 자연히 닳아지고 찢어지는 기관들이 있어서 우리 늙은이들을 괴롭힙니다. 우스갯소리로 한마디 하자면, 하나님은 사람의 심장은 제 구실을 하느라고 뛰게 하면서 다른 기관들은 왜 제 구실을 못하게 하시나, 원망스럽습니다. 겉모습이 제 구실을 못하면 요즘 유행하는 성형이라도 해 보겠지만, 몸 안에서 일어나는 생체시계의 진행을 늦추거나 막을 도리도 없고 성형을 할 수도 없으니 말입니다. 심장도 잘 뛰고, 잘 먹고, 잘 살긴 삽니다. 그런데 귀가 안 들리고, 눈이 안 보이고, 허리가 아프고, 걸음은 잘 걷지 못하게 하시니 어쩌라고 그러시는지…….

마흔 중반쯤 되면 돋보기를 찾게 됩니다. 늙음을 대비한 첫 번째 기구인 셈이지요. 나이가 들면 해마다 도수를 늘려가며 원시, 난시, 근시에 맞춰서 살아야 합니다. 최근엔 근시와 원시를 동시에 해결해 주는 콘택트렌즈가 나왔다니, 참 좋은 세상이긴 합니다. 하지만 그것도 4,50대나 쓸 일이지, 노인들은 자기 돋보기도 잊어버리고 매일

'안경 찾아 3만 리'를 하는 주제에 웬 렌즈랍니까! 그럼 수술을 할까, 근시와 원시를 다 고친다는 수술을? 나는 조금 더 두고 보려고 합니다. 그런데 이렇게 하다 하다 끝내는 눈에다가 무슨 조처를 안 하고는 못 배기는 눈병들이 있습니다. 백내장, 녹내장, 황반변성 같은 병들이 그것입니다.

나이 들어 생기는 대표적인 눈병이 백내장입니다. 백내장은 수술을 해야 하지만, 안 한다고 해서 눈을 영구히 망쳐버릴 가능성만 있는 것은 아닙니다. 환자가 그 필요성을 절실히 느껴서 수술을 원할 때까지는 수술할 필요가 없다는 의견도 있습니다. 작년 8월에 93세로 돌아가신 나의 어머니를 봐도 틀린 의견은 아닌 듯합니다.

내 얄팍한 상식으로는, 백내장이 완전히 수정체를 덮으면 백 퍼센트 실명을 하는 줄 알았습니다. 어머니의 실명만은 막아야겠기에 몇 년에 걸쳐 여러 차례 병원을 찾았습니다. 이미 너무 연로한 탓인지, 어느 의사도 선뜻 수술하자는 말을 안 하더군요. 그런데 돌아가실 때까지 실명은 안 하셨습니다. 늘 앞이 부옇다고 아무 안경이나 쓰기를 잘 하셨습니다. 그 '아무 안경'은 위약(僞藥)의 효과를 발휘하는지, 아무튼 안경을 쓰고 신문도 보셨답니다.

반면에 황반변성과 녹내장은 완전 실명을 한다는 점에서 무서운 병이고 그래서 조심해야 하는 눈병입니다. 백내장도 그렇지만, 햇빛을 너무 쐬는 거는 눈에 백해무익이고 고혈압, 심혈관 질환, 당뇨, 흡연, 안압이 높은 60세 이상 되는 사람은 6개월에서 1년마다 반드시 백내장, 녹내장, 망막변성 검사를 받을 일입니다. 헤아릴 수 없이 귀한 우리의 눈을 위해, 또 치료시기를 놓치지 않기 위해, 보약이며 좋은 먹을거리를 찾는 노력의 일부를 우리의 눈에 투자할 필요가 있습니다.

재작년인가, 나는 눈가에서 날아다니는 날파리를 잡으려고 손뼉을 몇 번이나 쳤는지 모릅니다. 그런데 알고 보니, 눈의 노화를 보여주는 비문증이라나요? 비문증이라, 처음 들어 보는 말이었습니다. 비문증은 '유리체' 라는 눈 속의 맑고 투명한 젤 같은 물질이 점도가 떨어지고 점점 묽어져서 나타나는 현상이랍니다. 별 신경을 쓰지 않고 지내면 합병증 없이 그냥 저냥 적응하며 사는 병이라니, "후유" 했지요.

사람은 35세만 되어도 황혼기가 시작된다고 합니다. 황혼기를 거치면서 기어이 찾아오는 병 아닌 병이 퇴행성관절염이고 골다공증입니다. 60세가 넘어 숨진 환자들을 검시해 보면, 백 퍼센트 연골이 상해 있는 것을 볼 수 있답니다. 대체로 60세에서 70세에 이르는 이들 중 무릎관절염이 있는 사람이 60~70%나 됩니다. 물론 관절염 유전자가 없는 행운아도 있다니 부럽습니다. 관절염으로 심한 고통을 겪는 경우, 인공관절대체 수술도 생각해 볼 수 있겠지요.

사실 이런 병들은 누구나 오래 살면 가질 수 있는 병 아닌 병입니다. 불편하고 아프지만 이럭저럭 살아갈 수는 있으니 너무 두려워할 필요도 없습니다. 요즘은 하루가 다르게 신약이 나오고 치료법이 개발됩니다. 그래서 우리 세대가 다 가기 전에 무릎관절염이나 골다공증이 문제 되지 않을 날이 오리라고, 나는 확신합니다.

그나저나 늙으면 신경이고 몸이고 좀 둔감해질 필요가 있습니다. 몸이 스트레스에 민감하게 반응하면 사소한 비문증에도 괴로울 테고, 더 큰 스트레스에 민감하게 반응하며 괴로워하면 빨리 늙어갈 테니까요.

4

아직 사랑은 있다

새 결혼을 위하여 • 유경

저 가난한 시인과 새 결혼을 합니다.
조금은 쑥스럽고
조금은 부끄럽고
조금은 미안하기도 해서 …….

선배의 메일은 이렇게 시작되었습니다. 그리고 "청첩장은 신세대처럼(?!^^) 파일로 첨부한다"고 덧붙여놓았더군요. 선생님은 '새' 결혼식에 가보신 적이 있으세요? 저는 '새' 결혼을 알리는 청첩장은 처음이었습니다. 이런저런 통계 숫자를 나열하지 않아도 선생님 세대와 달리 요즘은 이혼이 워낙 많아 별스러운 이야기는 아니지만, 그래도 막상 선배의 새 결혼 초대를 받으니 아무래도 생각이 많더군요.

선배와는 일을 하다 만난 사이로 저보다 세 살 위, 그러니 새 결혼을 하던 작년에 나이 오십이었습니다. 혼자서 고등학교 다니는 딸 하나를 기르면서 어찌나 일에 푹 빠져 있는지, 사는 곳마저 사무실 바로 옆에 얻은 사람입니다. 밤이고 낮이고 일하느라 정신없는 걸 잘 알고 있는데 갑작스레 결혼 소식이 날아왔으니 실감이 나질 않았습니다. '그 바쁜 틈에 언제 새로운 사랑을?' 신기하면서도 축하의 마음이 더해져 혼자 싱글싱글 웃었습니다. 첨부한 청첩장에는 시 한 편이 실려 있었습니다. '가난한 시인' 이라는 선배의 남편 될 사람이 정말 가난한지 아닌지는 모르겠지만 시인임에는 분명했습니다.

홀로였던 내가
홀로였던 그대
쓸쓸했던 신발을 벗기어
발을 씻어주고 싶습니다.
그 발 아래 낮아져
아무것도 원치 않는
사람이고 싶습니다.
그대 안온한 잠을 밝히는
등불이 되어
노래가 되어
– 000 시인이 신부 000님에게 바치는 시

전화기 속에서 선배는 쑥스러워했고, 늘 그랬던 것처럼 소탈하게 웃었습니다. 조용히 살면 될 걸 괜한 일 벌리는 것 같다고 하면서도 선배의 목소리는 편안했습니다. 결혼식 날이 마침 우리 가족의 휴가 여행 마지막 날이라고 하니, 결혼식에는 오지 않아도 되지만 늦게라도 들러서 저녁 해결하고 가라고 합니다. 선배다웠습니다. 선배는 제가 사무실에 들르면 늘 구내식당에서 점심 먹고 가라고 붙잡곤 합니다. 한 끼 밥을 아는 사람, 혼자 밥 먹는다는 것이 어떤 것인지를 잘 아는 사람입니다.

결국 결혼식에는 참석하지 못했지만 바람결에 들려온 소식은 아주 근사했습니다. 양가 어르신들이 모두 참석한 가운데 시인 남편의 시에 곡을 붙인 노래가 연주되었고, 아빠와 엄마의 새 결혼을 축하하며 아들 둘, 딸 하나가 함께 축하의 노래도 불렀다고 합니다. 그 노래에 맞춰 신부는 머리를 예쁘게 까딱이며 장단을 맞췄고요.

주위에서 차라리 이혼하는 게 나을 것 같은 부부 사이를 심심찮게 봅니다. 어르신들은 그래도 사는 게 낫다고, 아이들 생각해서라도 살라고, 나이 들면 나쁜 감정은 모두 희미해지고 혼자보다는 같이 늙어가는 게 백 배 낫다는 말씀들을 하십니다. 그러나 반대편에는 남은 인생길을 홀로 씩씩하게 새로운 몸과 마음으로 걸어가는 분도 있습니다.

평생을 의처증이 있는 남편의 학대와 매질을 겪어야 했던 69세의 어르신은 삼남매 보며 참고 참다가, 3년 전 막내 결혼 날짜가 확정

되자마자 이혼 소송을 하셨습니다. 물론 그 전에 자녀들의 도움을 받아 서류 등을 준비해놓으셨지요. 어르신은 자신은 비록 그런 시절을 보냈지만 아들이나 딸이 나처럼 힘들고 불행한 결혼생활을 한다면 헤어지라고 하겠다며, 지금의 자유가 참으로 소중하다고 말씀하셨습니다.

저는 선배를 다시 한 번 생각했습니다. 열심히 일하며 정성껏 살아가는데 혼자라는 게 낙인이 되는 순간을 만나면 참 힘들었다는 선배가, 이제 새 결혼을 알리며 첫걸음을 내딛었으니 얼마나 많은 생각이 오갈까요. 저는 그래서 그저 빌고 빌었습니다. 행복하기를, 등불이 되고 노래가 되어주는 짝꿍 곁에서 선배의 잠이 진정으로 안온하기를…….

언젠가 선생님께서 텔레비전 프로그램에 출연해 노년의 사랑과 재혼을 말씀하시면서, 중년에는 자녀 기르랴 일하랴 오히려 재혼에 어려움이 많지만 노년이야말로 망설이지 않아도 된다고 하신 것을 기억합니다. 그래서 문득 생각해 봤지요. 중년의 제가 홀로 살아갈 수 있는지.

어느 연령대라 할 것 없이 짝을 이루어 살던 사람이 혼자 남게 되면 그 어려움을 어찌 다 말로 표현할 수 있겠습니까. 그러니 중년이고 노년이고 나눌 것도 없이, 자신이 진정으로 원하고 맞춤한 상대가 있다면 자연스럽고 편안하게 함께 살 것을 꿈꿀 수 있어야겠지요. 물론, 많이 달라졌다고는 하지만 여전히 남아 있는, '새' 결혼을 특별하게 여기는 사회 분위기와 가족들의 반대, 자신 안의 걸림돌 등이 그 꿈을 가로막을 수도 있을 겁니다. 이 대목에서 또 어르신들의 도움이 있어야 할 것 같습니다.

젊은 사람들이 모두 변한다 해도 마침내 어르신들이 변하지 않는다면 사회가 아직은 변한 것이 아니라고 생각합니다. 어르신들이 변할 때 비로소 사회에 진짜 변화가 왔다고 믿을 수 있으니까요. 사랑과 결혼, 나아가 다시 새롭게 시작하는 '새' 결혼에 이르기까지 어르신들이 많이 보고 느끼고 겪어서 세상이 변하고 있음을, 그래서 그 달라짐을 기꺼움으로 받아들여주시면 참 좋겠습니다. 그럴 때 비로소 사랑은 넘치지만, 두려움과 불안을 안고 시작하는 많은 '새' 결혼의 신랑 신부들도 진정으로 활짝 웃을 수 있을 테니까요.

중년 부부, 노년 부부, 그리고 이혼 • 고광애

황혼이혼, 황혼재혼

요즘 젊은 부부들, 아니 중년 부부들도 유행가 가사대로 "우린 너무 쉽게 헤어졌어요"가 된 것 같습니다. 우리 노년 부부들은 너무 어렵게, 헤어지지를 못했습니다. 당연히 "이건 아니다" 하고 일찌감치 갈라졌어야 할 부부들이 그야말로 강제적으로 참고 살아왔습니다. 살다 살다 늦게 정신이 들어선지, 아니면 늙어가며 참을성이 고갈되어선지, 그도 아니면 세상 풍조를 따라서인지, 소위 황혼이혼들을 해대고 있습니다. 남이 보기에는 다 산 늙은이들로 보이는데 말입니다.

딱 여기까지 원고를 써놓고서 신문들(2006년 10월 3일, 4일자)을 훑어보니까 신문마다 대서특필을 하고 있습니다. 결혼 26년 된 부부의 이혼율이 젊은이들의 이혼율보다 2배 이상 많아졌다고. 65세 이상 남성 노인의 이혼은 지난 10년 전에 비해 4.4배, 여성 노인은 6.7배 늘었답니다. 전날 기사에는 65세 이상 황혼재혼이 10년 전에 비해서 2배로 많아졌다고 나왔더군요. 이혼을 많이 해댔으니 재혼율이 높아지는 것은 필연이겠지요.

'검은 머리 파 뿌리 되도록 백년해로 하라' 는 소리를 듣고 자란 우리 세대가 다 늦게 웬 이혼이며 재혼들인지……. 그만큼 우리네 중(?)노년 세대의 부부 관계가 안 좋다는 얘기겠지요. 중년 부부들의 결혼 전선에 관해서는 유경 씨 몫일 것 같고, 나는 노년 세대의 결혼 전선에 나타난 이상에 대해 얘기를 해 보지요. 다 늙어서 오순도순 살지 못하고 늙은이들이 울근불근 부부생활이 평탄치 못한 원인에 대해서는 여러 설(說)들이 있는데, 저마다 나름대로 타당성이 있습니다.

첫째, 장수 시대니까 이혼도 재혼도 자연히 증가한다는 것입니다. 병도 단명하던 시대에는 문제가 되지 않던, 일테면 골다공증 같은 것이 지금은 큰 문제가 되는 것처럼 말입니다. 옛날에야 골다공증이 올 무렵이면 대개는 죽었으니까요. 마찬가지로 예전엔 정 못 살겠다 싶을 즈음에는 서로 앞서거니 뒤서거니 죽었으니까 이혼 문제가 거의 없었다는 겁니다. 서양에서도 19세기 전에 이혼이 적었던 이유로, 부부 한쪽이 먼저 죽는 수가 많았기 때문이라고 봅니다. 영국의 역사학자 로렌스 스톤은 이것을 한마디로 정리합니다. "현대의 부부들은 이혼 법정에서 헤어지지만 옛날엔 장례식장에서 헤어졌다"

그런데 요즘은 어떻습니까? 의좋던 부부도 진력이 날 정도로 오래 사니 왜 문제가 안 일어나겠습니까. 부모 자식 간에도 너무 오래들 살아서 효도하다 지친 자식들이 처처에서 비명을 질러대고 있는데, 돌아서면 남남이 된다는 부부 사이야 오죽하겠는가 말이지요.

둘째, 동서양을 비교해 보면 서양에서는 노부부 사이가 좋아 보입니다. 노부부가 두 손 꼭 잡고, 미술관이며 슈퍼마켓에 나들이하는 모습을 심심찮게 볼 수 있으니까요. 그런데 우리네 주위에서 손잡고 다니는 노부부를 볼 수 있습니까? 동양, 그중에도 일본과 한국을 보면, 이건 부부 사이에 문제가 있어도 단단히 있습니다. '나리타 이혼' 이니 '황혼이혼' 하는 말이 왜 나왔겠어요.

이런 현상을 분석한 어느 여성학자의 의견이 그럴 듯합니다. 서양에서는 결혼했다가 이게 아니다 싶으면 우리보다는 쉽게 이혼을 하는데, 그 어간에 당사자들은 더 이상 철딱서니를 면한데다가 젊음도 사라져가는 걸 인식하면서 나이 든 재혼 부부들이 더 친밀감을 느끼며 해로하기 때문이랍니다. 애정곡선이 늙어가면서 U턴을 한 셈이지요. 일본이나 한국에서 이혼으로 걸러지지 않은 오리지널 노부부들이 "징혀, 징혀!" 하며 살다 살다 다 늦게 황혼이혼을 감행하는 것과 대비가 됩니다.

나, 고광애는 이렇게 생각합니다. 우리 세대의 남성은 거의 다 남성우월주의, 권위주의, 마초 근성에 찌들어 있습니다. 물론 정도의 차이는 있지만요. 그들은 바깥일, 돈 벌어오는 일 하나만 해내도 집

안에서는 군주처럼 군림했습니다. 때로 생활을 책임지지 못했더라도 '자식들 아비'라서, 하늘 같은 '남편' 혹은 '남자'라서 용서가 되는 시대였지요. 심지어는 첩을 두어도 묵인하지 않을 수 없는 게 그 시대상이었습니다. 이런 남자 밑에서 우리 여성들은 옆에 있는 재떨이까지 남편의 코앞에 대령해가면서 홀로 가정 꾸리고, 아파트 늘리고, 자식들 다 키워내고 했습니다. 그러고 주위를 돌아보니 세상은 변해 있었지요. 이제 와서 왜 참고 살아야 하나, 그런 여성들의 자각이 황혼이혼을 불러온다고 생각합니다.

내 보기에 우리네 노부부의 유형은 다음 4가지로 나누어 볼 수 있습니다.

첫째, 오소도손형. 바람직한 노부부상이지요.

둘째, 측은지심형입니다. 그나마 상대를 측은히 여기는 부부지요.

셋째, 소 닭 보듯 형입니다. 못마땅하지만 소 닭 보듯 마지못해 사는 형입니다.

넷째, 웬수야, 웬수야형입니다. 증오심을 주체 못하는 형이지요.

자, 여러분은 어느 형에 속하십니까.

부부는 우정 어린 동료

어느 교수가 "노년 남자를 가장 외롭게 하는 것은 가정에서의 역할이 없는 것"이라고 한탄을 했습니다. 자업자득이라고 쏘아주고 싶지만, 한편 생각하면 그때는 세상이 다 그랬습니다. 아내와 남편의 역할이 딱 이분화되었으니까, 남성은 열심히 바깥세상에서 산업역군으로, 직업인으로 지내왔을 겁니다. 그러고 이제 다 늙어서 어깨는 축 쳐지고 경제력마저 없이 은퇴하거나 퇴출당해서 집 안으로 들어왔습니다. 와 보니, 남편이자 아버지인 자기의 자리가 없습니다. 오랜 세월 남편 없이, 아버지 없이 살아오는 데 익숙해진 가족들이 외려 남편이자 아버지인 자기를 짐스러워하지 않겠습니까. 저들 모자 혹은 모녀들끼리의 친밀도가 어찌나 찰떡같은지, 도저히 비집고 들어갈 자리가 없는 겁니다.

실제로 우리 나이 먹은 여자들은 다 늦게 집안에 들어앉은 남편이란 존재가 귀찮기 이를 데 없습니다. 이제 자식들 다 키워내고 좀 편안히 놀러도 다니고 하려는데, 젊어서는 매정하다 싶게 밖으로 돌던 남편이 집으로 들어와 떡 버티고 있는 겁니다. 집에 눌어붙어서 좁쌀영감 노릇하는 남편이란 존재는 우리 여자들을 보통 열 받게 하는 것이 아닙니다.

이혼도 못하고 부부가 백년해로를 하자면 '지금 현재'를 살아야 합니다. 부부간에는 과거사 진상위원회 따위는 필요 없습니다. 자꾸만 지난 세월의 한이 생각나서, 영감만 보면 여자들 심사가 편치 않다고들 합니다. 하지만 자꾸 과거를 들추어내면 뭐하겠어요. 아무리 노년은 두꺼운 과거의 무게를 지고 사는 사람들이라지만. 같이 늙어가는 부부가 '지금 현재'를 살고 보는 겁니다.

늙어서는 '남편' '아내'의 역할이 불분명해집니다. 유경 씨가 자식들과의 관계를 '따로 또 같이'라는 말로 설명했지만, 그 말은 노부부 사이에 딱 맞아 떨어지는 제목입니다. 일본에서는 아내의 치마폭을 놓지 못하는 늙은 남편을 '젖은 낙엽' 같다고 한다던데, 안 떨어지려는 남편을 억지로 떼어놓아 보았자 그 아내에게 좋을 일도 없습니다. 잠깐은 편안할지 모르겠지만 조금 더 있어 보세요. 혼자 사는 내 친구는 어항의 금붕어가 자기와 같이 사는 유일한 생물이라고 합니다. 자식도 다 떠나간 마당에 그래도 옆에서 기척이라도 내는 사람이 있고, 이 걱정 저 신경 쓰게 하는 존재라도 있는 것이 사람 사는 게 아닐지요……. 그러니 남편을 떼어버리기보다는 '더불어 살아야 할 존재,' 나아가 '데리고 살아야 할 존재'로 봐주는 겁니다. 그렇게 하는 것이 다 늦게 여성들이 떠안은 남편에 대한 적정 대응이라고 생각합니다.

남편들도 그래요. 일생 꿰차고 있던 그 잘나지도 못한 권위의식일랑 집어던지고 아내가 앉아 있는 낮은 자리로 내려와 보세요. 와 보면 남자들의 자리도 있고 할 일도 생깁니다. 분리수거해서 쓰레기도 버리고, 감자도 깎고, 라면 정도는 스스로 끓여서 아내에게 대령도 해 보고……. 왜 역할이 없다고 한탄만 합니까? 평생 흘려듣던 아내의 말에도 경청을 하는 습관, 아내의 외출을 흔쾌히 대하는 태도 등등, 이제라도 아내에게 해줄 것이 많기만 한대요. 외롭다고 한탄할 틈이 없습니다. 열 효자보다 한 악처가 낫다지 않습니까. 하물며 악처도 아닌 현처와 같이 사는 남자들은 행복합니다.

조금은 늦었지만, 이렇게 해서 노부부가 '우정 있는 동료' 로 자리 잡고 오순도순 살면 노후가 편안하겠지요. '오순도순' 이 영 안 되면 서로가 '측은지심' 의 정 정도는 가질 수 있지 않을까요? 노부부가 이 정도로 살아내기만 해도, 자식들이 늙은 부모가 일으키는 말썽 때문에 혐오증에 시달릴 개연성을 없애주는 셈이 됩니다. 아니 오히려 부모들이 자식들에게 '역효도' 를 해주는 셈이기도 하니, 이 아니 좋은가요!

지금은 노인들이 젊은이들의 짐이 되어버린 시대입니다. 그러니 노년들이 말썽 안 부리고, 있는 듯 없는 듯 소리 없이 살아내는 것이 자식들을 위하는 길입니다. 그렇게 사는 것이 아름다운 노년이란 말이지요.

노년 부부, 평등하게 늙어가기! • 유경

달라지는 노년의 부부 관계

어르신들, 특히 여자 어르신들을 만나다 보면 때로 '살아서는 함께 늙고 죽어서는 같은 무덤에 묻힌다'는 '해로동혈(偕老同穴)', 즉 생사를 같이하는 부부간의 사랑의 약속이 가뭇없이 사라져버린 것을 느낄 수 있습니다. 그것도 괜히 한번 해 보는 말씀이 아니라 가슴 속에 절절히 맺혀 있던 감정이 드러나는 것이어서 어떤 때는 퍽 당황스럽기까지 합니다.

결혼 초에는 하늘 같은 시어머니 밑에서 어떻게든 살아남아 그 집 귀신이 되려고 애썼고, 아이들 낳고는 그저 아이들 먹이고 입히고 공부시키느라 내 입에 밥이 들어가는지 떡이 들어가는지 살펴볼 새도 없었다고들 하시더군요. 세월이 흘러 시어른들 돌아가시고 아들

딸 다 키워 짝 지워놓고 이제 좀 사는 것처럼 살아 봐야지 하고 돌아보니, 얼굴 가득 주름이요 몸은 여기저기 아픈 것이, 인생이 이렇게 서글플 수가 없다고도 하십니다.

그러면서 빼놓지 않는 말씀들이 있으시더군요. "아직도 뭘 모르고 자기만 떠받들어달라는 영감이 미워!" "아이들 때문에 이혼 안 하고 산 게 어딘데, 아직도 자기 없으면 못 사는 줄 알고 큰소리치는 거 보면 어이없지!" "남자들은 늙어도 철이 안 든다니까. 마누라 늙은 생각은 안 하고 그저 자기밖에 몰라!" "지금 같은 세상이었다면 정말 이혼했을지도 몰라. 그때는 남편 없이 살면 큰일 나는 줄만 알았지. 순진했던 게 아니라 바보였지……."

노인복지관에서 여자 어르신 20명이 모여 '좋은 시어머니 되기'를 함께 공부하는 시간이었습니다. 마침 수업 전 주에 '부부의 날'이 있었기에 아들, 며느리에 앞서 남편에 대한 이야기보따리를 풀어놓기로 했습니다. '부부의 날'은 5월 21일로, 가정의 달인 '5월에 둘(2)이 하나(1)가 된다'는 뜻이 들어 있답니다. 공휴일은 아니지만 2004년부터 법정기념일로 제정된 날이지요.

남편이 밉고 싫을 때를 먼저 꼽아 보기로 했습니다. 마치 준비해 온 것처럼 이야기가 쏟아져 나옵니다. "아직도 '물 떠와라, 재떨이 가져와라' 심부름 시킬 때, 조금 아픈 것 가지고 아기처럼 엄살 부릴 때, 어디 나갈 데도 없는지 매일 집에 틀어박혀 있을 때, 자식들이 못마땅해도 직접 말하지 못하고 괜히 마누라만 들볶을 때, 아직도 힘 있는 척 허세 부리고 큰소리 칠 때, 마누라 돌아다니는 것 못마땅해하고 자꾸 간섭할 때…….”

반대로 남편이 사랑스러울 때는 언제인지 여쭤 보니, 사랑은 무슨 사랑이냐며 다들 깔깔 웃으셨습니다. 하는 수 없이 남편이 애틋하거나 고마울 때는 언제인지로 제가 말을 바꾸었지요.

“내가 아플 때 물도 떠다주고 걱정해주지, 자식들 앞에서 내 역성 들어줄 때, 집안일 거들어줄 때, 내 말 무시하지 않고 잘 들어줄 때, 체격이 아주 좋았던 양반인데 몸피가 줄어들고 어깨가 축 쳐진 것을 보면 애틋하지…….”

남자 어르신들이라고 그냥 넘어갈 수 없었지요. 며칠 후 또 다른 노인복지관에서 어르신들의 자원봉사 활동 교육이 있었는데, 마침 교사 출신 남자 어르신들이 모이셨기에 이때다 싶어 아내가 밉고 싫을 때와 애틋하고 고마울 때를 여쭤 봤습니다. 기다렸다는 듯이 이야기를 털어놓는 여자 어르신들과 달리 쑥스러워하며 선뜻 말을 꺼내려 들지 않아서, 수업 시작할 때 늘 함께 부르는 노래도 하고 짝을 이뤄 게임도 하며 분위기를 부드럽게 풀고 나서야 겨우 몇 말씀 들을 수 있었습니다.

“혼자서 맘껏 놀다가 늦게 들어올 때, 퉁명스럽게 쏘아붙일 때, 자식들 앞에서 무시할 때, 잔소리 할 때, 찬밥 대충 차려줄 때, 아픈데도 무관심할 때, 아이들과 한편이 돼서 내 의견은 들으려고 하지도 않을 때, 말도 안 붙이고 쌀쌀맞게 굴 때…….”

“병원에 입원한 적이 있는데 꼬박 옆에서 간호해줬을 때, 자식들 앞에서 나 먼저 챙겨줄 때, 돈도 잘 벌어다주지 못했는데 가정 잘 꾸려준 것, 오래도록 시부모 섬기느라 고생한 것, 아이들 잘 길러준 거 생각하면 무조건 고맙지…….”

노인복지관의 여자 어르신들 사이에 한창 유행하던 ‘어리석은 할머니 시리즈’가 있습니다. 원래는 ‘일찌감치 재산 물려주고 자식한테 용돈 타 쓰는 할머니, 나이 들어 집 평수 늘리는 할머니, 몸매 생각하지 않고 옷 욕심내는 할머니, 사소한 일에 목숨 걸다가 친구들과의 상하는 할머니, 손자 손녀 봐주는 할머니’였는데 언제부턴가 한 가지가 더 붙었습니다. ‘놀다가 영감 밥 챙겨준다고 달려가는 할머니!’ 친구들과 놀다가도 식사시간만 되면 “영감 밥 차려줘야 한다”고 달려가는 친구가 보기 싫었던 모양입니다. 이렇게 여자 어르신들이 변하고 있습니다. 그런데 유감스러운 것은 여자 어르신들의 변화에 남자 어르신들, 즉 그 배우자들이 따라가지 못한다는 점입니다.

자녀들이 다 집을 떠나고 부부만 남게 되는 것을 ‘빈 둥지기(empty nest period)’라고 하는데, 출산 자녀의 수가 줄어들고 평균수명이 늘어나면서 ‘빈 둥지기’가 빨라지고 길어졌지요. 이제까지와는 달리 부부 둘이 24시간을 같이 보내는 새로운 상황에 적응해야 하는 문제가 생긴 겁니다.

20년 이상 같이 산 부부의 이혼이 전체 이혼의 18.7%를 차지한다는 통계에서 보듯이 '황혼이혼'이 빠른 속도로 늘어나고 있는 현실에서, 노년 부부가 새로운 상황과 변화를 인식하고 받아들이는 것이 그 어느 때보다 필요합니다. 특히 남자 어르신들 쪽의 적응과 유연성이 훨씬 더 많이 필요하다는 것을 명심해야겠습니다.

다음은 제가 머리 싸매고 끙끙대며 만든 '평등한 노년 부부 관계를 위한 생활 지침'입니다. 이 6가지를 기억하시면 노년에도 아름다운 부부 관계를 이어가실 수 있을 것입니다.

첫째, 대화하기!

원래부터 말이 안 통했다고, 새삼스럽게 할 말도 없다고, 꼭 말로 표현해야 아느냐고 하면서 말을 안 하기 시작하면 점점 더 입을 닫게 됩니다. 대화 없이는 상대가 원하는 것을 알 수도 없고, 자신의 욕구를 표현할 수도 없습니다. 물론 대화에 앞서 상대방의 이야기에 진지하게 귀 기울이는 것을 잊어서는 안 됩니다.

둘째, 서로의 취향 존중하기!

젊었을 때는 대부분 아내가 남편의 취향에 맞추거나 무조건 따랐을 것입니다. 하지만 이제는 더 이상 자신의 취향을 상대방에게 강요해서는 안 됩니다. 상대방이 행복하기를 진심으로 바란다면 상대방의 취향과 의사를 존중해주는 것이 기본입니다.

셋째, 활동은 따로 또 같이!

아무리 부부라도 각자가 좋아하는 활동이 다를 수 있습니다. 다름을 인정하면서 배려하고, 마음 맞는 활동을 같이 하는 '따로 또 같이'가 필요합니다. 질병과 같은 특별한 사정이 있으면 모를까, 한쪽이 다른 한쪽에 절대적으로 의존한다든가 매사에 기대어 사는 것은 성숙한 부부 관계로 볼 수 없습니다.

넷째, 집안일 나눠 하기!

집안일은 사소해 보이지만 참으로 중요한 일입니다. 설거지, 세탁기 돌리기, 빨래 정리하기, 청소, 쓰레기 버리기, 장보기 등 작아 보이지만 없어서는 안 될 집안일을 기꺼운 마음으로 나눠서 합시다. 처음에는 아내를 위해서 시작했지만 아내와 사별한 뒤 그것이 결국 자기 자신의 홀로서기를 위한 바탕이 되었음을 깨달았다는 어르신도 있었습니다.

다섯째, 서로를 불쌍히 여기며 감사하기!

노년 부부가 서로에 대해 갖는 감정 가운데 가장 깊은 공감을 불러일으키는 것은 바로 측은지심(惻隱之心), 불쌍히 여기는 마음입니다. 인생길을 같이 걸어온 동지애를 유지하려면 서로의 존재에 감사하는 마음과 애틋하게 여기는 마음이 필요합니다.

여섯째, 부부의 사랑에도 공짜는 없다!

좋지 않았던 부부 사이가 나이 들었다고 어느 날 갑자기 좋아지는 법은 없습니다. 먹고사느라고, 아이들 기르느라고 소진된 사랑의 에너지를 보충해야 합니다. 이 역시 공짜로는 안 되며 다시 한 번 관심이라는 씨앗을 뿌리는 수밖에 없습니다. 상대방이 진정으로 원하는 것을 알기 위한 노력, 즉 '감정의 노동' 없이는 관계가 좋아질 수 없습니다.

노년의 성, 섹스만이 아니다!

그런데 또 한 가지, 요즘은 부부 관계는 물론이고 사랑과 성에 대한 어르신들의 관심이 부쩍 높아졌다는 것을 피부로 느낄 수 있습니다. 홀몸 어르신을 위한 미팅 프로그램에 참가하는 분들이 예전과는 비교할 수 없을 만큼 많아졌고, 노년의 사랑과 연애가 결혼으로 이어지는 경우도 심심찮게 접하게 됩니다.

성에 대한 관심도 높아져서, 성 욕구를 예전처럼 감추지 않고 드러내놓고 표현하는 어르신들을 많이 볼 수 있습니다. 그래서일까요? 지난해(2006년) 말 서울시가 공개한 '종묘공원 이용 노인의 전염병 실태조사'에 따르면 종묘공원 이용 남자 어르신 100명 가운데 3명이 매독 감염자인 것으로 나타났습니다.

같은 해 질병관리본부가 발표한 신규 에이즈 감염 통계에서도 60

세 이상 연령층의 감염이 눈에 띄게 늘어나고 있어서, 질병관리본부가 나서서 노인 성병과 에이즈 예방에 대한 홍보를 강화하고 있다는 소식도 들려옵니다.

'노년의 성과 사랑' '노년의 사랑과 성'…… 우선 저는 같은 뜻을 담은 말이라 해도 성보다는 사랑을 앞에 놓고 싶습니다. 인간의 성은 자손을 만들고 낳는 생산이나 생식의 차원만은 아니라는 것을 가장 잘 보여주는 것이 바로 생식 이후의 성인 노년의 성이고, 그것이 가능한 것은 역시 성에 앞서 사랑이 있기 때문입니다. 노년의 성은 단순한 성적 만족을 넘어서는 정신적 위로로서의 성, 정서적 행동으로서의 성, 의사소통으로서의 성, 서로를 돌보는 성이기 때문입니다.

따라서 노년의 성을 성기 중심으로 보고 거기서만 해결방법을 찾는 것이 과연 어떤 의미가 있을지 고민해야 할 것 같습니다. 비뇨기과 전문의들이 마련한 한 심포지엄에 참석했다가 발기부전을 위한 각종 약물과 주사제, 음경 보형물 수술 등에 대한 어르신들의 지대한 관심을 알 수 있었고, 어르신들의 내밀한 욕구를 다시 한 번 확인하기도 했습니다.

그러나 성행위 자체가 남성성을 나타내는 어떤 지표라고 보는 시각이 노년에까지 이어지는 것에는 반대합니다. 단순히 욕구를 해소하는 성행위의 가능 여부, 성공 여부에만 집중할 것이 아니라 노년의 삶을 좀더 총체적으로 보는 것이 필요하다는 것이지요.

반드시 성행위가 아니더라도 사랑하고 사랑받고 있다는 것을 늘 확인하며 사는 노부부도 있으며, 몸을 나누지 않더라도 충분히 교감하며 서로를 받아들인 노년의 애인들도 있기 때문입니다. 물론 서로가 절실히 원하는데 비뇨기에 기능적으로 문제가 있다면 적극적으로 나서서 의학적 처치의 도움을 받아야겠지요.

제가 경계하는 것은 이성을 향한 노년의 사랑과 만남의 욕구를 성행위에만 국한해서 보는 일입니다. 젊은 시절과 마찬가지로 노년의 성도 지극히 자연스런 욕구이며 인간의 본능이긴 하지만, 젊은 시절과는 달리 욕구의 감소 또는 사라짐 역시도 자연스러운 일 아닐까요.

그래서 소포클레스*도 어떤 사람이 나이가 들어 쇠약해진 그에게 성생활을 즐기느냐고 묻자 이렇게 말했던 것이겠지요. "무슨 끔찍한 말을! 마치 잔인하고 사나운 주인에게서 도망쳐 나온 것처럼 나는 그것으로부터 빠져나왔다네."

노년에도 사랑과 연애와 성이 엄연히 존재하는데 그것을 마치 존재하지 않는 것처럼 무시하고 외면하는 것이 옳지 않은 것처럼, 자연스레 줄어든 욕구를 인정하지 않고 인생에서 가장 중요한 것이라고 마냥 강조하고 자극하면서 좀더 강하게 좀더 오래 즐기라고 부추기는 것 역시 옳지 않다고 생각합니다.

어머니의 치아가 빠지고 틀니 끼시는 것을 옆에서 지켜보며, 저절

* 〈오이디푸스 왕〉, 〈안티고네〉 등을 쓴 그리스의 비극 작가

로 사라지는 것, 저절로 그리 되는 것은 도저히 붙잡을 수 없다는 생각을 했습니다. 그러면서 오래 전 인터넷을 통해 받은 편지를 문득 떠올렸지요. 지금, 노년의 사랑과 성을 곰곰 생각하다 보니 다시금 그 글이 떠오릅니다. 그 글에 제 마음대로 몇 줄 더 적어 넣어 소개합니다.

나이가 들어간다는 것은

나이가 들어 잘 안 보이는 것은
큰 것만 보고, 멀리만 보고
살라는 것이고

귀가 잘 들리지 않는 것은
필요 없는 작은 소리는 듣지 말고,
들리는 큰 소리만 들으라는 것이지요.

이가 시린 것은
연한 음식만 먹고
소화불량 없게 함이라 하고요.
걸음걸이 부자연스러운 것은
매사에 조심하고

먼 길 가지 말라는 거래요.
머리가 하얘지는 것은
멀리 있어도 나이 먹은 사람이란 걸
알아보게 하기 위한 것이고

정욕이 사라지는 것은
한평생 잘 살아온 몸에서
이제는 벗어나
머지않아 가게 될 또 다른 세상을
보고 느끼며 준비하게 하려는 것이고.

정신이 깜빡하는 건
살아온 세월을
다 기억하지 말라는 거래요.

살아온 세월을
다 기억하면 너무 복잡해서
아마도 돌아버릴 거라는
조물주님의 배려시겠죠…….*

---

* 지은이가 적혀 있지 않아 밝히지 못했습니다. "정욕이 사라지는 ~ 보고 느끼며 준비하게 하려는 것이고"의 부분은 제가 임의로 적어 넣은 내용입니다.

우리 시대 노년들의 연애와 결혼에 관한 보고서

• 고광애

노년 인구가 많아져서일까요? 산이나 공원, 혹은 서울 근교의 인천이나 오이도에 가는 전철을 타 보면 그야말로 노인들 천지입니다. 게다가 예전과 달리 그중엔 부부 아닌 노인 커플들도 많습니다. 돈이 많으면 많은 대로 적으면 적은 대로, 노년들도 연애를 즐기고 성을 즐기는 세상입니다.

이는 무엇을 말하는가. 이제 우리의 노년들도 홀아비나 과부라 해서 홀로 늙지는 않는다는 것, 특히 노년 과부들이 죽을 때까지 수절하고 있지는 않는다는 말입니다. 1960, 70년대만 해도 서구에서조차 노년들의 연애를 "광기"(폴 투르니에)라고까지 했습니다. 그러나 지금은 21세기. 평균수명은 80에서 90으로 치닫는 중이고 머잖아 100세 시대를 바라보는 시기에 와 있습니다. 인생주기에서 중년을 아무리 늘려 잡아도 노년기가 턱없이 길어졌습니다. 나이 먹은 싱글들이 홀로 외롭게 살아내기에는 너무 긴긴 세월이 되었단 말이지요. 더구나 옛날처럼 "아들 손자 며느리 다 모여서" 사는 것도 아니니…….

젊은이들만 2모작 3모작 인생을 설계하면서 사는 게 아닙니다. 노년들도 안 죽어지니까 부득이 2모작 인생을 살지 않을 수 없게 되었습니다. 따라서 결혼도 검은 머리 파뿌리 될 때까지 사는 1모작 결혼 시대는 가버렸습니다. 그럭저럭 참고 살던 부부들이 너무 긴긴 세월을 견디다 보니까 진력들이 났나 봅니다. 늙어서 인내심도 기운이 빠진 탓인가? 어쨌거나 인내의 한계점을 벗어났는지, 노년의 유부남 유부녀들이 소위 말하는 불륜의 연애를 한다는 소리도 심심찮게 들려옵니다. 더 나아가 황혼이혼이란 말이 나올 정도로 노년들의 이혼율 상승곡선이 점점 더 가팔라지고 있습니다.

아무려면 노인들이 그리 연애들을 할까? 반문하는 소리가 들리는 듯합니다. 하지만 내가 만난 모든 독신들에게서, 젊은이서부터 80대 노인까지 똑같은 답을 들을 수 있었습니다. "결혼은 그렇지만 연애는 하고 싶다, 만나서 대화하는 정도의 사람이 있었으면……." 지식이 있든 없든, 돈이 있든 없든 한결같은 바람이었습니다.

그런데 여기에는 또 다른 의미가 함축되어 있습니다. 바로 노년의 결혼, 그것도 재혼에는 현실적으로 어려움이 많다는 겁니다. 설사 적당한 사람이 나타났더라도 노년들에게는 각자 살아온 지난 세월의 두께와 부피가 높고 무겁지요. 각자 살아온 세월의 갈피가 노년의 재혼생활을 피곤하게 만듭니다.

내가 아는 남자 분은 조금 이름도 있는 분인데, 이분이 재혼을 했다고 정식으로 친지들에게 공표까지 했었습니다. 몇 달 후, 이분은 쓴 표정으로 재혼이 깨어졌음을 모임에서 공지했습니다. 이유인즉슨, 부인이 이상하리만큼 많이 날아오는 고지서들을 지불하지 않더랍니다. 재혼 부인에게도 자기만의 재력이 있었는데 명확한 이유를 말하지 않은 채 지불을 안 하니, 그런 사람과 더는 살 수 없노라고 했습니다.

황혼결혼을 어렵게 하는 것들

결혼이 그렇습니다. 교제할 때에는 모든 걸 다 알고 이해하노라 넘어갑니다. 하지만 결혼생활을 하면서 달라집니다. 내가 모르는 어떤 과거가 있을 거라는 상상은 부부 모두를 찜찜하게 만듭니다. 연애 때는 모르고 지나칠 수 있던 것도 결혼생활에서는 구체적인 문젯거리로 불거집니다. 그리고 그것들이 결혼생활에 걸림돌이 될 거라는 예감을 할 만큼 노년들은 철이 나 있습니다. 그래서 이래저래 재혼보다는 연애를 선호합니다.

또 하나 재혼의 장애물은 뭐니 뭐니 해도 가족들의 이기주의입니다. 가족 중에도 특히 늙은 부모와 자식들이 문젭니다. 일본에서 일어난 실화입니다. 80대 노모와 60대 올드미스 딸이 살고 있었습니다. 그런데 60대 딸이 직장에서 알게 된 사람과 다 늦게 사랑에 빠지게 되었지요. 신랑감이 결혼 허락을 받으러 왔을 때, 80대 노모는 두 말없이 소금을 한 바가지 뒤집어씌우고 문밖으로 내쫓았습니다.

아니, 이렇게 멀리 볼 것도 없지요. 50대의 내 외사촌 동생도 40대부터 결혼을 하려고 했습니다. 하지만 번번이 외사촌의 어머니이자 나의 이모가 되는 팔십 노인의 훼방으로 결혼이 깨어졌습니다. 지금 내 외사촌 동생은 거동도 불편한 늙은 어머니를 차마 버리지 못한 채, 어머니와 아파트를 포기하고 결혼을 할 건가 말 건가 하는 기로에 서 있답니다. 다 늙은이들에게 남은 처절한 자기보전 본능은 모정을 뛰어넘습니다.

늙은 부모보다 더 큰 장애물은 뭐니 뭐니 해도 자식들의 이기주의입니다. 자식들이란 게, 다른 건 몰라도 재산 문제나 부모의 재혼 문제에서는 저희 부모들이 19세기형 부모 노릇만 하기를 바랍니다. 반면에 저희들이 할 자식 노릇은 21세기형으로 하겠다지요. 부모 중 누구라도 재혼을 하겠다면, 자식들의 첫 번째 반응은 배반감입니다. 내 어머니나 내 아버지가 나를, 즉 자식을 배반하고 나하고는 전혀 상관없는, 어쩌면 되게 밥맛도 없어 보이는 사람과 결혼을 하겠다니……. 거기다가 당연히 제게 올 줄 알았던 엄마나 아빠의 유산에 대해 불안해합니다. 부모의 재혼을 방치했다가는 지들 몫이 아무 상관도 없는 사람에게 넘어갈 거라는 생각에 사로잡혀서 부모의 재혼을 싫어합니다.

재혼에 가족만 문제가 되는 건 아닙니다. 이런저런 장애를 넘어서서 재혼에 성공해 19년째 해로하는 부부를 나는 압니다. 이들은 50대 말, 60대 초의 나이에 결혼을 했습니다. 같이 서예를 하다가 알게 됐는데, 서로가 투명하게 모든 걸 밝혔습니다. 여자 쪽은 강남에 아파트 한 채와 약간의 노후자금이 있었고, 남자는 단단한 재력가였습니다. 하지만 여자는 남편 되는 분의 재산을 넘보지 않았습니다. 그리고 각자의 재산이 각자의 자식 앞으로 상속이 되게 하기 위해서 이들은 혼인신고를 하지 않았습니다. 대신 현재 두 분이 동거하는 아파트를 부인 명의로 해놓았고, 만일의 사태를 위해서 얼마간의 현금을 부인 앞으로 신탁해놓았습니다.

그 부인은 나와 만날 때마다 재혼의 즐거움, 아니 즐거움이라기보다 다행함을, 그리고 어려움을 얘기합니다. 삼남매가 모두 외국에 사는 부인은 지난 세월 혼자서 어찌 살 뻔했는지 얘기합니다. 얼마나 다행인지요. 영감 또한 아들 며느리들과 살 수 없었다는 얘기를 지금도 한답니다. 영감님 자제분들은 모두 서울에 사는데, 이들은 부리나케 드나들면서 아버지, 새어머니 생신을 챙기고, 김장 때면 김장까지 해서 대령을 한다는군요. 영감님이 병이 났을 때, 이 부인의 극진한 간호를 지켜본 큰며느리와 큰아들이 새어머니에게 진심으로 감사한다고 따로 인사까지 하더랍니다.

그런데 이 부인에게 재혼의 어려운 점은 의외의 곳에 있었습니다. 그것은 영감님 친구들의 부인들이라고 합니다. 부부동반 모임에 나가면, 거기 온 부인들과의 어울림은 고사하고 20년이 다 되는 지금까지 왕따를 당하고 있답니다. 하긴 유명하다는 모 실버타운에서도 독신 남녀가 친하다는 이유로 축출을 당했다는 소문을 들었습니다. 세월이 흐르고 죽은 사람도 있고 하면서 요즘은 이 부부도 모임에 발을 끊었는데, 부인 말이 속이 다 편안해졌다고 합니다. 여성의 적은 여성이라더니 그래설까요.

아무튼 사정이 이렇다 보니까, 남녀 노년들은 남의 이목이나 자식들 눈치가 보여서 재혼까지는 생각을 접고들 있습니다. 대신 데이트나 즐기자는 쪽이지요. 혼자 된 내 후배도 각각의 자식들이 뜨악해해서 결혼은 미루고 데이트만 즐기고 삽니다.

다양하기 이를 데 없는 요즘 세상에서 일률적인 생활 패턴을 강요할 수는 없습니다. 어떤 식으로 살든지 당사자가 행복하다는데 왜 남들이 토를 다는지. 소금에 푹 전 듯이 외로움에 찌든 노년들에게 생기와 활기를 주는 즉효 처방은 남녀의 화합입니다. 더구나 우리 세대는 연애니 데이트라는 것도 못해 본 분들이 많습니다. 선보고 몇 번 만나고 나서 시집 장가를 오고 간 분들이지요. 그러니 이제라도 더 늦기 전에 데이트며 연애를 즐기고, 더 나아가 재혼까지 한다면 이보다 더 좋을 수는 없겠습니다.

5

나이 듦에 대한 오해와 이해

40대 아줌마의 팔십 노인 체험기 • 유경

선생님, 얼마 전 춘천 한림대학교 고령사회교육센터의 '생애 체험실' 에 다녀왔습니다. '생애 체험실' 을 한마디로 설명하면, '고령자가 되기 이전의 세대가 고령자가 된 이후의 신체적, 감각적 상태를 가상체험 하는 시설' 입니다. 현재 이런 노인 체험을 할 수 있는 시설은 그리 많지 않아서, 서울 인근에는 경기도 안산1대학의 '실버 유사 체험관', 춘천 한림대의 '생애 체험실', 서울 관악노인종합복지관의 '어르신 체험실,' 그리고 대한노인회에서 운영하는 '노인 생애 체험 센터' 정도가 있습니다.

팔십 노인이 되어 보다!

이미 노년을 몸으로 마음으로 충분히 체험(?)하고 있는 어르신들

보기에는 억지로 노인의 몸을 경험하겠다며 각종 장비를 몸에 걸치고 나서는 것이 조금 우스울지도 모르겠습니다. 그러나 저는 17년 동안 노인복지 현장에서 어르신들과 직접 만나 일상을 나누면서도 정작 노인의 몸이 되어 감각이 어떻게 변하는지 체험해 보지 못해 아쉬웠는데, 간신히 체험의 기회를 얻으니 고맙기만 했습니다. 드디어 벼르고 벼르던 때가 온 것이지요.

한림대의 노인 체험은 시각, 청각을 포함해 몸 여러 부분의 노화가 동시에 일어났다고 가정한 팔십 노인의 몸이라고 하더군요. 사실 우리 몸은 모든 부분이 동시에 팍 늙는 것이 아니라 처음에는 눈이 침침해지고 그 다음엔 무릎이 새큰거리다가, 가는귀가 먹은 것처럼 잘 안 들리기도 하면서 서서히 시간을 두고 늙어가게 마련이지요. 이 모든 노화를 한꺼번에 맛보는 것이니 어쩜 조금은 과한 체험일 수도 있겠습니다.

체험실에 간 저는 가장 먼저 '등 보호대'를 착용했습니다. 등에 딱딱한 판을 대고 허리와 배를 조이는 형태로 되어 있는데, 등과 허리를 꼿꼿이 세울 수가 없으니 자세가 저절로 구부정해졌지요. 무릎을 중심으로 '다리 보호대'를 차니 무릎 관절마저도 마음대로 폈다 구부렸다 할 수 없게 되었고요. 이어서 한쪽 무게가 1kg씩이라는 '발목 모래주머니'를 양 발목에 차고, 또 '팔 보호대'도 찼습니다. 다리 보호대와 마찬가지로 팔꿈치를 중심으로 감싸는 형태인데, 역시 팔꿈치의 관절을 자유롭게 구부렸다 폈다 할 수가 없었습니다.

한쪽 무게가 0.5kg인 '손목 모래주머니'는 양팔의 느낌을 비교하기 위해 평소에 많이 사용하는 오른쪽 손목에만 찼고, 손의 감각이 어떻게 변하는지를 알기 위해 일반 면장갑과 '리스트럭터'라는 장비도 착용했습니다. 면장갑은 손의 촉감을 둔하게 만들고, 리스트럭터는 손을 자유자재로 구부릴 수 없도록 되어 있었습니다.

그 다음에는 '귀마개'를 했는데 양쪽 귀에 모두 하면 체험을 할 수 없을 정도로 잘 안 들린다며 한쪽만 하도록 권하더군요. '체험 안경'을 쓰자, 전체가 노란색에 시야가 좁아서 아무리 애를 써도 멀리 넓게 볼 수가 없었는데, 다른 곳에서는 이런 안경을 '황반 안경'이라 부른답니다. 나이가 먹으면 수정체의 색채가 노란색으로 변하는 황화현상(黃化現象, yellowing)이 일어나서 노랑, 주황, 빨간색 계통의 색깔은 더 잘 구별할 수 있지만 보라, 남색, 파란색 계통의 색깔은 잘 구별할 수 없다고 합니다. 실제 이 안경을 쓰고 벽에 걸린 그림을 보니 전혀 색깔 구별이 안 되는 것도 있었습니다.

그리고 마지막으로 '접이형 지팡이'를 꺼내 들었습니다. 등 보호대로 인해 허리를 제대로 펼 수 없으니 지팡이 없이는 걷기가 힘들었고, 가만히 서 있을 때도 지팡이에 의지하지 않고는 버티기가 어려웠습니다. 그러니 자연히 구부정한 자세가 될 수밖에 없었지요.

체험복 착용을 마치고 드디어 체험실로 갔습니다. 먼저 '감각 및 근력 체험 공간'이었습니다. 젊은 사람들과 어르신들의 시각, 청각, 촉각, 근력 등을 비교 체험하는 곳인데, 장갑 낀 손으로 만지는 것과 맨 손으로 만지는 것의 차이는 물론, 젊은 사람에게 들리는 수도꼭지의 물소리와 노인의 귀에 들리는 물소리의 차이까지 직접 느낄 수 있었습니다. 어르신들 있는 곳의 텔레비전 소리가 귀가 아플 정도로 클 수밖에 없음을 절감, 또 절감하는 시간이었습니다.

옆에는 '생활 체험 공간'으로 현관과 주방, 욕실 등을 만들어놓았는데, 체험복을 입고 보니 현관에서 신발을 신고 벗을 때 의지할 수 있는 손잡이 하나만 더 설치해도 얼마나 편한지 알 수 있었습니다. 현재 가정이나 사무실에서 가장 많이 사용하는 둥근 문손잡이는 장갑을 끼고 리스트럭터를 착용한 손으로 열려니까 어찌나 불편한지 저절로 가슴이 답답해졌습니다. 손잡이를 조금만 길쭉하고 가늘게 해놓아도 훨씬 문 열기가 쉽더군요.

높낮이를 조절할 수 있는 주방 싱크대와 열기 쉬운 서랍들을 비롯해, 휠체어에 앉아서도 사용할 수 있도록 싱크대 밑의 공간을 비워놓은 것도 좋았습니다. 팔걸이가 없는 의자와 있는 의자의 차이도 뚜렷해서, 직접 의자에 앉았다 일어나려니 팔걸이 있는 의자가 얼마나 편한지 확실하게 느낄 수 있었습니다. 노인대학과 노인복지관의 팔걸이 없는 의자들이 사실은 어르신들의 몸을 전혀 고려하지 않은 것이라는 데에 생각이 미쳤지요.

'보행 체험 공간'에서 지팡이에 의지해 경사로를 걸어 내려가고 계단을 오르려니 겁부터 났습니다. 체험 안경을 써서 시야가 좁고 흐려진데다가 몸은 구부정하고, 모래주머니를 찬 다리는 천근만근이니 계단은 그 자체가 스트레스였습니다. 보통 계단과 노인을 고려해 높이와 각도를 조절한 계단을 비교 체험해 보니, "약자가 편하면 보통 사람도 편하다! 약자를 위한 것은 결국 나를 위한 것!"이란 제 평소 주장이(비록 말로만 부르짖었지만) 맞긴 맞구나 하는 확신이 들었습니다. 약자를 생각하지 않은 계단은 약자에게 어려움을 주지만, 약자를 고려한 계단은 보통 사람들에게 아무런 불편을 주지 않으면서도 약자들에게 편리하고 안전하기 때문입니다.

노인 체험, 그후……

체험 안경을 벗고 귀마개를 뺀 뒤 차례로 체험복을 벗어 정리하려니, 그리 길지 않은 체험 시간 동안 어찌나 긴장을 했는지 온몸이 땀으로 축축합니다. 체험을 소개하고 안내해준 담당 사회복지사에게 먼저 체험실을 다녀간 사람들의 반응을 물었더니 대체로 두 종류라고 하더군요. "할머니, 할아버지들이 왜 그렇게 천천히 걷는지 이제야 알 것 같다"며 앞으로 잘 도와드려야겠다는 긍정적인 반응도 있지만, 한편에서는 "이렇게 힘드니까 늙기 싫어요!" 하며 고개를 내젓기도 한다는 것입니다.

'그 둘 중 나는 어느 쪽일까?' 스스로에게 물었습니다. 제게 가장 먼저 떠오른 것은 80세 친정어머니였습니다. '아, 엄마가 이렇게 걷기 힘드시겠구나. 몸도 눈도 그러니 천천히 조심조심 걸을 수밖에 없으셨구나. 이렇게 잘 안 들리신단 말이지. 밖에 나가 육교나 지하도 계단을 만나면 한숨부터 나오는 게 당연하겠구나…….' 제가 매일 만나는 어르신들 생각도 났습니다.

그렇다면 어떻게 해야 어르신들이 편안하고 안전하게 사시도록 도와드릴 수 있을까요? 우리 모두 노인이 한번 되어 보면 어떨까 싶었습니다. 너도 나도 노인 체험을 해 보는 겁니다. 그분들의 구부정한 몸과 흐려진 눈, 잘 들리지 않는 귀를 한번 경험하면 분명 달라질 거라 믿습니다. 지금의 노년을 생각하는 것은 바로 자신을 위한 준비라고 생각합니다. 지금의 노년이 편하고 행복하게 살면 저절로 젊은이들의 노년 기반은 다져지는 것이니까요.

늙음은 아무도, 그 누구도 거스를 수 없는 자연의 흐름이기에 중년은 물론 청년, 아이들까지 한번 나서서 노인 체험을 해 봤으면 좋겠습니다. 우리가 아직 겪지 않아 모르는 노년을 실제 몸으로 느끼면서 지금의 어르신들을 어떻게 도와드리고 함께 어울려 살 것인지, 나는 또 어떻게 나이 듦의 변화를 받아들이고 준비할 것인지 고민하는 좋은 시간이 될 것이 분명합니다. 어르신들도 젊은 사람들이 못내 섭섭하고 야속하고 아니꼬워 틈만 나면 "너희들도 늙어 봐라!" 말씀만 하실 것이 아니라, 이런 노인 체험에 대해서도 알려주시고 노년의 삶을 조금이라도 이해하려는 노력을 격려해주시면 어떨까요.

→ '노인 체험' 안내! 세 곳 모두 단체에 한해 사전 신청을 받고 있습니다.

* 관악노인종합복지관 어르신 체험실 02-888-6144

* 안산1대학 실버 유사 체험관 031-400-7066

* 한림대학교 생애 체험실 033-248-3092

* 대한노인회 노인 생애 체험 센터 02-712-6400

노인에 대한 오해, 그리고 나잇값 • 고광애

엊그제 동창회에 90세 어른을 초청해서 얘기를 들었습니다. 이분은 지금도 사회 활동을 하시는 분입니다. 그런데 이분이 나이를 말하지 않겠다고 하셨습니다. 나이를 얘기하면 사람들은 "저 나이에……" 하면서 '나이'에만 정신을 쏟고, 당신을 초청한 본질, 즉 당신 말씀은 안 듣더라는 겁니다.

사람들은 보통 늙은이는 저희들과는 다른 별종으로 압니다. 늙으면 젊은 저희들과 많이, 그래요, 많이 다르다고 생각합니다. 그런데 나도 늙어 봐서 알지만, 그들과 별 달라질 것이 없는데 세상이 다르다고 명토를 박아서 취급하니까 어쩔 수 없이 별종이 되어버립니다. 굳이 달라진 것을 대라면 있긴 있습니다. 욕망을 자제할 수가 있는 것. 철없던 그 시절 모양, 분출하는 욕망을 주체 못하는 일은 없게 되었습니다. '철이 든다는 것,' 그것은 분출하는 욕망을 제어하는 힘을 말하는가 봅니다. 아무튼 이걸 빼면 별 다른 게 없습니다. 좀 자세히 얘기해 볼까요?

늙어서는 외려 더 건강해진다?

물론 몸의 기운이 없어지고, 움직임이 굼떠지고, 그리고 많은 사람들이 성인병을 가지고 있긴 합니다. 그렇긴 해도 사는 데 저들과 크게 다를 것은 없습니다. 노인들도 잘 먹고, 잘 자고, 잘 놉니다. 안 그런가요? "노인네가 잘도 잡숫는다"고 흉보듯이 말들 하지 않습니까? 젊은이들이여! 때로 잘 못 먹거나 잘 자지를 못하거나 잘 놀지를 못하는 사람도 있긴 있습니다. 개중에 말이지요. 하지만 저희들, 저희 설 늙은 것들은 한 술 더 떠서 그러던데, 뭐…….

여기서 잘 알려지지 않은 현상 하나를 살짝 공개하자면, 이런 겁니다. 오래 사는 사람을 보면, 소위 말하는 중년이 지나 노년기에 들어서면서 젊었을 적보다 더 건강해진다는 사실입니다. 젊어서 예민하던 위장장애나 대장 운동이 늙어서 오히려 원활해진다던지, 아토피나 편도선 같은 병이 어느 틈에 없어진다던지, 편도선이 자주 아프던 사람이 숫제 편도선에 관한 문제가 씻은 듯 부신 듯 없어진다는 겁니다. 오래, 그리고 건강하게 사는 사람들에게 나타나는 현상이지요. 그것은 어쩌면, 늙으면 욕망을 자제하는 능력과 비례해서 쓰잘머리 없는 신경을 자율적으로 조절할 수 있는 자생력이 생겨서 그런 것 같습디다. 내 말이 맞는지 틀리는지, 주위의 노인들을 가만히 관찰해 보세요.

또 하나, 어쩌다 일을 맡겨놓으면 저들보다 성실하게 그리고 꼼꼼하게 해냅니다. 시간도 잘 지켜가면서. 그런데 시간을 좀 오래 잡아먹긴 합니다. 대신, 젊은이보다 더 오래 일을 할 수 있습니다. 다이어트를 지나치게 해서 그런지 젊은이들이 우리네보다 힘을 더 못 쓰는 모습도 많이 보이던데, 아마도 우리네는 일하는 데에 힘을 오래 많이 써오던 관성으로, 힘들여 일을 할 수 있는 건지도 모르겠습니다. 그나저나 저들보다 조금 덜 놀고 조금 일찍 일어나서 할 일 하는 데야 세상에 주는 지장이 없잖습니까?

늙어도 인정받고 싶은 욕망이 있다.

93세가 되어서도 내 어머니는 물건을 못 버리셨습니다. 늙으면 아까워 못 버리는 현상은 만국 공통의 노인 특징일 겁니다. 그런데 물건 못 버리는 이유가 한 가지 더 있습니다, 우리 어머니에게는. 그것은 젊은 것들이 내버리는 그 물건들을, 어쩌다가 또 언젠가, 사람들이 필요해져서 찾아 헤매는 때가 아주 가끔 있는데 그럴 때, "요기 있다" 하고 쓱 내놓는 '요긴한 할머니'가 되고 싶은 욕망을 아흔에도 놓지 않으셨기 때문입니다. 그러니 하물며 정치인이며 학자들까지, 어찌 그 욕망이 스러졌을 리가 있나요. 단지 잠 재워놓고 있을 뿐이지요. 나잇값을 하느라고, 나이에 맞는 체면을 차리느라고 잠자코 있을 뿐입니다. 속에서는, 젊었을 적엔 오히려 무심했을지 모를 인정받고 싶은 욕망이 늙어서 더 살아 꿈틀대고 있는데 말입니다.

늙어도 사랑을 느끼고자 하는 욕구가 있다

함께 방송도 하고 해서 아는 젊은 의사가 있습니다. 젊었는데 전공은 노인병입니다. 아니, 저 젊은이가 의과대학을 나왔다고 늙은이들이 요기조기 구석구석 시마다 때마다 달리 아픈 걸 알려나? 나 혼자 속으로 생각하곤 했습니다.

그런데 이 의사가 큰 비밀인양, 해주는 얘기가 있습디다. 70대 노인이 한 달에 두 번 정기적으로 비아그라를 받아 간다고 우스워 죽겠답니다. 세상 풍조가 어느 나이가 돼서도 '그걸' 밝히면 우습다고들 합니다. 사실, 그렇지요. 늙어서 '그걸' 할 수 없게 됐으면 그만두면 됩니다. 오죽하면 '늙음 = 포기의 계절' 이라고 하겠습니까. 젊음도, 미모도, 맛도, 재미도, 그리고 많은 걸 포기하는데, '그걸' 포기 못하는 건 좀 그렇지요. '그걸' 가지고, 안 되는 '그걸' 가지고 인위적으로라도 매달려서 기를 쓰는 노인은 아닌 게 아니라 노추(老醜)라 해야겠지요. 하지만 근시가 안경을 쓰고서 잘 보이듯이, 원시가 돋보기를 쓰고 가까운 데의 것을 잘 보듯이, 비아그라를 먹고 잘 되면 좀 먹고 해 보겠다는데 왜 웃어요, 웃긴.

항차 '그것'을 즐길 욕구도 못 버리는데, 연애감정이야 오죽하겠어요. 내가 만난 모든 독신자들에게 물어 보면, 한결같은 대답이 있습니다. "결혼은 몰라도 연애는 하고 싶다." 특히 독신 여성들은 젊은이들 모양, 데이트하고 식사하고 대화하고 싶다고 합니다. "이 나이에 다 귀찮아서……" 하고 대답하는 독신자를 나는 아직 만나 보지 못했습니다. 여기서 독신자란 물론 새 인생주기법에 따르면 '중년기'에 있는 사람들이지만, 재래식 인생주기법에 의하면 '노년기'에 있는 사람들이고, 생물학적 인생주기법에 의하면 '번식후기'에 있는 사람들입니다.

늙어도 지식에 대한 욕구가 있다.

시몬 보부아르는, 늙음의 특징은 호기심이 없어져가는 거라고 했습니다. 사실, 많은 사람들이 호기심이 없어져가고 있긴 합니다. 젊어서 잘 보던 영화도 다 그렇고 그래서 안 본다는 사람, 책도 그 소리가 그 소리라서 안 읽게 된다는 사람들이 많아진 건 사실입니다. 시시한 남의, 또 자식들의 사생활에 관심을 가질지언정 지적인 호기심에는 등을 돌리는 동년배를 많이 보게 됩니다.

그러나 다 그런 것은 아닙니다. 늙은이라고 다 비아그라를 먹지 않는 것같이, 늙은이라고 다 지적 호기심이 줄어든 것은 아니란 말이지요. 늙어서야말로 지식의 바다에, 예술의 바다에, 취미의 바다에 빠져서 유유히 유영하고 있는 실버들도 많습니다. 젊어서 먹고살기 바빠, 세상사에 바빠 못 해 보던 걸, 늙어서 하고 싶던 일에 빠져 사는 노년들도 많습니다. 이런 늙은이들을 보고도 늙은이는 호기심이 없어져간다느니, 지식에 대한 욕구가 없다느니 하며 한몫에 몰아치고 자발없이 떠들 일이 아닙니다.

그런데 이 자발없이 떠드는 사람들 가운데 젊은 사람들만 있는 게 아니라, 우리 같은 늙은이들도 나서서 떠들어댄다는 게 문제입니다. 그래 가지고설랑은, 늙은이는 이러이러한 거라고 명토를 박는다는 사실입니다.* 젊은이도 아닌 같은 늙은이가 나서서, 자기가 호기심이 없어져서 도무지 새로운 것, 좋은 것을 감상하지 못하는 걸 가지고 모든 노인들에게 명토를 박아놓는 겁니다. "늙어서는 별 수 없다"고, 이렇게 나불대는 노인들 때문에 노인에 대한 오해는 점점 더 깊어져가는 셈입니다. 적어도 내가 파놓은 우물에 내가 빠져버리는 우(愚)는 범하지 말아야 할 텐데 말이지요.

---

* 이런 현상을 노인학에서는 사회적 낙인이론(Social Labelling Theory)이라 합니다. 어느 개인의 결함 때문이 아니라 고령자에 대한 부정적인 사회적 편견 때문에, 단순히 사회에서 일탈자 혹은 결함 있는 인물로 명명한다는 주장입니다.

나도 나이 들면 알게 될까? • 유경

할아버지, 왜 그러세요?

제가 17년이라는 노인복지 현장 경험이 있고, 요즘도 거의 하루도 빼놓지 않고 노인복지관과 노인대학, 경로당, 실버문화학교 같은 곳에서 어르신들을 직접 만나며 생활하고 있지만, 어떤 때는 '과연 내가 노년에 대해 무얼 좀 알고 있기나 한 것일까?' 스스로에게 묻게 됩니다. 바로 오늘이 그런 날이었습니다.

저희 아파트는 평수는 좀 작지만 오래 전에 지은 덕에 아파트 동과 동 사이의 잔디밭이 제법 넓어 아이들에게는 더할 수 없는 놀이터랍니다. 요즘은 아이들이 잠자리를 잡느라고 여간 소란스러운 것이 아닙니다. 그 할아버지는 1층에 사시는 분이었는데, 아이들이 잠자리를 잡느라고 할아버지 댁 베란다 앞쪽 잔디밭으로 몰려드니 그

집 강아지가 내다보며 매섭게 짖어대는 것이었습니다. 강아지 짖는 소리에 참다못한 할아버지가 창밖으로 얼굴을 내밀고 소리를 지른 것이 바로 그날 노(老)-소(少)간의 싸움(?)의 시작이었습니다.

"야, 저리들 가서 놀지 못해?"

"왜요? 여기가 제일 잠자리 많아요!"

"강아지가 짖어서 시끄러우니까, 저쪽에 가서 놀아!"

(그제야 아이들은 할아버지가 저리 가라는 이유를 알아차렸습니다.)

"할아버지가 강아지 다른 데로 데려가면 되잖아요, 네?"

"뭐라고? 왜 하필이면 여기서 놀아? 저쪽에 가서 놀지!"

"여기가 잠자리 제일 많다니까요."

"너희들이 저쪽에 가 보기나 했어? 응? 왜 말을 안 들어?"

(아이들은 어리둥절한 표정으로 할아버지를 빤히 쳐다봅니다.)

"버르장머리 없는 녀석들, 어른이 가라면 갈 것이지. 그래, 너희들 마음대로 놀아! 여기서 하루 종일, 아니, 밤새도록 한번 놀아봐!"

"……"

그제야 아이들은 입을 쭉 빼물고 할아버지를 힐끔거리며 자리를 옮겨가더군요. 처음부터 끝까지 지켜보다가 발길을 돌리는데 입 안이 썼습니다. 점잖아 보이는 어르신이 왜 그러셨을까, 궁금하기도 했습니다. 아이들이 잔디밭에서 노는 일은 규칙에 어긋나는 일이 아니지만, 강아지가 짖어대서 다른 사람에게 피해를 주는 일이 없도록 해야 한다는 것은 주민들 사이에 이미 약속이 된 일이거든요. 그런데 그 어르신은 거꾸로 행동하셨습니다. 당신이 기르는 강아지가 짖는 일을 막은 것이 아니라 잔디밭에서 노는 아이들을 야단치고 쫓아 보냈으니까요.

나이가 들면 흔히 '자기만 안다' '자기중심이 된다' 고들 합니다. 자신의 몸과 마음에 온 신경이 가 있고 시선이 집중되어 있어 주변의 상황이라든가 다른 사람의 처지를 미처 헤아리지 못한다는 뜻이지요.

제가 복지관에서 만난 어르신들 가운데는 선착순이라든가 번호순이라는 규칙을 만들어 너도 나도 지키고 있는데도 전혀 아랑곳하지 않는 분들이 계십니다. 선착순 마감이 되었으니 다음 기회에 프로그램을 이용하실 수밖에 없다고 하면 "다음 기회? 늙은이한테 다음 기회가 어디 있어? 내가 그때까지 아프지 않고 살아 있을지 누가 알아?" 하면서 막무가내로 고집을 부리시는 분도 있습니다. 단체로 여행갈 때 버스에 번호순으로 앉아야 하니까 멀미하는 분은 미리 미리 접수하라고 여러 차례 말씀을 드려도 모르쇠로 계시다가 막상 여행 떠나는 날 "나는 멀미하니까 맨 앞에 앉아야 돼. 왜들 양보를 안 하는 거야? 인심들 사납구먼!" 하면서 도리어 화를 내시기도 합니다.

어르신들이 젊은 사람들에게 겉으로든 속으로든 가장 많이 하는 말씀 가운데 단연 으뜸은 "너도 늙어 봐라!"일 겁니다. 언젠가 한번은 노인대학에 가서 나이는 벼슬이 아니라는 말씀을 드리려고 "어르신 가운데 '노인 자격증' 가지고 계신 분, 손 한번 들어 보세요!" 했더니 놀랍게도 세 분이 손을 번쩍 드는 것이었습니다. 그 자격증 좀 어디 한번 보여달라고 했더니 주머니에서 주섬주섬 주민등록증을 꺼내시더군요. 지하철 승차권도 아무때나 거저 받을 수 있는 나이가 떡하니 적혀 있는 주민등록증이 바로 '노인 자격증' 아니고 뭐냐는 말씀이었습니다.

나이는 벼슬도 아니고 자격도 아니고 한 사람도 빼놓지 않고 누구나 공평하게 먹는 것이니까 나이 먹는 것은 결코 자랑이 아니다, 그러니 과연 어떻게 해야 나이를 잘 먹을 것인가를 함께 고민해 보자는 뜻에서 꺼낸 이야기가 영 다른 방향으로 흘러가서 당황했던 기억이 새롭습니다.

어르신들이 그러실 때마다 젊은 저는 움츠러듭니다. 제가 어르신들의 몸과 마음을 속속들이 다 아는 것은 아니니까요. 그래도 한 가지 분명한 것은 사람이 살아가는 데는 나이의 많고 적음을 떠나 서로가 받아들이고 이해할 수 있는 어떤 선이 분명히 있다는 것이지요. 단순히 나이 듦이 벼슬이고 자격이라면 저 역시 저보다 나이 아래인 사람들에게 끊임없이 말해야겠지요. "너도 나만큼 나이 먹어 봐라!"

저는 사람이 살면서 늘어나는 것이 나이뿐이라면 참으로 허무하고 슬플 것 같습니다. 같은 노년으로서 선생님은 이런 어르신들을 어떻게 생각하시는지요? 설마 선생님도 제게 앞으로 좀더 나이 들면 저절로 알게 될 거라고 말씀하시는 건 아니시겠죠? 하하하.

노년을 보는 밝은 눈

지난 봄, 저는 30대부터 50대까지의 아줌마 열다섯 명이 일주일에 한 번씩 모여 돌아가며 자신의 문제를 털어놓고 그 문제의 해결을 위해 경험을 나누며 서로 위로받고 새 힘을 얻는 모임에 참여하고 있었습니다.

어느 날 모임을 이끄는 왕고참 선배 아줌마가 참석한 사람 모두에게 숙제를 내주었습니다. '시어머니 장점 20가지 써오기!' 일주일 후, 프로그램 시작 전에 차를 마시며 숙제 했는지를 서로 묻는데 재미있게도 다들 고개를 가로 저으며 계면쩍게 웃는 것이었습니다. "너무 어려워서 반밖에 못 해왔어." "장점 20개 찾느라고 정말 머리에 쥐났어, 머리가 지끈지끈 아프더라니까." "숙제가 너무 어려웠어요." 누구라 할 것 없이 다들 고개를 끄덕였습니다. 솔직히 저도 숙제가 참 어려웠습니다. 평소 구수한 입담으로 모두를 즐겁게 해주는 아줌마가 빠질세라 한마디 하더군요. "미워 죽겠는데 장점, 좋은 점 찾으려니 더 밉더라고요!" 다들 까르르 웃음을 터뜨렸습니다. 그 마음 알고도 남는다는 공감과 동감의 웃음이었을 겁니다.

드디어 수업 시작. 각자 공책에 적어온 '시어머니 장점 20가지'를 돌아가며 읽었습니다. 서로의 발표를 들으며 고개를 끄덕이기도 하고, 부럽다는 눈길로 바라보기도 했지요. 나무랄 데 없는 시어머니 모습에 "와, 천사네요, 천사!" 하니까, 발표자가 손을 내저으며 하소연을 합니다. "그러니 무슨 문제가 생기면 다들 나만 잘못했다고 하잖아요. 아무리 장점이 많아도 나와 맞지 않는 부분이 있게 마련인데 다들 시어머니는 백점, 며느리인 나는 빵점으로 보니까 얼마나 스트레스 받는지 몰라요."

돌아가며 다 발표하고 나니 숙제를 내준 선배 아줌마가 평가 겸해서 마지막으로 정리를 하는데, 세상에 그렇게 힘들게 한 숙제에 대한 평가가 어찌나 간단한지, 그리고 그 간단한 말이 어찌나 핵심을 콕 찌르는지 감탄, 또 감탄하지 않을 수 없었습니다. "그렇게 장점이 많은데 왜 미워하지요? 뭘 더 바라는 거지요?"

사람의 좋은 점과 싫은 점, 장점과 단점은 동전의 양면 같아서 어느 쪽을 보느냐에 따라 다를 수밖에 없는 법이지요. '꼼꼼한 성격'도 좋게 보면 세심하게 상대를 배려하고 챙기는 것이 되지만 나쁘게 보면 답답하고 별 걸 다 간섭하는 사람이 됩니다. '느려터진 성격'도 나쁘게 보면 나태하고 게으르게 보이지만 좋게 보면 느긋하고 여유가 있어서 매사를 실수 없이 처리하는 장점이 되기도 합니다. 그러니 결국 문제는 스스로에게 있는 것, 내 잣대를 바꾸면 좀 달라지지 않을까요.

노년을 보는 눈도 마찬가지인 것 같습니다. 낭만과 노추(老醜), 열정과 주책없음, 미식(美食)과 식탐(食貪)이 손바닥 뒤집듯이 바뀌는 것을 보면, 노년에 대한 젊음의 오만함이 끝 간 데를 모르는 듯합니다. 나이가 들고 늙었다는 이유만으로 사람의 기본 감정과 욕구마저 무시되고 백안시되는 우리의 현실, 그 현실 속에서 노인 분들은 구부정한 등으로 말없이 돌아앉습니다. 젊은 사람들이 반복하는 "빨리빨리 좀 하세요!" "또 잊어버리셨어요?" "그냥 가만히 계시라니까요"하는 말에 속으로만 대답하시는 것이지요. "누군 빨리 하고 싶지 않은 줄 아냐? 누군 잊어버리고 싶어서 잊어버리는 줄 알아? 너무 그러지 마라. 너도 한번 늙어 봐라!"

노년의 반성 • 고광애

'칭찬의 달인' 이랄 수 있는 유경 씨가 오늘은 가만있자, 음, 노인 흉을 봤단 말이지요! 그래요, 정말 유경 씨는 노인들이 당신들만 알고 나이 먹은 걸 장땡으로 내세운다고 흉을 살짝 봤습니다. 사실 사람이란 누구를 칭찬하기보다는 누구를 비평하고 흉보는 재미가 쏠쏠한 법이지요. 세 친구가 있다가 한 친구가 자리를 비우면 백발백중 자리에 없는 친구 흉보는 게 정통 코스였지 않아요? 게다가 그 재미! 유경 씨도 왕년에 많이 해 보지 않았어요? 나는 많이 해 봤는데…… 그리고 그 재미가 여간만 하지 않았었는데.

기왕 흉이 나온 김에 우리도 지금 여기 안 계신 노인들 흉보는 자리 한 판을 펴 봅시다. 내가 늙은이라는 사실은 잠시 옆에 미뤄놓고 우리 노인들 흉판 한번 벌립시다.

유경 씨 말씀대로 노인들, 공동주택 단지인 아파트에서 사는 노인들, 더러더러 말썽꾼 노릇 단단히 합디다. 나는 주로 당하는 쪽입니다. 나는 10층에 사는데 아래층 할아버지가 이사 오는 날부터 잔소리를 해대서, 무슨 죄를 지었는지 아리송한 채로 그저 나는 사과하기 바쁩니다. 엊그제는 베란다 난간에 놓인 우리 집 화분의 낙엽이 날아왔다고 지팡이를 짚고 절룩거리며 10층까지 올라왔어요. 벨을 눌러대고 나를 불러 세워놓고 항의 아닌 야단을 칩디다. 저런 할아버지하고 사는 마나님이나 자식들, 어지간히 골치 아프겠구나 했습니다.

에구, 그래도 유경 씨네 아파트 1층 할아버지가 여름날에 시끄럽기는 원체 시끄러웠겠네요. 문도 닫을 수 없고. 가재는 게 편이라고요? 에이, 오늘만은 나를 늙은이 취급하지 말라니까요. 확실히 벌어진 현상을 두고 '객관적으로' 하는 얘기입니다.

1층 할아버지는 유경 씨 말마따나 개 짖는 소리 내지 말라는 규칙을 어겼으니 잘못한 거죠. 하지만, 시끄러웠던 것 또한 사실이고요. 시끄러운 게 싫으면 고층으로 이사를 가야지, 이사도 못 갈 바에는 시끄러워도 참고 규칙에서 벗어난 시비를 안 했어야 했습니다.

보다 성숙한 노인이었다면, 재잘대는 아이들 때문에 젊은 기(氣)를 받으니 이 아니 좋으랴 하셨으면 좋았을걸. 아니면, 새소리보다 더 예쁜 아이들 소리라고 치부하는 노인이었으면 좋았을 텐데요. 옛날 우리 고모할머니는 애들이 어지럽게 집안을 뛰어다니면, 꽃 중에 제일 예쁜 꽃이 사람 인(人)자 인꽃이라고 하셨어요. 이 사람꽃은 예뻔데다가 움직이기까지 하니 세상에 애들보다 더 예쁜 것은 없다고 말씀하셨지요.

노인들이 자기중심인 건 말할 것도 없거니와, 관심 쏟을 곳이 없어서 오로지 당신의 몸 상태 심지어는 당신이 그날 배설이 잘 됐나 안 됐나를 단골 화제로 삼는 노인도 있습니다. 전에 서울 외곽도시에 살던 때 얘기입니다. 줄을 서서 버스를 기다리노라면, 으레 할아버지나 할머니 한 분이 나타나서 맨 앞에 선 사람보고 자리 양보를 해달라고 해요. 그 노인들의 태도란 게 때로는 비굴하고 때로는 강압적인데, 아무튼 그렇게 해서 양보를 받아내곤 합디다. 그때마다, "아이고, 우리 노년들! 젊은 것들한테 할 말이 없구나" 하는 신음이 절로 나옵디다.

그래, 곰곰 생각했지요. 번호표도 무시하고 줄서기도 무시하는 노인들은 왜 그리 됐을까. 고민 끝에 원인을 알아냈습니다. 우리 시대, 그러니까 지난날에는 사회 곳곳에서 원칙이 지켜지지 않는 사회였지요. 앞에서 안 되면 뒤로 가서 사바사바를 하거나 나 잡아 잡수 하고 떼를 쓰면, "궁하면 통한다"는 속담이 잘못 통한 경우긴 하지만 어쨌든 일이 대체로 이루어지는 수가 많았거든요.

이런 사회에서 태어났고 이런 사회에서 살아온 나 자신은 어떨까, 생각해 봤습니다. 나라고 별 수 없다는 걸 어느 순간에 알아차리고는 진저리가 쳐집디다. 그것은 내 딸애와 무슨 공연인가를 갔을 때 일입니다. 매표구에서 (요즘이야 거의 예약을 하지만, 아마 80년대 아니면 90년대 초였으니 현장에서 표를 사는 일이 다반사였지요.) 표가 매진됐다는 거예요. 나는 돌아갈 체를 안 하고 매표원에게 사정을 하기 시작했습니다. 그래도 어디 남은 표가 있겠거니 하고요. 그런데 벌써 저만치 갔던 딸애가 다시 와서 나를 끌고 가면서 하는 한 마디,

"엄마는 표가 다 팔렸다는데, 무슨 더 할 소리가 있다고 거기 있어요."

그렇습니다. 표가 없다고 했지만, 나는 가지 않고 사정하다 보면 어떻게 되겠지 하는 믿음으로 버티고 있었습니다. 그렇습니다. 나라고 오염 안 됐을 리가 없었지요.

베푸는 노년이 아름답다

고령화 시대에 맞춰서 고령자 우대가 만만치 않습니다. 심지어는 65세 이상 노인들 모두에게 한 달에 30만 원씩 주자는 안도 국회에 계류 중인 걸로 알고 있습니다. 설마, 이런 제도가 실현될지 의문이 가긴 합니다만. 30만 원은 그렇다 치고, 내 알기로 저소득층 노년과 기초생활 수급자 노인들에게는 생활은 모르겠지만 생존은 될 만한 돈이 지급되더라고요. 그뿐 아니라 월세보증금도 무이자로 빌려줍니다. (내 아는 분은 400만 원을 받았답니다.) 몸이 아픈 것은 보건소에서 거의 보살펴줍니다. 그것을 기화로 해서, 물론 일부의 얘기

지만, 노인들 나라 돈 긁어내기 바쁘고 보건소 이용, 할 수 있는 대로 마냥 합디다.

'늙음은 아픈 것' 입니다. 시마다 때마다 아픈 것, 다시 말해서 병이 나서 아픈 것이 아니라 오래 써서, 그래서 닳아서 아픈 것입니다. 그런 허리나 다리가 아프다고 때마다 시마다 보건소에 가서 주사 맞고 물리치료 받고, 불필요한 링거 주사 맞고 하니 그 인건비며 비용을 생각하면 씁쓸합니다.

워낙 국가나 사회에서 뭘 받아 보지 못했던 타성이 있어서 그런가? 나는 이런 식으로 불요불급한 데다 노인 복지금을 쓰다가 나라가 어떻게 되지 않을까 하는, 예의 그 "걱정도 팔자" 증세가 또 도지려고 합니다. 실제로 어느 지방자치단체에서는 석 달마다 65세 이상 노인들에게 지급되는 교통수당 36,000원의 자원이 고갈돼서 쩔쩔맨다는 뉴스도 봤기에 하는 소리입니다.

어느 노인학자의 주장인데, 이 주장은 나도 동감이라 여기서 다시 말해 봅니다. 서울의 부자 동네로 일컫는 압구정동에서 98%의 노인이 매달 교통수당 36,000원을 받는다는데, 꼭 필요하지도 않은 노인에게까지 이 수당을 지급해야 하는가 하는 의문을 이 학자가 제기했더군요. 나는 부자 친구들 몇몇이 모인 자리에서 이 문제를 제기해 보았습니다. 그랬더니 이 부자 친구들이 이구동성으로 받아야 한다고 하더군요. 대체로 2가지 이유를 대면서 받아야 한다고 했습니다. 이유의 하나는, 일생을 열심히 일하고 열심히 세금을 내온

최소한의 답례 차원이라고 하더군요. 다른 이유는, 자기들이 안 받는다 해도 이 돈이 어디로 가서 어떻게 쓰일지 알지 못해서 받아야 한답니다. 세금이 줄줄 새는 국가 차원의 시스템을 문제 삼고 있더라고요.

물론 안 그런 노인이 많다는 건 나도 압니다. 여기서는, 다시 말하건대, 그렇지 않은 노인들의 성토장임을 알아주시기를. 답례 차원이라기보다 공짜가 좋아서 받아낼 것 다 받아내는 노인들! 젊은이들이 주는 용돈에 잔뜩 눈독을 들이는 노인의 모습! 아름답지 않습니다. 개인이나 사회에서 베푸는 호의도 사양하는 아량을 보이면 좋지 않을까. 받아낼 수 있는 것 몽땅 다 받아내느라고 사흘이 멀다 하고 보건소에 들락거리며 링거를 맞으러 다니는 노인들을 나는 싫어합니다. 받을 수 있는 것들, 주려고 하는 호의를 조금은 남겨두고 저축해두는 건 어떨까 싶습니다.

요즘 저출산이 나라의 문제가 되었다고 합니다. 저출산을 걱정하는 한편에서는, 사회에서 인정해주지 않는 아이라고 해서, 혹은 아이 기를 돈이 없대서 우리의 사람(人)꽃들을 만리타향으로 몇 만 명씩 입양을 보내야 하는 건가, 의문이 듭니다. 나는 우리 노인들이 요기조기 딱히 안 써도 될 복지금은 사양하는 아량을 내 보는 건 어떨까 생각합니다. 여유 있는 노년층에서 말이지요.

유경 씨 말마따나 늘어나는 것이 나이뿐이라면 참으로 허무하고 슬플 것 같은 참에, 그런 돈 모았다가 우리의 불우한 인꽃들을 위해

쓰자고 우리 노인들 편에서 먼저 나서 보는 건 어떨까요. 늙고 힘없는 고목들을 돌봐주어야 하는 건 국가나 사회의 의무입니다. 하지만 잘 자라나야 할 어린 인꽃 나무들을 돌보는 것도 정말 급박한 일이니 말입니다.

6

노년, 절정을 산다!

나이 드는 법을 배우기 • 유경

두어 해 전 일입니다. 한 해를 마감하던 12월 어느 날, 저는 한 졸업식에 강사 대표로 초대받아 졸업의 기쁨과 즐거움을 함께 나누었던 적이 있습니다. 1년 혹은 2년 이상 공부하는 노인대학 정규 과정이 아닌 17주 만에 졸업하는 단기 과정으로, 노후준비를 위한 프로그램이었습니다. 4개월 남짓 공부하고 마치는 것이었지만 졸업식의 설렘과 엄숙함은 여느 졸업식 못지않았습니다. 모두 58명이 공부해 그 가운데서 41명이 수료증을 받았는데, 가장 인상적이었던 것은 수료생 대표 어르신의 인사말이었습니다.

어르신은 "10여 년 전 아들의 대학 졸업식에 가서 졸업 가운과 학사모 쓴 모습을 봤을 때, 어려운 뒷바라지 과정이 생각나면서 힘든 공부를 무사히 마쳐준 아들이 고마워 눈물이 났었다"는 회상으로 입을 여셨습니다. "어느덧 시간이 흘러 내가 머리 희끗한 노인이 되어 이렇게 직접 학사모를 쓰고 졸업장을 받으니 눈물이 날 정도로 감회가 깊다"는 말씀이 이어지자 저도 모르게 눈시울이 촉촉해졌습니다. 그 어르신은 "우리 졸업생 모두가 그동안 배운 것을 가슴에 새겨 자식 세대에 짐이 되는 것이 아니라 스스로 소중한 사람이 되도록 노력하자"는 말로 마무리를 하셨습니다. 오래도록 이어진 박수 소리에는 젊어서 하고 싶은 공부를 맘껏 하지 못했던 어르신이 늦게나마 소중한 꿈을 이룬 데 대한 응원이 담겨 있었을 겁니다.

오래 전, 제가 몸담았던 노인복지관에서도 해마다 학사모와 졸업 가운을 준비해 어르신들의 졸업식을 치르곤 했습니다. 첫 졸업식 때 무학(無學)이셨던 한 남자 어르신의 인사말이 가슴에 남아, 지금 이렇게 어르신들의 교육에 발 벗고 나서게 되었는지도 모르겠습니다. 당시 80세였던 그 어르신은 졸업 가운이 구겨질세라 학사모가 벗겨질세라 조심스럽게 무대 위에 오르셨습니다. 마이크 앞에 선 뒤에도 한참이나 말을 꺼내지 못하던 어르신은 떨리는 목소리로 말씀하셨습니다.

"나는 평생 일자무식으로 살아왔어요. 내가 못 배운 것이 얼마나 한(恨)이 됐는지 6남매 이름에 모두 '배울 학(學)' 자 돌림자를 넣어서 지었어요. 그런데 오늘 이렇게 대학교 졸업할 때 쓰는 모자를 내 머리에 쓰고 보니 덩실덩실 춤이라도 추고 싶소이다! 고맙습니다!"

함께 졸업하는 동료 어르신들과 하객들은 뜨겁게 박수를 치며 울었고, 어르신은 깊이 허리 숙여 다시 한 번 인사를 하시며 울고 또 웃으셨습니다.

못 다한 배움에 대한 어르신들의 한과 욕구는 그 무엇보다 뜨겁고 강해서 깜짝깜짝 놀라곤 합니다. 한글 배우는 어르신들 이야기는 하도 많이 소개되어서 아마 많이들 알고 있을 겁니다. 한글을 깨치고 처음으로 써 본 자기 이름과 자녀들 이름, 처음 읽은 간판, 동사무소나 은행에 마음 놓고 가는 기분, 버스 정류장에 서서 버스 번호와 노선도를 읽고 또 읽느라 시간 가는 줄 몰랐다는 이야기는 언제 들어도 가슴 뭉클합니다. 어르신들은 또 자식들 사는 미국에 가서 쓰겠다며 ABC와 영어회화를 배우고, 관광안내 봉사를 하기 위해 어려서 익힌 일본어를 다시 차근차근 배우기도 합니다. 뿐만 아니라 온갖 악기에 춤과 노래도 빼놓을 수 없지요.

그런데 이런 어르신들이 이제는 제대로 나이 드는 것을 배워야겠다고 나섰으니, 바로 앞서 소개한 '노후준비 프로그램'입니다. 프로그램은 다섯 가지 주제, 즉 건강한 노년 · 현명한 노년 · 행복한 노년 · 아름다운 노년 · 활기찬 노년으로 나뉘어 있는데, 각각 건강관리 · 경제생활 · 가족관계 · 죽음준비 · 여가설계를 다룹니다.

처음에 65세 전후의 영 올드*를 대상으로 '노후준비 프로그램' 수강생을 모집할 때는 모두들 시큰둥해했습니다. "누구나 먹는 나이인데 뭘 새삼스럽게 배워? 배운다고 뭐가 달라지나?" "공부는 골치

---

* 보통 74세까지는 전기고령자, young-old, 연소노인이라 하고 75세부터는 후기고령자, old-old, 고령노인으로 구분합니다

아파! 그냥 부담 없이 노래나 부르고, 나 배우고 싶은 거 설렁설렁 배울래!"

그런 분들을 어렵게 설득하고 또 설득해서 시작했습니다. 한여름 반팔 차림으로 첫 인사를 나누었는데 겨울 코트를 입고 졸업식을 했으니 겉모습도 달라졌지만, 무엇보다 놀라운 것은 어르신들의 생각과 자세의 변화였습니다. 평균수명에 비추어 앞으로 잘하면 20년 정도를 더 살 수 있는데 지금이라도 늦지 않았다는 생각을 하게 되고, 비록 내세울 것 없는 노년이지만 가족과 이웃과 사회에 조금이라도 도움을 주고 모범이 되는 노년의 모습을 보이도록 노력하겠다는 각오를 다지게 된 것이 가장 큰 변화라고 할 수 있습니다.

그렇다면, 인생의 한가운데를 살아가고 있는 4050세대는 어떨까요. 지금의 노년 세대가 아무 준비 없이 노년을 맞아 어려움을 겪는 것을 직접 본 까닭에 노년준비를 해야 한다는 것은 다들 알고 있습니다. 그러나 유감스럽게도 모든 관심이 돈에만 가 있습니다. "노년준비는 곧 돈!"이라고만 생각하니 몇 억씩이나 되는 노후생활자금을 모으지 못하는 대다수의 중년들은 가슴이 답답하고 스스로가 한심하게 느껴질 뿐만 아니라, 노년기가 그저 무섭고 두렵기만 합니다.

하지만 노년준비란 나이 들어 먹고살 돈을 모으는 게 아니라 나이 먹는 법을 배우는 일입니다. 그리고 나이 먹는 법을 차근차근 배우다 보면 어떤 것들이 노년의 삶을 좀더 풍성하고 아름답게 만들어주는가를 알게 되고, 그것들이 곧 노년준비의 구체적인 내용 –건강 ·

할 일 · 생활비 · 사랑 · 가족과 친구 관계 · 주거지 · 잘 노는 방법 · 죽음준비 등– 이 되는 것입니다.

우리가 나이 먹는 법을 배워야 하는 이유는 나이 먹는 것 자체가 중요해서가 아니라 '제대로' 나이 먹는 것이 중요해서입니다. 사람은 먹고 자기만 해도 시간이 흐르면 저절로 나이를 먹습니다. 아무것도 하지 않고 가만히 있어도 세월과 함께 나이를 먹게 마련입니다. 그러니 나이는 자랑이 아니며, 나이 먹었다고 해서 함부로 유세떨 일이 아니지요. '제대로' 나이 먹지 않는다면 누구나 먹는 나이에서 우리가 얻을 것은 아무것도 없으니 말입니다.

그런데 나이 먹는 법을 배우려면 어떻게 해야 할까요. 우선 나이 듦에 대해 관심을 가져야 합니다. 무엇을 배우려면 흥미와 호기심과 관심이 필요하지요. 나이 듦도 마찬가지여서 앞서 나이 든 삶을 살아가는 인생 선배들, 즉 노년에 대한 관심을 가지고 그들의 나이 듦을 내 나이 듦의 거울로 삼아야 합니다.

둘째는, 정보를 구하는 일입니다. 나이 듦에 대해 배우는 것은 누가 시켜서도 아니고 의무교육도 아니므로, 스스로 찾아 나서야 합니다. 어떻게 나이 들고 싶은지, 어떤 얼굴로 늙기를 원하는지, 무엇을 하며 누구와 어디서 어떻게 살고 싶은지를 생각하며, 그에 맞는 정보와 앞선 이들의 발자취를 따라가는 일입니다. 여기에 좋은 안내자가 있다면 훨씬 수월하겠지요. 그 안내자는 노년을 잘 알고 안내해 줄 수 있는 전문가일 수도 있고, 좋은 책일 수도 있으며, 앞서 노년의 길을 걸어간 노년 선배들일 수도 있습니다.

마지막으로, '새로운 것을 배우는 데 너무 늦은 때란 없다'는 진리를 되새기는 것입니다. 지금 시작하면 인생의 남은 날들 중에서 가장 빨리 시작하는 것이므로, 각자의 새해 결심 혹은 인생 계획에 딱 한 항목만 추가하면 어떨까요.

"나이 듦에 대해 생각하고 배우기!"

너무 빠르지도, 너무 늦지도 않게 • 고광애

등산과 인생은 닮은꼴이 아닐까요? 만약 그렇다면, 노년기는 인생이란 등산의 어디쯤에 와 있는 지점일까요. 산 중턱을 넘어섰을까, 아닙니다. '인생이란 산'을 다 올라와 정상에 선 사람들이 노년이라고 해야 정답이란 생각이 듭니다.

여기까지 올라오는 동안 가파른 언덕길도 오르고, 제법 험난한 산등성이도 타고 넘어왔습니다. 같이 올라오던 선배, 동료, 후배들이 앞서거니 뒤서거니 했는데, 다 올라와 헤어 보니 더러, 아니 꽤 많은 사람들이 눈에 안 띕니다. 누구 말마따나 "늙는 것을 한탄하지 말라, 수많은 사람들이 그 특권조차 누리지 못한다"라고 할 형국입니다. 그러고 보니, 특권을 얻어서 여기까지 온 것이었습니다. 그렇다면 특권 값을 해내는 게 아름다운 노년일 테지요.

힘들게 정상까지 올라왔으니 우선 땀도 씻어내고 숨도 고르고 해야겠습니다. 제법 너르게 다져진 정상을 돌면서 사방 경관도 구경하며 '얼마간' 지내도 되겠습니다. 더 기어 올라갈 일도 없으니 여기서는 그저 내 시간을 가져도 되겠습니다. 그 기간이 얼마일지는 저 위에 계신 분이 알아서 해주실 일이겠지만.

정상을 향해 올라오느라 같이 지내던 사람들끼리 맘 놓고 쉬어 보지도 못했는데, 이제는 같이 온 사람들과 느긋하게 쉬면서 편히 지내도 되는 진정한 '나의 시간' 입니다. 아내도 남편도 아니고, 어미도 아비도 아니고, 해내야 할 일도 없는 사람입니다. 그저 함께 여기까지 올라온 사람들이 모여서 편안히 먹고 마시고, 그리고 세상을, 인생을 돌아보고 담소하는 시간을 가져도 되는 시기입니다. 아니, 무엇보다 이 꼭대기까지 올라오느라 그동안 정신이 없었습니다. 하고 싶은 것도 못 해 보고, 보고 싶은 것도 못 본 채 그저 꼭대기만을 향해 돌진하듯 올라왔더랬지요. 그러니 이제부터 못 해 봤던 것도 해 보고, 사방 경치도 감상하고, 올라오느라 힘들어 누워 있는 사람들 부축도 해주고…….

그러고 보니 할 일이 제법 많습니다. 그렇습니다. 이 꼭대기까지 오느라 우리 모두는 옆도 앞도 보지 않고 오직 정상을 향해서만 매진했었습니다. 이제는 그동안 보고 즐기지 못하던 옆도 앞도, 그리고 뒤도 좀 돌아보며 음미하는 시간을 가져도 된다고 생각합니다. 이것이 노년의 특권이겠지요.

그런데 이 꼭대기까지 힘들게 왔는데, 아직도 더 올라가겠다는 사람들이 있습니다. 은퇴를 마다하고 뒤에 오는 사람들의 갈 길을 막고 있는 사람들! 민망할 따름입니다. 무릇 길을 떠나는 사람들은 짐이 가벼워야 하는 법. 더구나 올 데까지 다 왔으니, 이고 지고 온 짐들을 내려놓는 건 필수이지요. 그런데 아직도 갈 길이 먼 사람 모양 짐을 챙기고 있는 사람은 딱합니다. 쓸데도 없을 짐을 다시 무겁게 이고 지고, 어디론가 자꾸만 올라가려고 드는 사람들은 미련합니다.

더 올라갈 길은 없지만, 딱 하나 갈 길이 있기는 있습니다. 그것은 내려갈 길입니다. 한번 내려가면 다시 올 수 없는 '그 길' 말입니다. 올라올 때는 여럿이 앞서거니 뒤서거니 올라왔지만, 내려갈 때만은 천하 없는 사람도 혼자서 내려가야 하는 거랍니다! 홀로 내려가야 하는 그때를 나는 모릅니다. 누구도 모릅니다. 이 지점에서 '절대고독' 이란 말이 떠오릅니다.

가 보지 않은 그 길, 아무도 피할 수 없다는 그 내려갈 길을 혼자서 내려가야 한다니…… 어찌 그 길을 생각지 않을 수 있겠습니까. '두렵고 떨리는 맘' 으로 나 혼자서 내려가야 할 길을 좀 알아야겠습니다. 알면 겁날 게 없는 법이니까요. 어떻게 하면 혼자서 무서움을 덜 타면서 편안히 내려갈 수 있을지, 그렇게 내려갈 길은 없을까. 이것이 정상에 올라와 있는 우리 노년들의 숙제고 화두입니다.

아이들은 숙제, 특히 방학숙제 미루기를 좋아합니다. 그렇다고 낫살을 먹을 대로 먹은 우리가 숙제를 미루는 애들 모양 내려갈 그 길을, 죽음의 문제를 미루고 있을 수는 없습니다. 언제 떠밀려 내려가게 될지도 모를 길이니 말입니다.

홀로 내려가야 할 그때를 위하여 준비를 시키는 걸까요. 정상에 앉아 있다가도 문득 돌아보면 나 홀로 있을 때가 있습니다. 홀로 길도 떠날 사람인데 혼자서 있지 못하겠다고 하면 안 되지요. 혼자서 알지도 못할 길도 떠나야 할 판인데, 있던 곳에서 혼자 좀 있게 되었기로서니 홀로는 못 있겠다고 구시렁대면 안 되겠지요. 혼자서 잘 놀고 혼자서 잘 지내는 사람이 요 다음에 혼자서 안 가 본 그 길도 잘 내려갈 테니까요.

"너무 빨리 떠나지 말라. 하지만 너무 늦도록 매달려 있지 말라."

너무 늦도록 매달려 있는 사람들이 많은 게 걱정이 되는 시대가 되었습니다.

모두가 행복한 노년을 꿈꾸며 • 유경

째깍째깍…… 벽에 걸린 시계는 변함없는 속도로 시간의 흐름을 나타내지만, 인생의 속도는 나이에 따라 다르게 흘러간다고들 이야기합니다. 20대에는 시속 20km, 40대에는 40km, 60대에는 60km, 80대에는 80km로 속도가 나이에 비례한다고도 하고, 20대에는 20km, 30대에는 40km, 40대에는 60km, 50대에는 80km, 60대부터는 무제한으로 빨라진다고도 합니다. 그러나 이런저런 비유를 하지 않아도, 한 해를 마무리하는 12월이 되면 나이와는 상관없이 누구나 시간이 참 빨리 흐르고 세월이 쏜살같이 지난다는 것을 몸으로 마음으로 느끼게 됩니다.

저는 거의 매일 어르신들을 만나고, 어르신과 관련된 글을 쓰고 방송을 하며 살아가고 있습니다. 그런데 제가 어르신들과 관련된 일을 하면서 살 수 있었던 힘은 다른 데에서 나온 것이 아니라 바로 어르신들께서 주셨다는 걸 고백하지 않을 수 없습니다. 노인대학, 노인복지관, 경로당 등에서 만나는 어르신들은 물론이고 거리에서 지하철에서, 심지어 목욕탕에서 등을 밀어드리며 만난 어르신까지도 모두 제게 당신들의 사랑, 어려움, 서글픔, 보람, 지혜, 아름다움을, 때로는 말로 때로는 몸으로, 때로는 얼굴 표정과 손짓 하나로 가르쳐주셨기 때문입니다.

또한 노년준비 프로그램에서 만나는 중년들에게서는 다른 사람 아닌 제 얼굴을 거울 앞에 선 듯 그대로 비춰 볼 수 있었습니다. 위로는 부모님을 모시고 아래로는 자녀들을 기르며 노년준비 스트레스에까지 시달리는 이 땅의 중년들과 속내를 드러낸 수다를 떨면서 위로를 나누고 싶은 마음이 있었기에 그들과의 진심어린 소통과 나눔이 가능했겠지요. 여기에 더해 죽음준비학교 어르신들은 제게 삶과 죽음을 다시 한 번 생각하는 소중한 기회를 주었습니다.

이 모든 만남을 통해서 저는 비로소 제 꿈을 구체적으로 그릴 수 있게 되었습니다. 바로 '모두가 행복한 노년'입니다. 사실 노년에 이르러 우리는 가진 재산이 많을 수도 적을 수도 있고, 건강이 좋을 수도 나쁠 수도 있으며, 옆에 사람이 많을 수도 있지만 홀로 외롭게 남겨질지도 모릅니다. 또 신명을 바쳐 할 일이 있어서 보람을 느낄 수도 있지만 하루 24시간이 지루하게 느껴질 수도 있습니다. 그렇지만 우리가 처한 자리와 상황이 어떻든 너나없이 행복하게 살려면 꼭 필요한 것들이 있을 겁니다.

노년준비를 위한 6가지 키워드

그동안 수많은 어르신들과의 만남을 통해 저는 여섯 개의 단어를 골랐습니다. 제 나름대로 뽑아 본, 노년준비를 위해 우리가 꼭 명심해야 할 핵심어라고나 할까요?

첫째는 관심입니다.

관심 없는 일에서 좋은 결과가 나오기 어렵다는 것은 잘 아실 겁니다. 노년을 걱정하고 노년준비를 고민하면서 노년에 대해 관심을 갖지 않는다는 것은 말이 안 되지요. 머지않아 만날 나의 얼굴이며, 언젠가는 내가 걷게 될 바로 그 길을 가고 있는 지금의 노년을 보고 또 봐야 하는 이유가 바로 여기에 있습니다. 노년에 겪는 빈곤과 질병과 할 일 없음과 고독과 소외를, 또한 긴 시간 동안의 역사에서 나온 삶의 지혜와 경험과 통찰력과 너그러움을 보고 느끼고 배워야 하는데, 이것은 모두 관심에서 시작됩니다.

둘째는 자기관리입니다.

행복한 노년은 몸과 마음을 다 챙겨야 가능합니다. 병석에서 오랜 시간을 보내고 싶은 사람은 아무도 없을 겁니다. 나이 들어 점점 변해가는 몸의 소리에 귀를 기울이며 사이좋게 지낼 길을 찾는 것이 중요합니다.

병이 나만 피해가라는 법은 없기에 혹시 병이 나더라도 억울해하거나 화를 낼 것이 아니라, 병을 발견한 것을 고맙게 여기며 자신에게 맞는 치료법을 찾는 것이 현명합니다. 마음도 마찬가지입니다. 세월과 함께 찌꺼기가 달라붙어 맑고 순수한 본성을 잃어버린 우리의 마음도 잘 닦는 것이 필요합니다. 나이 들어 노욕(老慾), 노추(老醜)를 피하려면 몸을 돌보는 것 이상으로 매일 마음을 들여다보며 닦고 보살펴야 합니다.

셋째는 사람입니다.

곁에 사람이 없는, 아무도 없는 노년은 아마 어느 누구도 상상할 수 없고 생각하기도 싫을 겁니다. 인간이 아무리 외로운 존재이고 결국은 홀로 갈 수밖에 없는 운명이라고는 해도, 살가운 정을 나누고 따뜻한 손길을 주고받지 못한다면 제 아무리 이룬 업적이 많다고 해도 아무 소용이 없을 겁니다. 그러니 사람을 얻으려는 노력을 해야 합니다. 가까운 가족도 친구도 이웃도 모두 정성을 기울여야 마음을 얻습니다. 내가 먼저 손 내밀고 마음으로 다가설 때 진정한 동반자, 동행을 만날 수 있습니다. 노년에 이르러 갑자기 얻을 수 없기에 미리 사람을 얻으려 최선을 다해야 합니다. 사랑하는 사람들과 어울려 함께 보내는 노년은 참으로 행복하고 소중한데, 이 또한 미리 준비하지 않으면 안 됩니다.

넷째는 많은 분들이 가장 신경을 쓰는 돈입니다.

쌓아놓을 만큼은 아니더라도 먹고살 것은 있어야겠지요. 끝까지 내 입은 내가 해결한다는 생각으로 달려들어야 할 부분입니다. 그러나 잊지 말아야 할 것은 돈을 모으느라 그 밖의 준비를 너무 뒤로 미뤄서는 안 된다는 점입니다. 돈 모으느라 열중해서 노년에 대한 관심은 저쪽으로 밀려나고 자기관리도 제대로 못하고 사람마저 잃게 되면 돈이 아무리 많아도 소용이 없으니까요.

다섯째는 바로 할 일입니다.

돈 버는 일도 좋고, 취미 여가 활동도 좋고, 신앙생활도 좋고, 봉사 활동도 좋고, 집안일을 돌보는 것도 다 좋습니다. 긴 긴 노년의 시간을 무엇 하며 보낼 것인지는 많은 고민이 필요합니다. 사람은 할 일이 없을 때 스스로 위축되며 쓸모없다는 생각을 하게 되고 무력감을 느끼게 마련입니다. 할 일이 있고 책임을 져야 할 역할이 있을 때 활력을 얻고 힘 있는 노년을 보낼 수 있습니다.

마지막으로 죽음준비입니다.

죽음준비는 꼭 노년준비 항목으로만 꼽을 것은 아닙니다. 삶과 함께 늘 붙어 다니는 죽음에 대한 생각은, 우리가 좀더 정성껏 진지하게 살도록 이끌어줍니다. 죽음이 있기에 우리는 과거를 생각하며 보낼 시간이 없습니다. 또한 죽음이 있기에 아직 오지 않은 미래를 계획하느라 지금 당장 해야 할 일들을 놓치는 것이 참으로 어리석은 일임을 알게 됩니다. 언제 어디서 어떻게 올지 모르는 죽음 앞에서, 일하느라 바빠 사랑한다는 말을 뒤로 미루는 것이 과연 옳은 일일까요? 잠시 뒤로 미룬 그 말을 영영 못하고 가게 될지도 모르는데 말입니다.

이 여섯 가지는 모두가 행복한 노년을 위한 필요조건입니다. 더 많은 충분조건이 있겠지만 이 여섯 가지 필요조건만 있어도 우리의 노년은 아름답게 빛날 것입니다.

사람은 죽음이란 것을 분명하게 인식하고 살 때에 보다 진실해질 수 있고, 동시에 죽는 것도 좀더 진지하고 평온한 죽음을 맞이할 수가 있습니다. 그러지 않으면 부끄럽고 불안한 죽음을 맞게 됩니다. 사람이 펄펄할 때는 죽음준비를 하고, 죽어갈 때는 잘 살 준비를 해야 합니다. 이것이 죽음준비입니다.

살아 있을 때 많이 가지고 많이 배우고 잘난 것이 중요한 게 아니라, 죽음 앞에 섰을 때 우리는 본연의 모습으로 돌아갑니다. 오랜 세월 살아오신 어르신들께서 바른 죽음, 좋은 죽음, 아름다운 죽음, 존엄한 죽음의 모습을 보여주시는 것, 아랫세대에게 해주실 또 하나의 귀한 일입니다.

제2부

아름다운 이별을 위하여

1

이별을 준비하다

버리고 가는 길 • 유경

지난해 여름, 6년 만에 드디어 집안 전체 도배를 했습니다. 2000년 10월에 이사 와 꼼짝도 하지 않고 눌러 살았으니, 묵은 때며 켜켜로 쌓인 먼지가 정말 장난이 아니었습니다. 지은 지 20년이 다 되어가는 방 세 개짜리 25평 복도식 아파트는, 안방을 빼고는 두 방 모두 크기가 작아 중학교에 다니는 아이들이 각자 책상과 책꽂이, 침대를 갖추어놓고 생활하는 게 처음부터 불가능했지요. 모아놓은 돈도 없고 해서 옮길 엄두를 못 내다가 도저히 참을 수 없다는 생각에 아이들 여름방학이 시작되자마자 큰마음 먹고 집을 알아보러 나섰습니다.

그러나 웬걸, 매매가는 물론 전셋값도 생각보다 너무 비싸 엄두조차 낼 수 없는 수준이었습니다. 시세를 몰라도 한참 몰랐구나 싶으면서 다른 사람들은 그렇게 비싼 집값을 다들 어떻게 마련하는 것일까 궁금하기도 했습니다. 돈이 턱없이 부족해 이번에도 역시 옮기지 못할 것은 분명했습니다. 하지만 이왕 집 보러 나선 길, 구경이야 못하랴 싶어 꼼꼼하게 구경한 것까지는 좋았는데 크고 좋은 새 아파트를 보았으니 그 눈 사치가 문제였습니다.

집 구경을 하면 할수록 새로 지은 넓은 평수의 아파트와 큰 방에 대한 아이들의 기대가 풍선처럼 부풀어 오르는 것이었습니다. 후회하는 마음에 핑계는 자연스레 둘째 아이의 아토피로 돌아갔습니다. 이제 겨우 피부가 좋아졌는데 새 집은 도저히 안 되겠다고 말하니, 서운해하면서도 아이들 역시 그 이유만은 어쩔 수 없다는 것을 알기에 더는 별 말이 없었습니다. 아이들뿐만이 아니라 저 역시 번듯한 공부방을 한번 가져 보리라던 야무진 소망을 품고 있었기에 그 섭섭함과 아쉬움을 달랠 무엇인가가 필요했습니다.

"그래, 도배를 하자!"

이사를 가지 않는 대신 자기 방 도배지는 자기 맘대로 정하기로 약속하고 도배지 고르기에 나섰습니다. 큰아이는 흰 천장에 연두색 벽지, 작은아이는 무지개와 구름이 그려져 있는 하늘색 천장에 푸른색 벽지. (도배를 다 해놓으니 푸른 바다 속에 잠겨 저 멀리 하늘을 바라보는 기분이 들었습니다!) 솔직히 저라면 그런 벽지를 고르지도 못할 뿐더러 누가 골라주어도 선뜻 받아들이지 못할 색깔이었습니다. 그러니 제가 고른 안방과 거실 벽지는 몽땅 흰색 계열로 통일될 수밖에 없었지요. 좀더 개성 있는 색깔로 골라 보라는 아이들의 끈

질긴 성화도 제 선택을 바꾸지는 못했습니다.

집을 몽땅 비우고 도배를 한꺼번에 싹 끝낸 다음에 다시 짐을 들여놓으면 좋으련만, 사정이 사정이니만큼 짐을 요리조리 옮겨가며 도배를 하기로 했습니다. 짐작하시겠지만 거실 도배하는 동안 안방 짐 꾸리고, 안방 도배하는 동안 작은 방 짐 꺼내고, 전쟁도 그런 전쟁이 없었습니다. 발 디딜 틈 없이 집안을 가득 메운 짐을 보니 저절로 한숨이 나왔고, 이렇게 많은 짐을 끌어안고 사는 스스로가 한심하게 느껴졌습니다. 물건 쌌던 보자기 하나, 전시회 팸플릿 한 장 그때그때 버리지 못하고 살아온 자신이 한심하다 못해 나중에는 마구 화가 났습니다. 혼잣소리로 야단도 치고 혀도 차며 일을 하는데, 해도 해도 끝이 없었습니다.

찌는 듯이 더운 날 땀을 뻘뻘 흘리며 도배를 해주시는 아저씨들한테 시원한 주스를 드리고 저도 한 잔 마시면서 잠시 숨을 돌리는 시간, 사방에 쌓여 있는 짐을 보니 우리들 사는 일도 이런 게 아닐까 하는 생각이 들었습니다. 딱히 쓸모가 없는데도 그저 아까워서 꽉 쥐고 사는 모양새가, 불필요한 감정에 매여 사는 것과 통하는 것 같았습니다. 앞을 보고 걸어가야 하는데 그러지 못하고 계속 뒤를 보며 감정에 매이고 사람에 매여 질척대는 일이 얼마나 많은지. 다시는 돌아가지 못하고 결코 되돌릴 수 없다는 것을 알면서도 지나간 시간에 매여 허우적대는 일은 또 얼마나 자주 있는지. 먼지를 뒤집어쓰고 있는 물건들 틈에서 저는 제대로 앞을 향해 나아가지 못하는 저를 봅니다. 이런 쓸데없는 물건들 때문에 돈을 쓰고 마음을 쓰고 시간을 썼단 말인가, 누구는 하루하루 버리고 비우며 삶을 새롭게 한다는데…….

떠나기 전에 버리고 싶은 것들

제가 어르신들을 만나서 진행하는 프로그램 가운데 '내가 세상 떠나기 전에 꼭 버리고 싶은 것'을 꼽아 보는 시간이 있습니다. 각자 흰 종이에 자신이 버리고 싶은 것을 쓴 다음 그 종이를 꼬깃꼬깃 구깁니다. 이름은 쓰지 않고요. 그러고는 커다란 검은 천 위에 구긴 종이들을 모으고는 그 검은 천을 둘둘 말아 꽁꽁 묶습니다. 다 같이 둘러앉아 신나는 노래를 부르며 공처럼 묶인 검은 천을 돌아가며 던지고 패대기치고 발로 밟습니다. 그 속에 들어 있는 버리고 싶은 나의 미운 짓, 나쁜 행동, 부끄러운 마음, 볼썽사나운 태도들에 실컷 분풀이를 하는 겁니다.

한바탕 분풀이를 하고 나서는 다시 검은 천을 풀어 그 안에 들어 있는 꼬깃꼬깃한 종이를 돌아가며 하나씩 집습니다. 다른 사람이 쓴 것을 집을 확률이 높지만 설사 자기 것을 집는다 해도 아무도 모르기 때문에 상관이 없지요. 그렇게 집은 것을 한 사람씩 소리 내어 읽습니다.

"내 주변에 대한 애착과 욕심을 버리고 싶다 …… 자식들을 마음에 품었는데 그것을 풀어놓겠다 …… 나는 모르겠지만 사람들이 내 성격이 못됐다고 하니 순한 성격으로 바꾸고 싶다 …… 욕심과 자식들 잘살게 하고 싶은 집착, 우월감과 자만과 교만, 사치와 남을 시기하는 것과 금욕(이걸 쓰신 어르신은 나중에 모두들 궁금해하니까 자발적으로 여기서의 금욕은 육체적인 금욕(禁慾)이 아니라 돈 욕심, 즉 금욕(金欲)이라고 설명해주셨습니다) …… 컴퓨터와 휴대폰에 저장된 모든 것을 지우겠다 …… 나의 모든 괴로움, 남편에 대한 나쁜 기억들, 삶의 미련, 식욕과 욕심과 내 공간의 필요 없는 쓰레기들, 아상(我相. 자존심), 욕심과 고집과 증오를 버려야겠다……."

어르신들이 직접 쓴 '세상 떠나기 전에 꼭 버리고 싶은 것' 들 중 가장 많이 나오는 것은 '욕심' 이었습니다. 내게서 떠나보내고 싶은 것, 버리고 싶은 것들을 직접 글로 적고 구겨버린 다음 다시 펴서 읽으니 어떤 생각과 느낌이 드는지 여쭤 보면 다들 착잡한 표정들을 짓습니다.

한 어머님이 일부러 캐묻지도 않았건만, 자신은 "자식을 풀어놓겠다"고 썼다며 말씀을 꺼내셨습니다. 40대 후반에 남편과 사별하고 삼남매를 홀로 키우다 보니 유난히 자식들을 가슴에서 내려놓지 못했다며, 자식까지도 다 풀어놔야 홀로서기를 하는 당당한 노년을 보낼 수 있고 죽음의 길까지도 편안하게 갈 수 있을 것 같아 그렇게 썼다고 하셨습니다. 분위기 때문이었을까요, 옆에 앉으신 남자 어르신이 자연스레 말씀을 이어나갔습니다. 아무래도 자만과 교만을 버리지 않고는 도저히 제대로 된 인간이 될 것 같지 않아 반성이 된다고.

저는 이래서 어르신들이 좋습니다. 한참 어리고 부족한 사람 앞에서 망설임 없이 마음 저 밑바닥을 열어 보여주시는 것은, 오랜 세월의 경험과 연륜과 지혜가 아니면 정말 어려운 일이라는 것을 알기 때문입니다. 살아오면서, 버림으로써 얻고 비움으로써 채운다는 진리를 몸소 체득하셨기에 가능한 일이겠지요.

드디어 도배가 모두 끝나고 짐 정리와 집안 청소가 온전히 제 몫으로 남았습니다. 한 구석에서 먼지를 뒤집어쓰고 잠자기보다는 필요한 사람들에게 잘 찾아가도록 물건들을 챙겨서 복도 한쪽에 내놓았습니다. 아이들도 그동안 끌어안고 있던 어린이 책 중에서 다른 아이들 줄 만한 것들을 찾아서 내놓았지요. "필요한 분 가져다 쓰세요!"라고, 나름대로 친절한 문구도 써 붙였습니다.

집안 정리를 하다가 나가 보면 물건이 하나둘씩 줄어 있습니다. 필요한 사람이 가져갔다 생각하니 기분이 저절로 좋아집니다. 작은 물건 하나를 내놓아도 이런 기분인데 전 재산을 내놓은 분들은 어떠실까, 생각도 해 봅니다. 그분들 가슴속에는 다 덜어낸 사람만이 가질 수 있는 홀가분함, 내 것을 남에게 내어주고 나누는 사람만이 누릴 수 있는 넉넉함과 너그러움이 넘치겠지요.

그러면서 은근히 걱정이 됐습니다. 저희 집이 다시 또 불필요한 물건으로 넘칠까봐서요. 노력은 하겠지만 영 자신이 없어서 말입니다. 어르신들과 마주 앉아 '버릴 것'을 꼽으면서도 이렇게 제게는 버리지 못하는 마음이 남아 있습니다. 어르신들이 아무리 몸소 많이 가르쳐주셔도 저는 아직 이렇게 멀었습니다.

아르스 모르엔디

–아름다운 이별을 위한 기술 • 고광애

지하철 에스컬레이터 앞에 서서 쓴웃음을 지을 때가 있습니다. "너희가 게 맛을 알아?"라는 광고 카피가 절로 떠오릅니다. 출퇴근 시간대가 아니라서 그런지, 대개 상행 에스컬레이터는 운행되고 있는데 하행은 운행을 정지시켜놓고 있습니다. 절전을 위해서라는 건 알겠는데, 늙은이 사정을 모르는 당국자의 처사에 쓴웃음이 나옵니다. 그러면서 비교는 딱 질색이지만, 선진국에서는 당연히 하행선이 우선적으로 운행되고 있던 것이 생각납니다. 무릎과 관절이 안 좋은 노년들에게 계단을 올라오는 건, 힘드는 대로 그럭저럭 할 수 있습니다. 하지만 계단을 내려가는 것은 진짜로 어렵고 힘이 듭니다. 물론 올라올 때보다 사고 위험도 높습니다. 그러니 "너희가 게 맛을 알아?" 할밖에요.

고령화 시대 대비가 사회의 화두가 되다 보니 곳곳에 노년을 배려하는 시책이며 편의가 눈에 띕니다. 지하철마다 엘리베이터가 설치되어 있는 것을 봐도 그렇습니다. 허나, 지금은 펄펄 살아 있고 말도 할 수 있는 노인들을 옆에 두고서도 늙은이들 봐준다는 게 고작 에스컬레이터를 거꾸로 운영해주는 겁니다. 그러니 하물며 요 다음, 저 마지막 즈음에, 기진해서 말도 안 나오고 눈짓조차 힘이 들어 할 그때에 사람들이, 그리고 내 자식들이 어느 만큼이나 죽어가는 사람이 바라는 것들을 알아서 헤아려주려는지. 거꾸로 운행을 하는 에스컬레이터 모양, 동떨어진 행투리로 되레 죽어가는 사람들을 힘들게 하지는 않을지…….

그래서 나는 죽어가는 당사자 쪽 형편을 다루어 보렵니다. 비트겐슈타인도 말했다시피, 누구도 죽어 보지 않았는데 어찌 죽어가는 사람의 세세한 형편이나 맘속을 일일이 알 수 있겠습니까. 단지 유경씨보다는 죽음으로 가는 길목에 좀더 가까이 서 있는 사람으로서, 다시 말해서 죽음의 실체가 실감 나는 나이에 와 있는 사람으로서 말해 보겠다는 거지요.

죽음의 질을 생각하다

현대의 의료 수준은 노인들의 생명줄을 늘여주는 기술은 있습니다. 하지만 만성 노인병, 대개는 성인병이라 일컫는 병들이나 말기 암의 완치는 불가능하지요. 결국 막판에 와서, 치료가 불가능한 걸

뻔히 알면서도 의사들은 사람의 생명을 살려야 한다고 의대에서 배운 대로, 무슨 대가를 치르더라도 치료 아닌 치료를 계속합니다. 어떤 때는 가족들의 애원 때문에 명줄을 이어주기도 하고, 어떤 때는 명줄을 끊으면 직무유기로 형사고발이 되는 형편이라 마냥 명줄을 늘여놓는 경우도 있습니다. 오죽하면 "100만 불짜리 죽음"이라는 소리가 나왔겠습니까.

전혀 살 가망이 없는 노인의 기관지에 튜브를 넣는다든지, 그대로 놔두면 자연스런 죽음을 맞이할 사람에게 수술을 하는 것들, 이는 환자를 학대하는 행위로 볼 수밖에요. 이건 죽어가는 사람 형편을 보살피는 게 아니지요. 가족들이나 의사들이 자기들 맘 편하려고 하는 행위들이지요. 산 사람으로 할 수 있는 책임을 다했다는 자기 위안을 삼아 보려는 거지요. '가망 없는 의료행위'라고 단정 짓는 나의 못된 상상이 잘못된 상상이라면 좋겠습니다.

인생을 살 만큼 산 노인 환자의 경우, 암의 진행 속도를 늦추고 어느 정도 수명을 연장할 수 있을지 모른다는 실낱같은 가능성을 붙잡고서 죽음보다 고통스러운 항암주사와 화학요법을 받아야 할까요? 부질없는 치료를 받느라 우리 노년의 생명의 질은 떨어질 대로 떨어지고 무의미한 생명의 길이만 늘이다가 가야 하는 걸까요?

자식에게 폐 끼치기 싫다고 혼자서 조용히 대학병원에 다니던 할머니를 나는 압니다. 어느 날인가 수술이 급박하다면서 아들의 동의서가 필요하다고 하더랍니다. 할머니는 바쁜 아들에게 미안 미안해하면서 병원에 가줘야겠다고 얘기를 했답니다. 아들은 그 대학의 교수였습니다. 동료인 교수를 보자 의사의 태도는 달라졌습니다. 수술은 필요 없고 퇴원을 하시라고 하더랍니다. 췌장암 말기였던 그 할머니는 집에서 한 달여 통증치료만 받다가 돌아가셨습니다.

빽 없으면 병원에서 가망 없는 치료를 받다가 혼자 죽는 세상입니다. 대신 빽 있으면, 집에 가서 불필요한 치료도 안 받고 가족들 옆에서 자연스런 죽음을 맞이하는 세월이 됐다는 얘기지요. 이런 말들이 우리 노년들 사이에서 가만가만 돌아다니고 있습니다. 실제로 미국사람의 80%가 병원에서 죽는다고 합니다. 이런 죽음을 놓고, 죽음에 관한 명저를 여러 권 낸 바 있는 프랑스의 역사학자 필립 아리에스는 '보이지 않는 죽음(Invisible death)' 이라고 했습니다. 가족들이 보지 않는 격리된 곳에서, 낯선 사람들 속에서 혼자 죽는 죽음을 말하는 거지요.

아프고, 돈 들고, 주위 사람들을 괴롭히는 병원 처치보다는 '죽어가는 사람이 혼자가 아니라' 는 사실을 믿게 해주는 게 더 중요합니다. 그래야 맘 놓고 아파할 수 있습니다. 죽을 때 맘 편히 죽게 해주는 것이 옆에 살아남은 사람들이 할 일이지요. 전혀 나을 가망이 없는 환자에게 헛된 희망의 말을 무책임하게 내뱉는 것도 안 좋습니다. 진실을 끝내 모른 채로 죽는 죽음에는 크나큰 고독이 따르기 마련입니다.

중환자실에서 혼자 온갖 기기들을 곳곳에 꽂은 채 쓸쓸히 죽어가는 모습은 얼마나 비참한가요. 셔윈 뉴랜드 박사는 그의 저서《사람은 어떻게 죽음을 맞이하는가(How We Die)》에서, "삐삐, 지직거리는 모니터, 씩씩거리는 호흡기, 삑삑대는 오색 기기들은 환자들이 누려야 할 정당한 권리인 희망을 앗아가는 무기"라고 했습니다. 프루스트는 사람은 죽음과 씨름하는 것이 아니라, 환자에게 불편을 주는 이불 주름이나 복도에서 새어 드는 성가신 불빛과 씨름하다가 죽는다고 역설적으로 표현하기도 했지요.

이런 기기 속에서 홀로 있기보다는 환자 자신이 지금 죽어가고 있다고 아는 것이 중요하지요. 더 나아가 죽어감의 의미를, 희미하면 희미한 대로 또렷하면 또렷한 대로 인식하면서, 사랑했던 사람들과 마지막 순간을 마무리 짓는 것이 훨씬 아름답지 않은가요. 죽음 직전에는 꼭 종교인이 아니더라도, 어떤 영적인 교감이 있을 수 있다는 생각입니다. 그리고 이런 생각이 죽는 사람에게나 남아 있는 사람들에게 위로가 되고 희망적입니다. 이런 사실은 내가 직접 겪어봐서 압니다.

지난해 8월에 돌아가신 나의 어머니는 평소에 종교와는 거리가 있는 분이었습니다. 지극히 현실적인 분이었지요. 종교는 그렇다 치더라도, 여자들이 더러 가는 점집이나 절을 찾아다니는 모습도 본 적이 없습니다. 말년에 교회를 다닌 것은 오로지 딸과 나들이하는 재미 때문이었습니다.

어머니는 마지막에 딱 일주일을 누워 계시다 가셨습니다. 그런데 누운 지 2,3일 뒤부터 무언가를 몹시 두려워하셨습니다. 무서운 나머지 나만 보면 잡고 매달리려 했습니다. 나는 크고 퉁명스러운 목소리로 야단치듯 큰 소리로 타일렀습니다.

"엄마, 엄마 나이에 죽으면 죽는 거지."

"뭘 무서워 하슈? 죽으면 죽으리라 하세요."

"좀 좋아요, 엄마! 죽으면 예수님도 만나고……."

반응이 별로였습니다. 나는 다시 "엄마 좋아하던 영감(나는 여기서 더 또렷이 알아듣게 하려고 아버지 이름자를 또박또박 발음했습니다)하고도 만날 텐데" 하고 덧붙였습니다. 이 말에 어머니는 완전히 안심을 하셨다고 나는 믿습니다. 왜냐하면 그뒤부터 두려움 없이 편안해지셨으니까요.

진실을 알게 하는 것은, 헛된 희망과 욕망에 얽매여 죽어가는 사람이나 남은 사람들의 에너지와 인생을 허비하는 것과는 비교할 수 없지 않은지요.

생의 마지막 한 달이 남았다면 • 유경

간밤에 비가 내려 걱정이 태산 같았는데 언제 그랬냐는 듯 맑게 갠 파란 하늘이 감사하기만 합니다. 모처럼 떠나는 여행이 마냥 즐거우신지, 20명 어르신들은 누구라 할 것 없이 밝고 화사한 옷차림에 들뜬 얼굴로 여기저기서 웃음꽃을 피우고 계셨습니다. 학교 이름과 상관없는(?) 어르신들의 밝음과 명랑함이 눈부셔, 바라보는 제 얼굴에도 저절로 웃음이 번졌습니다.

일주일에 세 번씩 모여 공부를 하는 '어르신 죽음준비학교'* 재학생들이 답답한 교실을 벗어나 '한마음 캠프'를 떠나는 길이었습니다. 온갖 색깔로 피어나는 꽃들과 연녹색에서 짙은 녹색으로 옷을 바꿔 입은 나무들 사이를 달리다 보니 어느새 경기도 가평의 캠프

*서울시립 노원노인종합복지관에서 진행하고 있는 〈아름다운 생애 마감을 위한 시니어 죽음준비학교〉 프로그램으로, 저는 이 프로그램의 주 강사 노릇을 하고 있습니다.

장. 드디어 어르신들과의 짧지만 행복한 1박 2일의 동거가 시작됐습니다.

'죽음준비학교'를 소개하면 사람들의 반응은 대체로 두 가지입니다. "뭐 그런 것까지 배우나? 어차피 때가 되면 다 죽는 건데 뭘 미리 배우고 난리야? 이제는 하다하다 정말 별 걸 다 하네." 마뜩찮아 하며 불편한 심기를 드러내는 사람들이 있는가 하면, 또 한쪽에는 "와, 그런 프로그램도 있었어? 한번 가 보면 좋겠다. 그런데 도대체 뭘 배우는데? 어떤 사람들이 주로 와? 분위기는 어때?" 하면서 호기심을 나타내는 사람들이 있습니다.

'어르신 죽음준비학교'는 이름 그대로 어린이나 청소년, 청년 혹은 중장년층이 아닌 60세 이상 되신 분들을 대상으로 하기 때문에, 죽음에 대한 공부에 더해 살아온 인생을 돌아보고 정리하는 자서전 쓰기의 비중이 좀 큰 편이고, 죽음이 담긴 영화 함께 보기, 법적으로 알아두어야 할 것들, 장기기증에 대한 이해, 죽음의 고비를 넘기고 보람 있는 노년을 보내는 분의 특강 등이 들어 있지요. 또한 자신의 장례와 장묘 준비를 위해 '승화원(화장장)-추모의 집(납골당)-추모의 숲(산골공원)'으로 이어지는 견학 일정도 마련하고 있고, 자녀들에게 보내는 영상편지 촬영과 영정사진 촬영, '나의 사망기'* 쓰기를 거쳐 수업 맨 마지막 시간에는 각자 작성한 유언장을 발표하며

* '사망기(記)'는 자신을 3인칭으로 하여 부고(訃告)를 써 봄으로써 자신의 삶을 객관적으로 돌아보는 죽음준비교육의 한 과정입니다.

소감을 나눕니다. 1박 2일의 캠프는 이 교육 과정 중의 하나입니다.

제가 죽음준비교육 전문 강사로 '어르신 죽음준비학교'를 맡아 진행하고 있다고 하면, 그런 것을 가르치는 강사도 있냐며 의아해하는 사람들이 대부분입니다. 물론 개중에는, 죽음을 늘 가까이 느끼며 살고 있는 연세 많은 어르신들 앞에서 젊은 사람이 잘난 척하지 말라며 노골적으로 못마땅해하는 이들도 있습니다. 맞는 소리지요. 그래서 저 역시 첫 시간에 어르신들께 솔직히 말씀드리곤 합니다. 저는 죽음을 가르치러 온 사람이 아니라고요.

사실 그 누가 다른 사람에게 죽음을 가르쳐줄 수 있겠습니까. 게다가 그동안 살아오면서 저보다 죽음을 훨씬 더 많이 보고 겪고, 죽음에 대한 생각 또한 더 자주 많이 하고 계실 어르신들 앞에서 한참 어린 제가 무엇을 가르쳐드릴 수 있겠습니까. 그저 죽음에 대한 여러 생각과 느낌을 편안하게 꺼내놓도록 돕는 것뿐이지요. 그래서 사랑하는 사람의 죽음으로 인한 아픔, 슬픔, 고통, 분노, 억울함, 나의 죽음을 생각하며 느끼는 두려움과 막막함 모두를 아무 거리낌 없이, 불편함 없이, 다른 사람 눈치 보지 말고 다 끄집어내서 함께 나눠 보자고 간곡하게 부탁드립니다.

'죽음준비교육'이라는 것이 참여하는 어르신들에게나 프로그램을 이끌어가야 하는 강사인 제게나 결코 쉽지 않은 과정이지만, 수료하신 어르신들이 들려주시는 말씀은 제게 늘 큰 힘이 됩니다.

"나만 죽음에 대해 막막해하고 두려워하는 줄 알았는데 다들 그렇다는 걸 알고 나니까 마음이 편해. 좀더 일찍 이런 공부를 했더라면 남편 세상 떠날 때 좀 잘 보낼 수 있었을 텐데."

"우리 자식들도 이런 교육 받으면 좋겠어. 아이들한테 그렇게 애면글면하면서 살 거 없다고 말해주고 싶어."

"산골공원에 갔을 때 화장(火葬)을 다 끝내고 흙 한줌으로 남은 것을 직접 눈으로 보니까, 아이들한테 나도 그런 모습 보여주고 가야겠다 싶더라고. 사람은 누구나 다 결국은 한줌 흙이 되는 것, 그러니 좋은 마음으로 한 세상 살라고 내가 가는 모습을 통해서 보여줘야겠어." (이 말씀을 하신 어르신은 죽음준비학교를 수료하고 3개월쯤 뒤에 남편이 세상을 떠났는데 경황없는 중에도 죽음준비학교에서 배운 것이 있어 정신 똑바로 차리고 장례를 잘 치렀으며, 그때 직접 가서 본 산골공원이 좋아서 돌아가신 남편을 그곳에 모셨다고, 정말 고맙다고 소식을 전해오셨습니다.)

마지막을 생각하며

캠프는 전통의상 체험과 역할극, 자신의 주먹 쥔 손을 석고로 뜨기, 촛불 의식 등의 내용으로 진행되곤 합니다. 한 기(期)에 한 번씩 캠프를 가는데 참가 어르신들이 다 다르다 보니 갈 때마다 늘 새롭고, 캠프 후에 가장 기억에 남는 일도 그때그때 다르게 마련입니다.

이번 캠프에서 가장 기억에 남는 것은, 다 같이 모여 앉아 '내 삶이 이제 한 달밖에 남지 않았다면 무엇을 하고 싶은가?' 적어 보는 시간이었습니다.

흰 종이와 크레파스를 나눠드리니 방에는 일순 정적이 감돌더군요. 친구들에게서 돌아앉아 곰곰 생각하는 어머님, 눈을 지그시 감고 상체를 좌우로 흔들흔들하며 생각을 정리하는 아버님, 오래 생각할 것도 없다는 듯 휙 써내려가는 또 다른 어머님, 썼다가는 마음에 안 든다며 계속 새로 고쳐 쓰는 아버님…….

모두들 다 쓴 다음에는 곱게 접어 통 속에 모아놓았습니다. 잠시 노래를 부르며 한숨 돌린 뒤, 한 사람씩 돌아가며 통 속에서 종이를 한 장 꺼내 소리 내어 읽고는 앞에 놓인 칠판에 붙여놓습니다. 일부러 이름을 밝히지 않도록 했기 때문에 누가 어떤 글을 적었는지는 알 수 없지만, 하나하나 이야기를 들으며 서로 고개를 끄덕이고 때로 웃음을 터뜨리기도 하면서 깊이 공감하는 시간을 가졌습니다.

무슨 설명이 더 필요하겠습니까. 60대 후반부터 80대 초반까지의 어르신들이 한 달 앞으로 다가온 죽음을 가정하고 '하고 싶은 일'을 써놓은 종이는 백 마디 말보다 더한 무게로 다가왔습니다. 저뿐만이 아니라 어르신들도 그 무게를 함께 느끼셨겠지요. 그러면서 그 자리에서 모두가 한마음이 되어 내린 결론은, "한 달 남았을 때 하지 말고 지금 당장 하자!" 였습니다. 캠프에서 돌아가 식구들과 여행 계획을 세우고, 맛있는 음식을 해서 주변 사람들과 나눠 먹고, 죽는 순간에 하려고 미루지 말고 자식들에게 화목하게 살라고 당장 이야기하고, 버릴 물건도 좀 정리하고……. 목숨이 한 달 남았을 때 할 수 있는 일을 왜 지금이라고 하지 못하겠는가, 라는 말씀들을 하셨습니다.

저는 모든 사람들이 '한 달, 내 삶이 딱 한 달밖에 안 남았다면 무엇을 하고 싶은가?'를 한번 적어 보면 좋겠습니다. 죽음은 지금 여기에서의 삶을 진지하고 소중하게 만들어주는 최고의 비결임을 자연스럽게 알게 될 테니까요. 내 목숨이 한 달 남았을 때를 기다려서 할 것이 아니라 지금 당장 여기서 할 수 있는 일들은 하고 살아야 한다는 것을 깨닫게 될 테니까요. 서로 사랑하기, 가진 것 나누기, 기도하기, 사랑하는 사람들과 추억 만들기 등등, 지금 당장 하지 못할 것이 없으며, 미루다가 그것을 할 기회를 영영 놓칠 수도 있기 때문입니다. 다음은 어르신들이 쓰신 글에서 제가 슬쩍 옮겨 적어온 것들입니다.

- 내 목숨이 한 달밖에 안 남았다면 나의 장기를 기증하고 싶다.
- 많은 음식을 장만해 친지와 친척들에게 베풀고 싶다.
- 무상(無常)하구나, 잘 살았다!
- 여행을 하고 싶다.
- 매일 아침저녁으로 반야심경(般若心經)을 암송하며 영혼을 깨끗이 하고 마음을 비우겠다.
- 사랑하는 가족들과 여행하리라. 자녀들과 추억을 많이 만들리라.

그리고 가족들과 이야기하며 하직하리라.

- 마지막 한 달은 평생 같이 살면서 뒷바라지해준 아내와 세계일주 여행이나 하고 싶소.
- 여생이 한 달밖에 남지 않았다면 가진 모든 것을 자식들에게 주고 싶다.
- 내가 그동안 인연을 맺고 살았던 사람들과 모여서 다정한 이야기를 나누는 시간을 갖고 싶다.
- 기독교인인데도 믿음생활에 충실치 않았다. 지금이라도 주님께 용서를 빌며 회개하는 마음으로 열심히 기도생활을 해야겠다. 한 달 동안 자식들과 동거하면서 후회 없이 서로 사랑을 나누고 싶다. 내가 평상시 아끼던 물건을 내 손으로 버리겠다.
- 추억과 젊음을 함께했던 여인을 찾아 같이 즐기던 밤낚시를 해봤으면…….
- 남편과 자녀들의 건강을 빌고 가고 싶다.
- 나보다 더 불쌍한 사람들에게 베풀고 싶다. 지금까지 해 보지 못했다.
- 자식들에게 화목하게 살라고 말하겠다.
- 미움과 원망을 품고 살았는데 풀고 가야겠다.
- 가족을 모아놓고 파티를 하면서 패물 등 내 물건들을 나누어주고 축복을 빌어주고 싶다.

2

내가 만난 죽음, 내가 겪은 이별

어머니를 보내고 • 고광애

막 어머니의 장례를 치르고 집에 오자마자 전화가 왔습니다. 한 월간지 기자로부터 '어머니'에 관한 글을 쓰라는 원고 청탁이었습니다. 어쩜 이리 시의적절한 때에 원고 청탁이 온담. 지금 막 한줌 흙으로 흩뿌려 보낸 어머니, 그 어머니를 얘기하라니 맞춤한 때라고 생각했지요. 나는 덜컥 원고 청탁을 수락하고 말았습니다.

그러나 원고 청탁을 받고 며칠이 지나는 어간에, 나는 이 원고 쓰기가 간단치 않음을 깨달았습니다. 어머니와 함께한 세월의 두께에 눌려서 나는 숨을 쉬지 못하고 있었습니다. 숨이 막혀오더니 실제로 내 몸은 작동을 멈추었습니다. 사흘을 먹지도 못하고 운신을 못했습니다.

이 두껍디두꺼운 세월의 두께 속에서 대체 나는 어느 겹, 어느 갈피를 꺼내어 한 조각의 글을 꾸밀 수 있단 말인가! 내가 살아온 69년 세월의 첫날부터 마지막까지 어머니는 늘 내 곁에 계셨습니다. 아무리 쥐어 짜 봐도 어머니가 내 곁에 안 계셨던 것은 여섯 달을 넘지 않았습니다. 한 인간과 인간이 만나서 같이 한 세월 69년은 흔치 않을 겁니다. 부부해로 50년도 흔치 않기에 금혼식이라고 하지 않던가요. 결국, 돌아가신 때부터 시작해서 뒤로 뒤로 세월의 갈피를 꺼내 보기로 합니다.

어쭙잖게 노년을 천착한답시고 나는 그동안 책도 펴내고 강의 비슷한 것도 해왔습니다. 내 논지의 요점은 늙어서는 때 맞춰서 은퇴하라, 그리고 회심(回心), 즉 마음을 돌려서 세상잡사에서 눈을 돌리라는 거였습니다.

그러나 나의 어머니가 자리에 눕기 일주일 전 마지막에 하신 일이 베란다에서 설거지를 해 보려 한 것이었습니다. 아파트 베란다란 내 어머니에게는 옛날 한옥 마당에 있던 수돗가 같은 곳이었지요. 많이 배운(?) 딸의 가르침이나 주의를 따라 은퇴를 하실 때이건만 어머니는 은퇴를 안 하셨습니다. 일생 해오던 설거지를 죽는 날까지 해 보려는 어머니가 나는 밉살스러웠습니다. 딸그락 그릇 소리에 아침잠을 깬 나는 번쩍 어머니를 안아다 방에 뉘었습니다. "제발, 가만 좀 계셔요!" 퉁명스레 외쳐대면서요.

그후로 어머니는 못 움직이셨습니다. 어머니는 다시는 당신 방에서 나오지도 못하셨습니다. 죽어서야 그 방을 나왔습니다. 세상에서 쓸모가 없어지자, 아니 이 딸을 위하여 설거지도 더는 할 수 없어졌다는 사실을 어머니는 인정하지 않을 도리가 없어졌나 봅니다. 93세의 어머니는 그날부터 죽음을 향한 발걸음을 떼셨으니까요.

나는 원래가 둔한데다가, 어머니는 나를 의도적(?)으로 무능한 공주과로 키워놓았습니다. 나잇값에 어울리지 않게 나는 아무 일이고 하지도 못하고, 무슨 일이 날 때도 잘 알아채지도 못합니다. 어머니가 마지막을 향하여 치닫는 그 순간에, 나는 앞으로 남을 몇 년, 아니 몇 년까지는 아니라도 몇 달을 위하여 호스피스 시설 같은 데를 알아보고 있었습니다. 내 미련함의 극치를 달리던 시점이었지요.

사실, 시설 이야기는 지난 몇 년 사이에 내 자식들로부터 논의되어오던 터였습니다. 그러나 효심에서가 아니라 우유부단한 내 성격 탓으로 실천을 못하고 있었지요. 그러다가 내가 '배운 대로,' 마지막에는 인간적인 품격을 지니며 편안하게 보내드린다는 호스피스로 가시게 하려고 수속을 해오던 터였습니다. 돌아가시기 이틀 전에서야 두 군데 시설에서 연락이 왔습니다. 어머니를 보내셔도 된다는 그 소리에, 지금은 어머니를 보낼 수 없다는 말이 자동으로 내 입에서 나왔습니다.

어머니가 자리에 누우신 것은 딱 일주일이었습니다. 일주일 동안, 어머니는 착한 애기처럼 음식도 주스도 물도 잘 받아 잡수셨습니다. 잘 받아 잡숫기만 했으면 좋으련만, 아주 미안해하셨습니다. 그리고 착한 애기처럼 내내 잘 주무셨습니다. 문제는 대소변 처리. 세상 사람들은 공주과인 나에게는 이 일이 불가능하다고 했습니다. 그래서 언니가 와서 처리해주고 갔습니다. 하지만 24시간 같이 지내는 내 어머니의 처리를 내가 어떻게 안 할 수가 있겠습니까.

어머니의 대소변을 처리하고, 밤이면 무서워 공포에 떠는 어머니에게 '내세'를 외쳐대고, 33년 전에 돌아가신 영감님 만날 생각을 하라고 외쳐댔더니, 어머니는 내 퉁명스런 (변명을 하자면 귀가 어두우셔서 예쁜 소리로 말할 수도 없었지만) 외마디 가르침(?)에 완전 승복하셨습니다. 다음 날부터 먹여드리고 갈아드릴 때마다 목소리로는 표현이 안 됐지만, 입 모양으로 볼 때 "미안하다" 하셨습니다. 나는 다시 역정이 났습니다. 죽어가는 이 마당에도 딸이 당신을 위해서 뭘 하는 꼴을 못 보는 어머니. 그나마도 안 하면 딸로서 면목이 안 설까 봐서 기저귀 가는 실습을 최소한으로 시키셨나 봅니다.

딱 5일간이었습니다. 그동안에도 나는 정규적인 방송을 하기 위해 외출도 했습니다. 내가 외출한 동안에 도우미 아줌마보고 자길 "꼭 껴안아달라"고 하셨답니다. 그 말을 듣고도 이 딸은 어머니를 "꼭 껴안아"드리지 않았습니다. 마지막 이틀은 잘 잡숫던 죽도, 물도, 거의 못 잡수셨습니다. 하지만 정신은 또렷해져서 그동안 못 알아보던 내 딸도 알아보셨습니다. 그리고 주무셨습니다.

형제들이 모였습니다. 우선 나 혼자서 해드릴 수 없었던 목욕을 사람들이 온 김에 해드렸습니다. 그리고 새 요, 새 이불을 꺼내 뉘어드렸습니다. 그런데 이상하다! 숨을 가만히 내쉬기만 하고 들이 마시지를 않으십니다. 한 세 번, 더 숨을 내쉬기만 하다가, 그러다가 내쉬시지를 않습니다! 어머니의 이마는 아직도 따뜻한데 사람들은 어머니가 돌아가셨다고 합니다. 그러면 사람들이 흔히 하는 말, 죽으려고 용을 쓴다느니 죽기보다 더 힘들다느니 하는 말들은 다 왜 나온 걸까. 그러고 보니 우리 어머니야말로 천수(天壽)를 누리고 자연사를 하신 거였습니다.

나는 어머니를 '수목장(樹木葬)' 으로 모셨습니다. 우리나라의 '장례문화' 가 어쩌니 저쩌니, 수목장이네 산골이네 떠들고 다니던 나였습니다. 아유, 얄미운 나의 엄마! 죽어서도 이 딸에게 유익을 주려고, 건성 떠드는 소리에 현실감을 부어주려고, 당신 몸으로 몸소 수목장을 하게 해주셨습니다. 내가 다니는 교회 묘원의 어린 주목(朱木) 아래 바가지만큼 판 움푹한 곳에 어머니의 한줌 '그것' 을 돌려가며 뿌리고, 그 위에 백토인가 한줌 흙을 뿌리고, 그리고 꽃잎을 뿌리고, 그리고 손바닥만 한 떼잔디를 입혔습니다. 흙으로 와서 한줌 흙으로 돌아가는 인생, 흔적도 팻말도 다 없이 했습니다.

그렇게 어머니의 육신은 한줌 흙으로 자연으로 돌아가셨지만, 어머니는 내 맘속에서 이렇게 나를 놓아주지 않고 계십니다. 어제도 외출을 하고 와서 어머니의 방문을 열어 보았습니다. 어머니도, 어머니 손때 묻은 물건들도 다 눈에 안 띕니다. 근데, 그런데, 냄새가 납니다. 아직도 어머니 냄새가 어머니 방에서 납니다! 이 냄새마저 없애야 한다고 내 자식들은 도배를 맞춰놨답니다. 아무리 도배를 하면 뭐 하나, 내가 아직도 어미를 떨쳐버리지 못하고 있는데.

요즘처럼 비실비실하는 딸을 못 견뎌 하실 분은 나의 어머니라고 사람들은 말합니다. 정 '홀로서기'를 못하면 아마도 어머니는 나를 데려가실 거라고 사람들은 나를 위협합니다. 하지만 사람들은 쓸데없는 걱정을 해주고 있었습니다. 나는 마치 의무적으로 치러야 하는 통과의례 모양, 며칠을 앓고 나더니 거뜬히 일어났습니다. 나는 잘 먹고 잘 잡니다. 어떤 때, 나는 이런 내가 좀 징그럽다는 생각을 합니다.

우리는 모두 길 위의 나그네들 • 유경

선생님, 그동안 호되게 앓으셨던 모양인데 이제 조금 괜찮으신지 모르겠습니다. 평생을 곁에 계시던 어머님, 선생님이 결혼해 가정을 이루신 후에도 늘 함께 사셨던 93세 어머님을 멀리 떠나보내신 후 "잘 보내드렸다"고는 하셨지만 어찌 그 이별을 아무렇지도 않게 넘길 수 있으셨겠습니까. 마음도 몸도 그 헤어짐을 온전히 받아들이기 위해 한바탕 치레를 하셔야 했을 겁니다.

얼마 전 제 조카의 1주기가 지나갔습니다. 제 나이의 반밖에 살지 않은 스물넷 꽃 같은 조카를 갑자기 잃었을 때, 세상이 하얗게 빛바랜 채 멈춰버린 것 같았습니다. 아니, 반대였습니다. 세상은 무심하리만큼 잘 돌아가고 있고 사람들은 다들 잘 살고 있는데, 저만 그대로 굳어버린 것 같았습니다. 눈을 뜨고 있어도 제대로 보이지 않았으며, 듣고 있어도 아무것도 들리지 않았습니다. 밥도 넘어가지 않았고, 잠도 저 멀리 달아나 제게 가까이 오려고 하지 않았습니다.

뼈가 아프고 가슴을 저리게 하는 스물넷 젊고 예쁜 조카의 갑작스런 죽음으로 모두들 아파하는 가운데 연로하신 제 부모님의 고통스런 울음과 몸부림은 차마 바라볼 수 없을 정도였습니다. 오래도록 외국생활을 하다가 한국으로 돌아온 외손녀를 모처럼 데리고 있으며 눈에 넣어도 아프지 않을 만큼 사랑했고, 여전히 외국에서 생활하고 있는 큰딸을 대신해 뒷바라지하며 행복해하던 귀하고 귀한 외손녀의 죽음 앞에서 여든넷, 일흔아홉 친정 부모님은 눈물로 한탄하셨고 가슴을 치며 통곡하셨습니다.

"내가 너무 오래 살아서 이런 일을 보는구나……."

저는 부모님의 여윈 어깨를 안아드리며 간곡하게 말씀드렸습니다. 비록 지금은 당장 그만 살고 싶을 만큼 아프고 힘들어도 아무쪼록 끝까지, 하나님께서 허락하신 햇수만큼 건강하고 깨끗하게 사시다가 잘 가시는 모습을 자손들에게 보여주십사 하고요.

'밥 먹고 잠자고 일하고, 이런 일상이 곧 힘이다! 기쁨도, 슬픔도, 아픔도, 즐거움도, 모든 것은 다 지나간다!……' 이런 말을 무슨 주문처럼 외우며 1년을 살았습니다. 조카의 빈자리는 크기만 하고 세월은 참으로 무심하게 흘러갑니다. 저는 조카의 떠남을 통해 아프게 확인한 것이 있습니다. 제가 어르신들께 강의를 할 때마다 "노년은 하늘로부터 받은 선물!"이라며 일찍 세상을 떠나면 결코 맛볼 수 없는 노년, 비록 몸이 아프고 마음이 힘들고 어려움이 있더라도 노년을 누릴 수 있다는 것 자체가 더할 수 없는 하늘의 뜻이며 사랑이고 은총이라고 강조했던 것이 결코 틀리지 않았다는 거지요.

'이티(ET) 할아버지' 채규철 선생님의 부음이, 2006년 12월 13일 수요일 오전 제 휴대폰에 문자로 날아들었습니다. 1968년 타고 있던 차에 불이 나 전신화상을 입으신 선생님. 손은 다 오그라들었고 귀도 녹아내렸으며 한쪽 눈은 의안에 남은 한쪽 눈마저 시력이 약해 불편해도, 언제나 거침없고 밝으셨습니다. 불에 탄 모습이 마치 온몸이 주름진 외계인 같다고 아이들이 붙여준 '이티(ET) 할아버지' 라는 별명을 선생님은 '이미 타버린 사람' 의 준말이라고 설명하며 웃으시곤 했습니다. 선생님은 주말에 어린이들을 모아 자연학습을 시켰던 '두밀리 자연학교' 교장을 지내셨고, 공동체 평화운동단체인 '철들지 않는 사람들' 을 만들어 활동하셨습니다.

언론 매체를 통해 알고 있었던 선생님을 직접 만나 뵌 것은 몇 년 전 어느 상가(喪家)에서였습니다. 친정아버지를 모시고 조문을 갔던 자리에서 아버지 제자인 선생님과 인사를 나누었지요. 그후 선생님은 제가 특강을 부탁드리면 아무 소리 없이 응해주셨습니다. 제가 진행하는 '어르신 죽음준비학교' 는 물론이고, 제가 기획연구위원으로 일하며 주선한 전국문화원연합회의 '2006 땡땡땡! 실버문화학교' 특강을 위해 먼 길 마다 않고 다니셨습니다.

선생님은 또 칠십이 되고 보니 노인들이 어떻게 살지 고민을 많이

하게 된다며, '노인 독립운동(Senior Independent Movement)'을 하면 어떨까 물으셨습니다. "노인들이 독립적으로 살면서 사회에 도움이 되는 일을 하는 거지. 어때, 멋있지 않아? 그리고 뜻있고 보람 있는 일을 하며 살고 싶어하는 나 같은 노인들 모아서 책도 만들고 말이야." 돌아가시기 20일 전인 11월 23일, 자주 찾아뵙지 못한 것이 죄송스러워 전화를 드린 것이 마지막이었습니다. 선생님은 얼굴 보기 힘들 만큼 바쁜 모양이라며 껄껄 웃으시고는 언제 저녁이나 한번 먹자고 하셨습니다.

갑작스런 죽음이 늘 그렇듯 몸은 빈소를 향해 가고 있으면서도 도무지 실감이 나질 않았습니다. 저녁 한번 먹자는 말씀을 여러 차례 하셨는데 늘 뒤로 미룬 것과 고희 축하 모임에 가 뵙지 못한 것이 후회가 되어 밀려왔습니다. 사고 전의 젊고 잘생긴 선생님 모습을 찍은 사진을 그대로 그린 연필 초상화가 영정이 되어 놓여 있었습니다. 선생님 떠나신 것이 그제야 실감이 나기 시작했습니다.

예쁜 사모님, 선생님 제자였고 사고 후 선생님의 아내이자 두 아들의 어머니가 되어주신 사모님. 운전을 하며 선생님과 같이 다니곤 하셔서 인사를 드린 적이 있는 사모님께 다가가니 제 손을 가만히 잡아주셨습니다. 경황없는 중에 들은 이야기지만 심근경색이셨고, 수술 하려던 날 아침에 가만 누워계셔야 할 분이 자꾸 벌떡벌떡 일어나시기에 여쭤 보니 "빨리 가야 된다"고 여러 번 말씀하셨답니다. 어딜 가느냐며 가만 누워계시라고 하니 저 위를 가리키며 "저렇게 아름다운데, 빨리 가야 된다"고 하셨다더군요.

좋은 데에 가셨을 거라는 생각과 함께 선생님 성격대로 정말 화끈하게 가셨구나 생각하니 눈물과 함께 슬며시 웃음도 나왔습니다. 선생님 떠나신 것이야 물론 말로 다할 수 없을 만큼 서운하고 슬프지만 전신화상을 입은 몸으로 지금까지 정말 잘 살아오셨다는 생각이 들었고, 조금 더 계셨더라면 좋은 일, 특히 우리 어르신들에게 아름다운 노년의 삶에 대해 보여줄 것이 많으셨을 텐데 하는 아쉬움이 가득 차올랐습니다. 그런 맘으로 선생님 영정 앞에서 마지막 인사를 드렸습니다.

"선생님, 이제 편안하게 쉬세요. 그동안 이 땅에서 애 많이 쓰셨습니다. 뜨거운 불의 기억도 망가진 몸도 다 잊으시고 해처럼 밝은 얼굴로 그곳에서 영원한 삶을 누리시기를 빕니다. 선생님께서 제게 주신 사랑 잊지 않겠습니다. 감사합니다."

웰다잉(well-dying) 바람이 불면서 신문과 방송에서 죽음과 관련한 특별기획들을 많이 합니다. 제가 하는 일 중의 하나가 '죽음준비교육 전문 강사'이다 보니 여기저기서 취재나 촬영 협조 요청들을 해옵니다. 최근에도 죽음을 주제로 한 특집 프로그램을 제작 중인 한 방송사에서 당사자와 가족 모두 죽음을 잘 받아들인 사례를 소개해달라는 연락을 받은 적이 있습니다. 곰곰 생각하던 중에 가까이에서 지켜봤던 후배의 가정이 떠올랐습니다. 그러고 보니 아, 벌써 그때로부터 9년이 흘렀군요.

당시 67세였던 아버님이 숨이 많이 차다고 하시며, 집 밖으로 전혀 나가려 하지 않고 의욕도 없으셔서 후배는 고민하고 있었습니다. 건강만 허락한다면 워낙 책 읽는 것도 좋아하시고 필체도 반듯해서, 일이든 자원봉사든 얼마든지 하실 수 있는 분이었습니다. 일단 정밀 건강검진을 한번 해 보는 것이 좋겠다는 주위의 권유에 후배는 어렵게 아버님을 모시고 병원에 갔습니다.

마른하늘의 날벼락은 바로 이럴 때를 두고 하는 말이었습니다. 검사 결과는 뜻밖에도 폐암이었습니다. 그것도 병이 많이 진행되어 3개월 정도밖에는 사실 수 없다는 것이었습니다. 감당할 수 없는 충격과 혼란 속에서도 가장 먼저 정신을 차린 것은 어머님이셨습니다. 꼬박 만 하루를 고민하신 어머님은 아버님과 단둘이 마주 앉아 있는 그대로 다 말씀을 하셨습니다. 잠자코 듣고 계시던 아버님은 더 이상의 치료를 받지 않겠다며 퇴원을 희망하셨고, 온 가족이 모여 회의를 한 끝에 아버님의 뜻에 따르기로 결정을 했습니다.

그후의 투병 과정과 가족들의 간호는 눈물겨운 것이었지만, 환자도 가족들도 참으로 모범적이었다고 저는 생각합니다. 2남 1녀의 자녀들은 최선을 다해 병간호와 수발을 했고, 아버님은 아버님대로 떠날 준비를 차근차근 해나가셨습니다. 손수 짓고 관리하던 집을 구석구석 꼼꼼하게 살피며 홀로 남을 아내가 편하게 관리하도록 일일이 손보셨고, 재산 처리와 관련해서도 아내의 생활이 곤궁해지지 않도록 정리를 하셨습니다. 그러면서 아들딸에게 당부하고 싶은 말씀을 맑은 정신으로 세밀한 부분까지 다 하셨습니다.

삼남매는 아버님을 위해 각자의 차를 팔아 온 가족이 다함께 타고 휠체어도 실을 수 있는 커다란 차 한 대로 바꾸고는, 주말마다 가까운 공원에 모시고 나가 바람도 쐬고 손자 손녀가 뛰노는 모습도 보실 수 있도록 해드렸습니다. 기력이 떨어져 하루 종일 자리에 누워서 지내게 되셨을 때도 가족들은 변함없이 아버님 곁을 지켰습니다. 그 과정에서 서로가 서로에게 할 일을 미루지 않았으며, 누구라 할 것 없이 다 힘들다는 것을 이해하고 위로했으며, 웃음을 나누고 사랑을 나누었습니다. 그래서 그들은 환자 가족 같지 않았습니다. 늘 밝고 명랑했습니다. 긍정적인 기운을 나누기 위해 노력하는 그들 곁에서 아버님은 위태롭지만 끈기 있게 버티실 수 있었습니다.

아버님 돌아가시기 전에 아버님께 하고 싶은 말 다하자는 의견을 모은 후, 마흔 넘은 큰아들부터 유치원생인 막내 손자까지 각자 다 편지를 써서 손에 들고 아버님 주위에 모였습니다. 한 사람 한 사람 읽을 때마다 이미 말씀을 하지 못하게 되신 아버님의 감은 눈에서는 소리 없이 눈물이 흘러 내렸습니다. 그날 아버님 가슴에는 후손들의 존경과 사랑이 담긴 편지가 영원히 지워지지 않을 글씨로 새겨졌을 겁니다.

아무리 늦추고 싶어도, 아무리 늦추려 애를 써도 마지막 순간이 오고야 말았습니다. 자다가 깬 어린 손자 손녀들까지 한 사람도 빼놓지 않고 모두가 둘러앉아 남편에게, 아버지께, 할아버지께 참 좋은 분이셨다고, 사랑한다고 말씀드리고 한 사람씩 작별인사를 했습니다. 새벽에 전화로 소식을 전해온 후배는 울면서도 마지막 순간을 담담한 목소리로 전해주었습니다.

3개월 정도 남았다는 진단이 정확해서 아버님은 100일의 투병 기간을 보내고 떠나셨습니다. 물론, 좀더 나중에 병명과 남은 기간을 알려드렸더라면 어땠을까, 바로 퇴원하지 않고 병원에서 계속 치료를 받으셨더라면 어떻게 되었을까 하는 생각을 해 볼 수 있겠지요. 그러나 저는 그때 아버님과 가족들의 판단과 결정과 선택이 최선이었다고 믿습니다. 아버님 장례 절차가 모두 끝난 후 후배가 말했습니다. 좋은 아버지셨다고, 아버지는 내 육신의 아버지로는 완벽한 분이셨다고. 한 사람의 인생에서 그 이상 가는 것이 또 어디 있을까요. 아버님 떠나신 지 10년이 다 되어가는 데도 제가 잊지 못하고 있는 이유이기도 합니다.

천수를 누리는 길 • 고광애

길어진 인생, 길어진 노년

엊그제, 외국서 살다 온 친구를 보러 다섯 명이 모였습니다. 이런 저런 얘기를 주고받다가, 그러다가 보니까, 거기 모인 친구 다섯 명이 몽땅 90을 넘기고 94세에 이른 노모를 모시고 있었습니다. 나만 다섯 달 전에 93세 어머니를 떠나보낸 터였지요. 6,70대인 우리보다 한 세대 위인 우리의 어머니들이 이처럼 구십을 거뜬히 넘기고들 계시니, 한 세대 뒤인 우리 6,70대는 대체 몇 살까지 살려나. 지금의 예상수명이 90세라지만, 우리 어머니들을 뵈니까 20년 후 구십이 될 우리 세대의 앞날과 예상수명을 가늠할 수가 없습니다.

"빨리 빨리" 나라답게 과연 고령사회로 치닫는 속도도 선진국 저리 가라 할 만큼 세계 제일로 빠릅니다. 근데 오래 살게 된 상황을 마냥 반길 수만도 없습니다. 외려 불안하기까지 합니다. 그건 구십을 넘어 백 살을 향해가는 그 어간에 맞닥뜨릴지도 모를 흉한 일들이 무서워서 그렇습니다. 치매니 뭐니 해서 나 자신 흉하고 괴로운 모습으로 연명하게 될까 무섭습니다. 그렇게 사노라면 주위 사람들을 괴롭히게 될 텐데, 자식들이나 주위 사람들을 괴롭혀가며 연명하게 되는 게 불안한 겁니다.

불과 7년 전인 2000년에 그러니까 《아름다운 노년을 위하여》란 책을 낼 때만 해도 "가야 할 때가 언제인가를 분명히 알고 가는 이의 뒷모습은 얼마나 아름다운가"(이형기의 〈낙화〉)라는 시 구절을 운운하면서, 나 자신 늙은이들이 너무 오래 세상에 또 일터에 눌어붙어 있는 것을 아름답게 보지 않았습니다. 은퇴는 적당한 때에 해야 하고 노후란 유유히 향유하는 거라고 했습니다. 적당히 노후를 향유하다가 적당한 때에 가는 것이 아름다운 노년이라고 했습니다.

그런데 내 예상은 7년 만에 바뀌고 말았습니다. 늙어가면서 내 맘이 변덕을 부리는 건지, 아니면 세상이 바뀌었기 때문인지 헷갈립니다. 어쨌거나 일을 내놓고 노후를 유유히 향유하는 기간이 너무 길어졌습니다. 그러니 여가투성이로 놀기만 하라는 게 즐겁지가 않다고들 합니다. 뭣보다 우리 세대는 비생산적인 생활을 오래하는 걸 못 견뎌 합니다. 노인 취업박람회, 뭐 그런 데에 발 디딜 틈이 없는 것을 봐도 알 수 있지요, 우리 노년들은 놀고먹는 걸 못 참아 한다는 것을. 보다 더 심각한 문제는, 내남없이 죽을 체도 안 한다는 사실입니다. 우리 어머니 세대가 구십을 넘겨 살았으니 모르긴 해도 우리들 모두 어머니 세대보다 더 살 건 자명한데, 이를 어쩌지요?

거기다가 목숨만 오래가는 게 아닙니다. 나도 살아 봐서 알지만, 몸이 늙어가는 건 분명하지만 정신적 성장은 계속되더라 이 말입니다. 기억력은 떨어지지요. 순발력도 떨어지고요. 그러나 사고력은 깊어가고 있습니다. 그래서 "인생은 육십부터"요 "칠십은 완숙기"라고 하나 봅니다.

실제로 인생에서 정신적인 성숙기, 달리 말해서 철이 푹 드는 나이는 60에서 75세라는 설이 대세입니다. 그러기에 호메로스가 서사시를 노래할 때는 그가 이미 노쇠하여 시력을 잃었을 때였으며, 소포클레스는 아흔에도 작품을 썼다지 않습니까. 또 그렇게 멀리 볼 것도 없이, 프랑스의 아카데미 프랑세즈(한림원)의 2006년 소설 부문 수상자는 베르나르 뒤 부슈롱이라는 76세 노인이었습니다. 대기업 임원으로 있다가 72세에 문학에 입문한 사람입니다. 그런데 그 심사평이 재미있습디다. "변화무쌍한 황혼의 상상력"이라나요. 우리나라라고 뒤질 수 없지요. 부총리를 지냈던 김준성 씨도 공직에서 물러나와 소설가로 데뷔를 했는데, 팔십이 넘은 지금도 왕성한 저술을 하고 있습니다. 어디 문학뿐입니까, 첼로의 파블로 카잘스나 피아노의 루빈스타인이나 미술의 피카소도 다 여든을 넘기고 아흔에 이르도록 활동을 계속해왔지 않는가 말입니다.

별 수 없습니다. 너나 할 것 없이 오래 살 터이니, 시쳇말로 삶의 모든 패러다임을 바꾸는 수밖에 없지요. 그런데 바꾼다고 해도 지금 중년 언저리에 있는 사람들은 2모작 인생이니 3모작 인생이니 하면서 준비를 한다지만, 글쎄, 우리는 어떨지……. 요즘은 "90세까지 살게 된다면? 그럼, 이혼부터 해야지. 어떻게 철없을 때 한 약속을 70년이나 지키나"*라고 농담을 한다는데, 글쎄 이것도 우리는……. 직업도 일생 한 가지로 살 게 아니라 몇 가지 직업을 위한 준비를 한다던데, 글쎄, 우리는…… 우리는…….

우리 노년들이 이런 식으로 나댈 수는 없습니다. 하지만 은퇴 후, 문자 그대로 수십 년이 될 그 긴긴 기간을 멀거니 있을 수만은 없지요. 인생을 향유하랬다고 마냥 놀고먹고 있을 수만은 없잖은가 말입니다. 안 그래도 요 몇 년 사이에 우르르 은퇴를 하게 되는 소위 '베이비붐' 세대들이 동서양을 막론하고 은퇴를 마다하고 일을 계속하려고 한답니다.

원래 은퇴란 게 근대에 생긴 개념이랍니다. 저 옛날에는 은퇴란 게 없었지요. 그런데 최근에는 소위 선진국이라는 서구 여러 나라며 일본에서도 정년을 연장해주거나 은퇴 후 재고용을 하는 제도 등 이런저런 제도를 찾고 있다고 합니다. 우리나라도 생각은 있는 모양이지만 당장 우리 노년이 나라에서 무슨 혜택을 바랄 수는 없고, 노인 일자리 창출이니 뭐니 해도 언 발에 찔끔 오줌누기에 불과하고…….

---

* 2007년 조선일보 오피니언란 박은주 기자의 칼럼에서

그렇다고 젊은이들이 올라와야 할 자리에 내쫓지 않는다고 마냥 버티고 있기에도 민망한 일입니다.

은퇴를 했을 때, 내 생각엔 개인적인 일을 하던 사람과 조직에서 일을 하던 사람의 길이 나뉘는 것 같습니다. 개인적인 일을 하던 사람은 정년에 구애를 받을 필요가 없지요. 능력이 닿으면 일 하고 싶을 때까지 하면 됩니다. 내 아는 분은 74세지만 조그맣게 하던 개인사업을 계속하고 있습니다. 아들에게 맡기라고들 하지만 지금 잘하고 있는데요, 뭐. 또 내 친구 하나는 72세인데, 정년이 자율적인 외국대학의 교수이자 연구소 소장입니다. 이 친구는 우리나라 학자와 문학가들이 해외로 나가는 창구 역할을 단단히 하고 있습니다. 이 친구 말이, 젊은이보다 힘든 점은 비행기를 오래 타고 다니는 것뿐이랍니다.

그리고 전업주부들이 있지요. 살림을 마치 관성의 법칙처럼 해내는 나이 먹은 여자들에게 은퇴란 머나 먼 얘기입니다. 젊은 사람들과 함께 살지 않는 한, 끝없이 할 수 있는 게 살림입니다. 93세인 내 어머니가 돌아가시기 일주일 전 아침까지 설거지를 하셨듯이 말입니다. 그런데 젊은이들과 함께 사는 경우는, 비록 조직은 아니지만 어느 때인가 살림에서 은퇴를 해줘야 합니다. 음식이 짜네 마네 (노인은 젊은이보다 미각봉오리가 둔해진 탓에 음식을 짜게 합니다) 하는 투정이 나올 때쯤에는 은퇴를 해야 합니다.

문제는 조직 속에서 있다가 나온 사람들입니다. 이들에게 제1의

필수 전제조건은 '익숙한 것과의 이별'을 잘 해내는 사람이 되어야 한다는 것입니다. 조직 속에서의 추억을 하루 빨리 털어내고 평소 하고 싶었던 일, 배우고 싶었던 일을 찾아 해야지요.

좋은 죽음, 나쁜 죽음

사실 은퇴 후 삶의 성공 요체는 2가지, 즉 욕심을 버리는 것(회심)과 규모를 줄이는 것입니다. 규모는 모든 방면에서 전방위적으로 줄여야 합니다. 일도 줄이고, 음식도 줄입니다. 아닌 게 아니라 노인의 미식은 봐줄 수 있어도 탐식과 과식은 역겹다고 합니다. 아무리 운동이 몸에 좋다고 해도 이 역시 다운 싸이징(down-sizing 규모 줄이기)해야 합니다. 왜냐하면 노인들은 기초 신진대사량이 줄었으니까 조금 먹고 조금 운동해도 걱정이 없기 때문입니다.

이렇게 심신의 욕심을 버리고 적은 규모에 숙달이 되어서 살면 됩니다! 치매 안 걸리고 움직일 수 있을 때까지 살다 보면, 장수를 누리는 겁니다. 몇 살이라 꼭 집어 말할 순 없어도, 그때까지 일상을 잘 살다가 마지막에 숯불 사위듯이 사그러지는 사람! 바로 그런 사람이 소위 천수를 누린 사람입니다. 그러면 멀쩡하게 삶을 누리다가 사망 직전이 되어서야 모든 기능이 동시다발로 멈추면서 쉽게 죽어가지요. 그래서 천수를 누린 사람의 죽음과 임종에는 단말마적인 고통이 없습니다. 그저 스러져 갈 뿐이지요.

사실, 자살과 같은 인위적인 죽음에서 당사자는 문제가 없습니다. 문제는 남은 사람이, 즉 주위 사람이 모두 껴안게 되지요. 천수를 누리고 간 분의 뒷자리에는 애 끊는 슬픔이나 천지가 아득하다는 상실의 고통이 없습니다. 오히려 잔잔한 이별의 슬픔 속에서 흩어져 살던 가족들이 만나는 계기가 되기도 합니다. 때로는 소원했던 가족이 화해해서 웃는 웃음소리가 담 밖으로 나갈까 저어될 정도입니다. 이 얼마나 자손들에게 좋은 일을 하고 가시는 것인지! 그래서 "늙는 것을 한탄하지 마라, 수많은 사람들은 그 특권조차 누리지 못했다"고 하는 것이겠지요.

천수를 누리고 간 죽음 뒤의 슬픔은, 불타는 사랑의 지속기간 못지않게 짧게 끝납니다. 또 젊은 나이에 가버린 사람 뒤에 남은 단장(斷腸)의 슬픔도 세월과 더불어 치유가 됩니다. 하지만 인위적으로 제 목숨을 제가 끊은 사람 뒤에 남은 사람들의 슬픔과 상처는 영 낫지를 않습니다.

이 지점에서 나는 요즘 우리 사회에서 문제가 되는 자살 얘기를 해 보렵니다. 어쩌다가 우리나라 자살률이 경제협력개발기구(OECD) 국가 중에서 제일로 높다니, 놀라울 뿐입니다. 나는 특히 노인들의 자살과 젊은이들의 자살을 주목하고 있습니다. 어느 자살인들 공통점이야 있겠지만, 이 둘의 자살에서 명백한 공통점을 볼 수 있기 때문입니다.

그 하나가 이 두 사람, 즉 노인과 젊은이들에게는 생명을 멋으로 치장하려는 허영심(?) 같은 게 있다는 겁니다. 줄기차게 자살을 꿈꾸는 지인(知人)이 있습니다. 이분은 지금 75세인데 더 나이 먹은 후에, 더 추해진 다음에, 아프거나 불편한 거동 때문에 주위에 폐를 끼칠 때쯤에는 자살을 감행하겠다고 벼르고 있습니다. 구차하게 생명을 이어갈 필요가 없다고 단호하게 주장하는 분이지요. 실제로 이분은 때가 되면 스위스 취리히에 있는 디그니타스*에 갈 것을 고려하고 있답니다.

또 하나 젊은 여성은 개인적으로는 모르는 분인데 죽음 독서모임에서 만났습니다. 그날은 대개 5,60대가 앉아서 유진 오켈리라는, 잘 죽은 사람이 쓴 《인생이 내게 준 선물(Chasing Daylight)》이란 책을 읽고서 소위 웰다잉을 이야기하고 있었습니다. 그때, 30대 초반으로 보이는 여성이 질문을 했습니다. 질문의 요지는 "부족할 거 없는 재벌의 딸도 자살을 한다. 미모와 재력과 명예까지 갖춘 연예인들도 자살을 한다. 하물며 재력도 미모도 이름도 없는 저희들이 죽는 것은 당연하지 않은가." 대강 이런 취지의 얘기를 하면서, 이런 판에 어른들이 무슨 잘 죽은 사람의 얘기를 하고 있느냐는 식이었습니다. 그 자리에 있던 노땅들은 애들 말대로 왕창 쇼크를 먹었지요.

이 노소의 공통점은, 생명이 근사할 때만 유지되어야 하는 것으로 본다는 겁니다. 근사할 때만 생명은 가치가 있는 것이고 볼품없는

* 디그니타스(Dignitas)는 안락사를 원하는 사람을 도와주는 비영리단체입니다. 고객(?)이 많아서 독일에 지부도 생겼다네요.

생명은 없애도 된다는 게 이들의 생각입니다. 그리고 이런 생각이 의외로 우리나라에 만연하고 있다는 데에 문제가 있습니다.

그러나 젊은이의 자살은 그 부모의 남은 생을 온통 회한과 고통 속에 몰아넣습니다. 노인의 자살은 자기가 사랑했을 자손들에게 씻을 수도 없고 씻어지지도 않는 회한과 고통을 주어 불행한 삶을 살게 할 뿐입니다. 이 평범한 진실을 기억해야 합니다.

삶의 마지막 책임 • 유경

어르신들과 죽음 이야기를 하다 보면, 살면서 죽고 싶을 만큼 괴로웠던 때가 있었다는 말씀과 그래도 그때 죽지 않고 살 길 정말 잘했지, 라는 말씀을 거의 매번 듣습니다.

교사였던 한 어머님은 소아마비에 걸린 딸이 앞으로 살아갈 인생이 너무도 안쓰러워 같이 죽으려고 쥐약을 준비했다고 합니다. 이를 악물고 약을 먹이려고 하니 딸이 그러더랍니다. "엄마, 나 엄마 말 잘 들을게. 우리 그냥 살자!"

몇 십 년이 지난 일인데도 어제 일 같다며 어머님은 우시고, 듣는 사람도 따라 웁니다. 그때 죽었으면 어땠을까 물으니 눈물을 닦으며 웃으셨습니다. "아이고, 안 죽길 잘했지요. 그 딸이 공부도 잘하고, 잘생긴 신랑 만나 결혼도 하고, 아이도 둘이나 낳아서 재미있게 살아요. 얼마나 고마운지 몰라…… 내가 그때 죄 지은 거 생각해서 몸 아픈 아이들한테 가서 봉사 활동하기 시작한 거예요."

동네에서 공부를 제일 잘해서 대학에 합격했는데도 등록금이 없어서 포기해야만 했다던 한 아버님은 약을 먹었다가 일찍 발견돼서 살아났다며, "그때 죽었으면 이렇게 잘생긴 아들 셋 못 볼 뻔했잖아" 하시며, 안주머니를 뒤적뒤적하더니 수첩에 들어 있는 가족사진을 꺼내 교실 전체에 죽 돌리셨습니다.

남편의 술주정과 매질에 몸이 남아나지 않던 어머님은 바다에 빠져 죽으려고 세 번이나 길을 나섰더랍니다. 그런데 이상하게도 가는 날마다 아는 사람과 마주쳐 채 바다에 도착도 못하고 돌아오곤 했다며 털털하게 말씀하십니다. "살 팔자지, 뭐!"

지금 웃으며 말씀하신다고 해서 이 어르신들이 겪은 고통이 결코 가볍다고는 생각하지 않습니다. 세월이 그냥 거저 흘러가지 않았다는 것을 알고 있습니다. 앞으로 어르신들이 죽고 싶을 만큼 괴로울 때 우리 사회 전체가 그 아픔을 이해하고 책임을 느끼며 풀어나가서, 나중에 어르신들이 "살 길 잘했지!" 하며 웃으시도록 도와드리고 싶습니다. 그것이 바로 노인복지이며, 제대로 된 죽음준비일 테니까요.

수업을 하면서 어르신들께 묻습니다.

"지금까지 살아오면서 가까운 가족이나 주변 사람들의 죽음을 적지 않게 경험하셨을 텐데, '잘못된 죽음' 이었다고 생각하는 경우가 있으신가요?"

교실에는 일순 정적이 감돌았습니다. 잠시 후 교실 한쪽 구석 맨 앞자리에 앉아 계신 어머님 한 분이 손을 살짝 들며 "나 있어요!" 하시는 것이었습니다. 아주 오래 전, 당시 대학을 갓 졸업한 남동생이 약을 먹고 스스로 목숨을 끊었답니다. 친정어머니 돌아가시고 얼마 되지 않았을 때였는데, 유난히 어머니와 정이 깊었던 동생이 무척 힘들어했다는 것만 알았지 그렇게 갈 줄은 몰랐다고 하셨습니다. 어머니의 죽음으로 인한 충격과 슬픔이 그 원인이었다고 생각할 뿐 유서 한 장 남기지 않아 정확한 이유는 모르겠다며, 지금 생각하면 조금 더 잘 돌봐줄 걸 그랬다는 아쉬움이 생기고, 그렇게 가서는 안 되는 거였는데 싫어서 마음이 안 좋다고 하셨습니다.

어머님이 물꼬를 트시자 곧바로 굵직한 목소리의 아버님께서 입을 여셨습니다. "한 달 전에 나 사는 아파트 높은 층에서 한 사람이 뛰어내렸어요. 그런데 내가 사는 1층 베란다 앞으로 떨어지는 바람에 내가 낮에도 아직 커튼을 치고 살아요." 여기저기서 혀를 차는 소리가 들렸습니다. 베란다 창 바로 앞에 사람이 떨어져 누워 있는 것을 보신 아버님은 그 충격이 생각보다 크다며 머리를 절레절레 흔드셨습니다.

수업 시간에 공개적으로 밝히진 않으셨지만 나중에 한 어머님은 일부러 제게 찾아와 남편의 자살에 대해 이야기해주셨습니다. 결혼

후 평생 술과 도박과 여자에 파묻혀 살아온 남편을 일찌감치 포기해 버리고, 어머님은 파출부 일을 하며 세 딸과 아들 하나를 기르셨습니다. 나이 들어 쇠약해진 남편은 안절부절못하며 의처증과 우울증 증세를 보이더니, 어머님이 일 나와 있는 동안 아파트에서 뛰어내려 숨졌다고 했습니다. 그 일로 당시 고등학교 졸업반이었던 막내아들의 방황이 시작되었고, 아들은 10년이 지난 지금까지도 마음을 잡지 못하고 있다는 겁니다. 어머님의 마지막 말씀은 오래도록 제 가슴에 아프게 남았습니다.

"처음에는 남편이 죄가 많다고 생각했는데, 아닌가봐. 내가 죄가 많아서 이런 일을 다 겪나봐. 아무리 자기 살기 싫어도 자식들 생각해서 그러면 안 되지, 안 되고말고. 아직도 자리 잡지 못하고 저렇게 떠도는 아들만 보면 내 속에서 천불이 난다니까."

몇몇 사례를 들은 후에 그런 죽음에 대한 어르신들의 생각을 여쭤보니 자연스레 교실은 토론장으로 바뀌었습니다. 대부분의 어르신들이 스스로 가서는 안 된다, 죽을 용기 있으면 그 힘으로 살아야 한다, 다른 가족들 생각해서라도 참아야 한다는 요지의 말씀들을 하시더군요. 그런데 그때 평소에도 거침없는 표현을 잘하시는 한 어머님이 손을 번쩍 들더니 자리에서 일어나서 말씀을 시작하셨습니다.

"다른 사람들 이야기 다 공감이 가지만, 노인들이 스스로 가는 것은 예외로 봐줘야 한다고 봅니다. 생활이 궁핍하고, 몸은 아프고, 더 이상 살아봤자 희망이 없는데, 그래서 스스로 남에게 폐 끼치지 않으려고 가는 건데 그건 그냥 놔둬야 하지 않겠어요?”

‘경제협력개발기구(OECD) 국가 중 자살률 1위, 특히 노인층의 자살률이 높다’ 는 신문기사에도 이제는 무덤덤할 만큼, 우리는 잘못된 죽음에 둘러싸여 살고 있는 것이 분명합니다. 거의 매일같이 생활고에 시달리던 노인이나 홀로 살던 노인의 자살 소식이 들려옵니다. 노년기의 빈곤과 질병과 고독과 소외로 인한 고통에서 벗어나려고, 자식과 다른 사람들한테 더는 폐 끼치지 않으려고 어르신들이 스스로 목숨을 끊습니다.

가난해서, 몸이 아파서, 외로워서 고통을 겪는 어르신들의 문제를 해결하기 위해서 노인복지가 있는 것이고, 거기에 국민들이 낸 세금이 예산이라는 이름으로 배정되는 겁니다. 인간다운 삶이 아닐 경우 생명의 유지냐 종결이냐를 당사자 스스로 선택할 수 있도록 해야 한다는 주장에 대해서는 좀더 충분하고 깊이 있는 논의가 필요합니다. 다만, 저는 그렇게 목숨을 거두어가는 것이 과연 고통에서 벗어나는 길이며 남은 가족에게 폐 끼치지 않는 길인가를 묻고 싶습니다.

죽음의 모습은 먼저 떠나는 사람이 남아 있는 사람에게 줄 수 있는 가장 고귀한 선물이라고 저는 믿습니다. 어르신들이 평생 열심히 정성껏 살아오셨는데, 마지막에 너무 힘들고 괴롭고 아프다고 그냥 휙 가버리시면 남은 가족들은, 후손들은, 아니 젊은 세대들은 무엇을 보고 배울 수 있겠습니까. 살아 보고 안 되면 그냥 죽어버리면 되지, 늙고 병들면 나는 지저분하게 살지 않고 죽어버릴 거야, 하는 말들이 괜히 나오는 게 아니라는 거지요.

살아 있을 때 많이 가지고 많이 배우고 잘난 것이 중요한 게 아니라, 죽음 앞에 섰을 때 우리는 본연의 모습으로 돌아갑니다. 비록 병들고 약한 모습으로 갈지라도 끝까지 살아낸 인생은 그것만으로도 충분히 가치 있음을 믿지 않는다면, 우리들 삶은 너무도 허약하며 보잘것없어 당장 그만두어야 할 것만 같습니다. 오랜 세월 살아오신 어르신들께서 바른 죽음, 좋은 죽음, 아름다운 죽음, 존엄한 죽음의 모습을 보여주시는 것, 아랫세대에게 해주실 또 하나의 귀한 일입니다.

죽음과 친해지기 • 고광애

죽음의 한 고비를 넘기고

얼추 따져 보니까 소위 죽음 공부를 한답시고, 띄엄띄엄하게나마 여기저기 다닌 지 16년이 되어갑니다. 세상에 배우고 즐길 것도 하고 많은데, 기분 나쁘게 무슨 죽음 타령이냐고 친구들에게 지청구깨나 들어왔습니다. 죽을 때 되면 죽는 거지, 공부는 무슨 공부냐는 거지요. 사실, 맞는 말입니다. 백날 공부해 봐야 죽어가는 그때에 공부한 게 뭔 소용이 닿을까 싶기도 합니다. 아무리 잘 죽어 보겠다고 공부를 한들, 나 죽을 그때에 배운 대로 죽는단 보장도 없습니다. 잘 죽기는커녕 유달리 추태를 부릴지 뉘라서 알겠습니까.

아닌 게 아니라, 같이 공부하던 클래스메이트 한 분이 갑자기 아파서 구급차에 실려 병원에를 갔더랍니다. 가면서 아프고 두려워서

정신없이 당황해하는데, 그런 가운데서도 들려오는 소리가 있었으니 다름 아니라 딸이 하는 한마디,

"만날 죽음 공부한대면서 뭘 이렇게 떨고 계실까?"

그럼에도 불구하고 나는 지금까지 공부한 것이 헛되지 않았다는 것을 경험했습니다. 적어도 누구처럼 팔십 나이에 죽을병이라는 진단을 받고 까무러치지 않을 자신은 얻었습니다. 93세의 어머니를 담담히 보내드린 것은 그렇다 쳐도, 나 자신이 60대 중반에 소위 죽는 병이라는 암 진단을 받고 느끼고 생각한 바가 있었기 때문입니다. 그때 수술에 임해서, 그리고 그 힘들다는 항암치료를 받으면서 나는 대체로 배운 대로 우아하게(?) 처신했다고 생각합니다. 그렇습니다. 죽음교육은 나를 강하게 훈련시켜, 어려움이 닥쳤을 때 자신의 정신적 육체적 문제를 비교적 슬기롭게 극복할 수 있게 해주었던 겁니다.

이 힘든 과정을 묵묵히, 정말로 말없이 겪으면서 나는 두 가지 결심 아닌 결심을 했습니다. 한 가지는 이런 일을 다시는 겪지 말아야지 하는 거였습니다. 내 뜻대로 되지 않을 일에 내가 결심한다고 될 일이겠습니까. 그럼에도 불구하고 나는 나대로 결심은 했습니다. 지금보다 더 나이 먹었을 요다음에는 절대로 이런 과정을 두 번 다시 겪지 않겠다는 결심이었습니다. 그리고 또 하나는 그 나이에, 육십하고도 중반을 넘어선 나이에 이런 일을 겪게 해주신 신에게 진심으로 감사했습니다. 이런 맘을 갖게 되는 데에는 옆의 환우들을 보고 느낀 것이 있었기 때문입니다.

당시 병원에서는 항암치료를 하기 전에, 그때마다 번번이 하는 여러 가지 검사를 한날로 몰아서 환자들을 새벽에 모이게 했습니다. 어둑어둑한 새벽녘에 병원 지하층 음습한 데를 열 지어 걸어가는 여자들, 거의 머리칼도 없는 그 몰골들이 오죽할까. 나를 포함한 여자들이 열 지어 걸어가는 모습에서 나는 자꾸만 저 죽음의 수용소, 아우슈비츠에서 가스실로 줄지어 걸어가던 절망의 사람들이 떠올랐습니다. 물론, 어찌 감히 그이들한테 우리네를 비교할 수 있겠습니까. 살려고, 또 살려내려고 하는 병원의 배려로 걸어가는 우리들을, 문자 그대로 죽음의 길을 가던 그분들과 비교하는 건 당치 않은 줄 압니다. 알긴 알지만서도 자꾸만 가스실로 걸어갔던 그들의 모습이 떠올랐던 것은, 나 같은 60대도 아닌 3,40대 젊은 여성들의 절망감을 보았기 때문이었습니다. 죽기에는 너무 젊은 나이, 아직 어미 손길을 필요로 할 자식들에 대한 걱정과 연민, 사랑하던 남편들이 병 수발에 지쳐서 한눈을 파는가 하는 의심, 그리고 젊은 남편의 무심함에 대한 배반감…….

그러고 보니, 나는 그 젊은 환자들의 고민에 하나도 해당사항이 없는 것을 알았습니다. 똑같이 앓으면서도 얼마나 홀가분한 나이에 나는 앓고 있는가, 신에게 감사했습니다. 그리고 우리가 어렸을 때부터 많이 들어왔던 진부하기 이를 데 없는 말, 아니 구호인 "아는 것이 힘이다"라는 말대로, 죽음이 뭐라는 걸 알았기에 나는 나를 추스를 수 있었습니다. 뿐만 아니라 옆의 환우들의 절망감도 헤아릴 여유가 있었던 것 같습니다. 이로 미루어 봐서, 평소에 허하기 이를 데 없던 내가 이런 태도를 취할 수 있었다는 것은 전적으로 죽음 공부 덕이라고 생각합니다.

삶을 위한 죽음준비

무릇 살아 있는 생물은 다 변하고, 그리고 죽게 되어 있습니다. 그러니까 산다는 것에는 죽는 것도 들어 있는 셈입니다. 아마도 세상에 이런 진리를 모르는 사람은 없을 것입니다. 정진홍 교수의 말처럼, 죽음이란 "우리의 삶 안에 있는 현상이며 삶의 현실"이라는 사실을 우리 모두는 압니다. 그런데 사람들은 알기는 알되 피상적으로 알고 있었던 게 틀림없습니다. 죽음이란 언젠가 반드시 내 가족의 일도 되고 나의 일도 되리라는 생각은 멀찌감치 밀어놓고들 사나 봅니다.

이처럼 죽음과는 상관도 없다는 듯이 살다가 어느 날 닥쳐온 죽음 앞에서 남 보기에도 민망스런 죽음을 죽을까 염려됩니다.* 그것도 나이 먹은 사람들의 경우, 죽어가는 당사자보다 나이 어린 후손들이나 후배들 앞에서 지금까지 살아온 어른으로서의 삶을 구겨가며 죽는 모습을 보이면 어쩌나, 그보다 더 걱정은 죽어가는 내가 그 불안,

---

*이 부분은 종교학자 정진홍 교수가 '염려스러운 죽음'에 관해 강의한 내용을 참고하였습니다. 염려스러운 죽음이란 불쌍한 죽음, 불안한 죽음, 부끄러운 또는 경멸하고 싶은 죽음을 뜻하는데 자세한 내용은 《만남, 죽음과의 만남》을 참조하세요.

공포, 고통을 어찌 해야 할까 싶습니다. 그래서 불교도들은 염주를 굴리며 좋은 죽음을 기원하고, 잘 죽게 해주는 영험이 있다는 일본의 보꾸리라는 절은 가는 길목이 늘 여성 노인들로 붐비는 게 아닐까요.

방학숙제를 미루는 아이들처럼 죽음을 먼 훗날의 문제인 양 모른 척하고 있다가 자기 죽음에 맞닥뜨렸을 그때에, 피할 수 없는 상황에서 나 죽기 싫다고 발버둥치며 죽어가는 죽음을 '불쌍한 죽음' 이라고 합니다. 그래서 우리 모두는 펄펄 살아 있는 지금, 우리의 삶 속에 죽음을 가까이 두고 죽음이랑 친해놓아야 합니다. 죽음이란 삶의 자연스러운 귀결이니까 아예 죽음을 거절하고 그것에 거역하는 추태를 부리지 않아야 한다는 겁니다.

죽는다는 것이 뭔지도 모른 채, 그야말로 어느 시인의 절규처럼 "끌려가는 채석장의 노예" 모양 죽음의 현장으로 끌려가서 죽는 죽음도 있습니다. '부끄러운 죽음' 입니다. 별 도리가 없어서, 할 수 없어서 억지로 죽어가는 사람이 '불쌍한 죽음' 을 죽는 거라면, '부끄러운 죽음' 이란 죽음을 모른다기보다는 죽음과 차마 마주하기 싫어서 죽음을 외면한다고나 할까요? 그러다가 끌려가듯이 가서 죽는 죽음은 '부끄러운 죽음' 입니다.

생전 죽을 일 같은 건 자기에게 없다는 듯이 구는 사람이 있습니다. 죽음이 목전에 왔는데도 묵살하고 태연스레 사는 사람을 말합니다. 내 아는 분이 그런 죽음을 죽었습니다. 이분은 부자이고 권력가였습니다. 죽을병에 걸렸지만 그분의 위엄에 눌려서 아무도 그분 앞에서 감히 죽는 얘기를 꺼내지 못했다고 합니다.

이렇게 '부끄러운 죽음'을 죽은 자리에 남겨진 사람들은 고통과 혼란을 겪게 마련입니다. 이분이 돌아간 자리에는 그동안 벌려놓은 사업이며 상속세며 복잡하게 얽힌 문제가 남았고, 그 앞에서 형제간에 붉으락푸르락하는 다툼이 일어나며 그야말로 모든 게 엉망으로 되어가는 것을 봤습니다. 그래서 정진홍 교수는 "백년을 살듯이 살아가는 것도 좋은 태도이며 결코 죽지 않으려는 신념으로 삶의 일들을 엮어 나아가는 것도 참으로 중요하다. 그러나 그렇기 때문에 언제 죽을지 알 수 없는 삶이라는 것을 그 신념에 보태라"고 말했습니다.

불쌍하거나 부끄러운 죽음과 다르게 죽는 죽음도 있습니다. '불안한 죽음'입니다. 우리 모두가 알던 여류명사이자 시인이었던 분의 죽음을 보면서, 이분이 바로 '불안한 죽음'을 죽었다고 생각했습니다. 그야말로 공포에 찌든 죽음을 맞았기 때문입니다. 빼어난 시를 써왔고 수많은 활동을 하던 분이었지만 마지막에는 죽기를 무서워해서, 그야말로 "죽음이 두려워 죽음 속에 갇혀서 마지막 삶을 살아"간 형국이었습니다.

이 시인은 밤이면 행여 혼자 죽어갈까 두려워 식구들을 잠도 못 자게 했습니다. 그리고 매일 저녁 집안을 겹겹이 커튼으로 가리고 밤새도록 온 집안에 불을 밝혀놓게 했습니다. 물론 우리 모두 다, 한

번도 가 보지 못한 죽음이란 길 앞에 서면 무서울 것입니다. 하지만 우리는 무서워도 견디어내야 합니다. 평소에 일찌감치 죽음과 친해 두자는 게 다 이런 이유에서입니다. 공포를 느끼는 것하고, 공포에 사로잡혀서 온통 자기를 잃어버리는 것하고는 차원이 다르지 않습니까.

우리의 시인은 죽음에 대한 두려움에 압도된 채, 남아 있는 말년의 삶 자체가 정진홍 교수의 말대로 질식해 있다가 간 셈입니다. 시인으로서 그 명성에 걸맞게, 뭐 인생 마지막에 생을 관조하는 이런 정도의 상태에 있었어야 하는 건 아니었을지. 생전 자기 죽을 것은 생각도 안 하고 평생 살 것처럼 살아온 탓입니다. 삶만을 사랑하고 죽음에 관해서는 아무런 준비도 못하고 있다가 맞이하는 죽음들이 대개 이런 부끄럽고 지저분한 흔적을 남기게 됩니다.

곱게 돌아가신 내 친구의 어머니는, 생전에는 심청이 나쁘달까 욕심이 과하달까 좀 그런 분이었습니다. 딸의 친구들끼리 모여 노는 꼴을 못 보고 당신이랑 게임을 하자고 끼어드는 그런 분이었습니다. 그런데 막상 돌아가시게 되니까, 순한 양처럼 죽음을 맞아들였습니다. 간병하는 딸에게 일일이 미안해하면서 "내가 지금 죽어도 우리 가정이나 세상에 주는 지장이 없다. 갈 때가 돼서 가는 거니 너무 슬퍼하지 말아라"고 하셨습니다. 그러면서 당신 몸을 자주 씻겨달라셨고, 돌아가시는 날에도 말씀은 못하면서도 손짓으로 화장을 부탁하고, 목사님 기도와 찬송 속에서 가셨습니다. 내세를 믿는 신앙의 힘이었던 것 같습니다.

이분은 신앙의 힘으로 그리 됐겠지만, 신앙이 없었으면서도 깨끗이 생을 단념하고 가신 또 한 분이 계십니다. 바로 33년 전에 돌아가신 나의 아버지입니다. 구체적으로 알려드리지도 않았는데, 어느 순간 당신의 마지막을 아시고 나서는 "고목에 돈을 쓰지 말라" 면서 퇴원을 명하셨고 링거 주사를 거절하셨습니다. 평소에 유난히 청결과 위생을 챙기던 분이었는데, 어느 날 수돗물이 갑자기 안 나오자 목욕통에 받아놓은 물을 그대로 마시겠다고 하셨습니다. 당장 목마른 것만 면하면 됐지, 곧 없어질 몸에 소독 안 된 물이 대수냐고 하셔서 우리를 놀라게 했습니다.

이처럼 사람은 죽음이란 것을 분명하게 인식하고 살 때에 보다 진실해질 수 있습니다. 동시에 죽는 것도 좀더 진지하고, 그리고 평온한 죽음을 맞이할 수가 있습니다. 그러지 않고, 죽음이라는 것을 미뤄놓고 외면만 하고 있다가는 필시 불쌍하고 부끄럽고 불안하기까지 한 죽음과 맞닥뜨리게 됩니다. 사람이 펄펄할 때는 죽음준비를 하고, 죽어갈 때는 오히려 잘 살 준비를 해야 합니다. 이것이 죽음준비입니다.

그럼, 불쌍하고 부끄럽고 불안한 죽음을 면하기 위해서 우리는 살아생전 어떻게 해야 할까요. 먼저 언제 올지 모르는 죽음맞이를 위하여 우리 모두는 상당히 긴장된 삶을 살아야 합니다. 긴장하고 사는 일상에서 '유예,' 그러니까 미루는 일이란 있을 수가 없습니다. 우리는 '죽기 전에' '아직 살아 있을 때' '지금 여기에서 할 일'을 해야 합니다. '조금 더 있다가' '다음에,' 혹은 '지금 잠깐 쉬고' 따위의 말은 우리 노년들이 쓰지도 말고, 하지도 말 일입니다.

이렇게 살다 보면, 첫째로 지금 여기에서의 삶을 완결짓게 됩니다. 둘째로, 설사 삶이 완결되지 않고 하고 있던 일이 실현되지 않았더라도 상관없습니다. 미루지 않고 최선을 다했기 때문에 그렇게 산 사람의 마음은 여유로워지게 마련입니다. 안 그러다가는 어느 권력자의 죽음 같은 부끄러운 죽음이 될 것입니다. 그러니 죽음과 익숙해지고, 죽음을 이해하고, 죽음하고 친해둬야겠지요. 죽음은 지극한 일상입니다. 일상을 낯설어하지 말 일입니다.

세상에서 제일로 무서운 것은 죽는 것이 아니라, 안 죽는 것입니다. 이 세상에 안 죽는 사람은 없다지만, 너무 안 죽고 오래 살아서 동년배는 고사하고 혈육이나 젊은 친구들의 죽음을 보게 되는 것이야말로 무서워할 일입니다. 고로 죽는 것은 삶에서 주어진 축복입니다. 죽음을 사랑할 수 있을 때에 비로소 우리는 성숙한 사람이 되는 것입니다.

떠나고 보내며 • 유경

공동 추모제에서 조카를 보내다

선생님, 선생님도 어머님 떠나시고 나서 몹시 아프셨던 것처럼 누구나 사랑하는 사람을 잃으면 그 충격과 아픔을 견딜 수 없어 심한 홍역을 앓게 되지요. 어떤 사람들은 몸이 먼저 민감하게 반응하기도 하고, 마음이 아파 오래도록 깊은 우울의 늪에 빠지기도 합니다. 적절하고 적당한 애도의 시간과 기회를 갖지 못할 경우, 사별은 그 이상의 고통이 되어 두고두고 사람을 상하게 하는 것 같습니다. 상처가 잘 아물어야 사람이 건강하게 살아갈 수 있지요. 비록 흔적은 남더라도 말입니다.

사실 저는 지난해 2월 갑작스레 조카를 잃고 나서 제대로 애도의 시간을 갖지 못했습니다. 장례를 치르는 동안도, 그후에도 사람들은 제게 말했습니다. 연로하신 부모님 계시니 그 앞에서 울지 마라, 자식 잃은 언니 생각을 해서라도 참아라, 옆에서 씩씩하게 버텨야 부모님도 언니도 견딘다, 이런 이야기들이었습니다. 물론 황망하기도 했지만, 그런 이야기를 하도 많이 듣다 보니 정신 똑바로 차려야 한다는 자기암시까지 하게 돼서 한 번도 소리 내어 울거나 마음 놓고 슬픔을 표현하지 못했던 게 사실입니다. 그러던 중에 조카 떠나고 3개월쯤 되었을 때인 6월 초, 때마침 열린 '공동 추모제'에 참석하게 되었습니다.

'공동 추모제 -하늘 가는 길'은 '삶과 죽음을 생각하는 회'에서 해마다 마련하고 있는데, 전통적으로 아랫사람의 죽음은 제사도 지내지 못하는데다 웃어른에 대한 추모도 가정생활의 변화로 간소화되거나 생략되는 현실에서, 공동 추모의 장을 만들어 앞서 간 이들을 함께 기리는 자리입니다. 예전에는 그런 자리가 있다는 것만 알았지 한 번도 제 자신과 밀접하게 연결시켜 생각해 본 적이 없었습니다.

저녁 6시, 서울 정동 프란치스꼬 회관 안에 있는 성당 제단에는 고인의 사진과 이름을 적은 명패가 죽 놓였고, 조용한 음악이 흐르는 가운데 유가족과 친지들이 모여들었습니다. 추모 말씀과 추모 시 낭독, 추모 연주에 이어 한 사람씩 차례차례 앞으로 나가 고인의 사진 앞에 헌화를 했습니다. 시작할 때 담담하던 마음은 시간이 흐를수록 흔들리더니 헌화 시간에 그만 눈물샘이 터지고 말았습니다. 사진 속 조카를 쓰다듬고 또 쓰다듬으며 조카를 보낸 후 처음으로 펑펑 울었습니다. 제 자리로 돌아와 앉아서도 울음은 그칠 줄 몰랐습니다. 그때 문득 드는 생각이 있었습니다. 아, 이제 드디어 내가 조카와 이별을 하는구나, 내가 조카를 보낼 수 있겠구나…….

연로하신 부모님 생각에, 자식 잃은 언니 생각에 제대로 울 수조차 없었던 저는 그동안 조카를 제 안에서 떠나보내지 못하고 있었던 겁니다. 마음 놓고 울지도 슬퍼하지도 못하고 물리적으로만 조카를 떠나보냈으니 제 감정은 조카를 잃은 그 순간 그 자리에 그대로 머물러 있을 뿐, 제대로 된 이별을 할 수 없었던 겁니다. 저는 울면서 속으로 조카 이름을 부르고 또 불렀습니다. 그리고 안타깝고 아쉬운 마음을 담아 그제야 떠나보내는 인사를 했습니다. 잘 가라고, 네가 떠나고 이 땅에 남은 이모가 너를 잊지 않고 기억하며 기도하겠노라고 약속했습니다.

앞으로도 조카는 제게 깊은 아픔과 커다란 상처로 남아 있겠지만 그래도 저는 더 이상 조카를 붙잡고 있지 않습니다. 이제는 그 어디에도 매이지 않은 자유로운 영혼이 된 조카를 있는 그대로 받아들입니다. 선생님, 제 조카는 이제 모두의 기억 속에 영원히 스물넷 꽃 같은 나이로 머물러 있겠지요. 모두가 나이 들어도 조카는 영영 나이 들지 않은 채로 남아 있겠지요. 업어 기른 이 이모를 먼저 보내주고 한참 뒤에 갔더라면 좋았을 것을……. 그러나 어쩌겠습니까. 나이 듦도 노년도 겪지 못할 조카를 생각하며 그저 묵묵히 제게 주어진 삶을 정성껏 사는 것만이 제게 남은 과제인 것 같습니다. '공동추모제'는 이렇게 아프긴 했지만 조카와 헤어지는 제대로 된 이별예식이었습니다.

자식을 가슴에 품고

잔잔한 음악이 흐르는 방안에 스무 명의 어르신들이 둥그렇게 앉아 있는 가운데, 불이 하나씩 꺼지며 촛불이 인원수대로 밝혀집니다. 살아오면서 행복했던 순간, 아름다웠던 순간을 하나씩 떠올리며 어르신들은 과거의 나를 만납니다. 그러는 동안 어르신들 등 뒤에는 방석이 하나씩 놓여집니다. 이제 진행자의 말에 따라 어르신들은 촛불을 등지고 돌아앉아 각자 빈 방석을 마주합니다. 눈을 감은 상태에서 잠시 음악에 몸을 맡긴 다음 어르신들께 가장 만나고 싶은 사람을 한 사람만 떠올려 보시라고 합니다. 충분한 시간을 드린 후 다시 말씀드립니다.

"지금 이 방석 위에는 어머님 아버님들이 세상에서 가장 만나고 싶어하는 사람이 와서 앉았습니다. 이제 눈을 뜨고 그 사람을 마주 보며 그동안 가슴에 꾹꾹 눌러 담아두었던, 하고 싶은 이야기를 하십시오."

잠시 멈칫하는 것 같더니 이내 방안에는 두런두런 이야기 소리가 퍼지기 시작합니다. 비록 그 모습은 눈에 보이지 않지만 어르신들은 모두 세상에서 가장 만나고 싶은 사람을 앞에 두고 이야기를 나누고 계시는 겁니다. 그때 갑자기 한 어머님이 방바닥을 치며 통곡을 하셨습니다. "○○야! 아이고, ○○야!"

평소에 워낙 목소리도 작고 얌전한 분이어서 터져 나온 통곡이 그 분 것이라고는 도저히 믿을 수 없을 정도였습니다. 어머님께 누구 이름이냐고 여쭤 보니 15년 전에 잃은 아들이라고 하십니다. 원하시면 이 자리에서 다 말씀하셔도 된다고 하니 울음을 섞어 토막토막 얘기를 하시는데, 다 키워 대학까지 졸업한 아들이 여름에 친구들과 놀러갔다가 심장마비로 세상을 떠났다는 것이었습니다.

어머님의 가슴속 사연은 그날 그 자리에서 모두가 처음 듣는 것이었습니다. 제일 하고 싶은 게 뭐냐고 여쭙자 큰 소리로 아들 이름 한번 불러 보고 싶다고 하셨습니다. 자식 앞세운 죄인이라서 15년 동안 큰 소리로 이름 한번 불러 보지 못했고, 목 놓아 울지도 못했다고 하시면서요. 이 자리에서 어머님의 소원을 들어드리기로 다른 분들과 합의를 하고, 그 어머님이 먼저 아들 이름을 부르면 모두가 따라서 함께 부르기로 했습니다.

"○○야!"

"○○야!"

방 안에 어머님 아들의 이름이 몇 번이고 울려 퍼졌습니다. 어머님은 물론이고 그 자리의 모두가 눈물을 쏟으며 아들의 이름을 부르고 또 불렀습니다.

그런데 마침 그날 그 자리에는 모 대학 영상 관련학과 남학생 두 명과 여학생 한 명이 과제로 낼 다큐멘터리 제작을 위해 촬영을 하러 와 있었습니다. 물론 어르신들께 사전에 촬영 허락을 받은 상태였지요.

진행자가 남학생 한 명에게 얼른 눈짓을 하자 눈치 빠른 그 학생이 어머님 등 뒤에 다가섰습니다. 어머님을 껴안아드리라는 몸짓을 하자 당황했을 텐데도 학생은 시키는 대로 했습니다. 이제 어머님을 좀 업어드리라고 하니 그 학생은 한 치의 망설임도 없이 등을 들이밉니다. 아무 말없이 어머님은 아들의 등에 업히셨습니다. 학생이 어머님을 업고 천천히 방안을 한 바퀴 도는 동안 다른 분들은 함께 '고향의 봄' 노래를 불렀습니다. 등에 업고 업힌 모자(母子)가 어머님의 자리로 돌아올 때쯤 어머님의 자리에 흰 천을 길게 둘둘 말아 가져다놓았습니다. 멀리서 보면 마치 흰 금이 그어져 있는 것 같았습니다. 아들의 등에서 내려 아들의 손을 꼭 잡고 서 있는 어머님께 말씀드립니다.

"어머님, 이제 이 흰 줄 저쪽으로 아들만 가야 돼요. 어머님은 못 가시는데 괜찮으시겠어요?"

"……"

"어떻게, 아들 보낼 수 있으시겠어요?"

"예, 이제 보낼 수 있어요."

"그럼, 다시는 못 만날 아들한테 하고 싶은 말씀 다 하세요. 마지막으로요."

"○○야, 이제 너 좋은 데 간 거 알았으니까 엄마 울지 않고 씩씩하게 잘 살게. 너도 잘 가라. 응? 잘 가!"

아들이 흰 줄을 넘어 저쪽으로 갑니다. 어머님은 아들을 보고 손을 흔듭니다. 다른 어르신들도 따라서 아들에게 손을 흔듭니다. 아들도 어머님을 향해 손을 흔듭니다. 촛불에 비친 어르신들 얼굴은 눈물범벅이었지만 그래도 모두가 한마음이 되어서 가슴에 맺힌 것을 풀어냈다는 동지애 같은 것이 그 얼굴에 언뜻언뜻 비치고 있었습니다.

1박 2일 동안의 '어르신 죽음준비학교' 캠프 첫날밤에 있었던 일입니다. 다음 날 아침 식당에 모여 앉은 저희 일행은 퉁퉁 부은 서로의 눈을 쳐다보며 빙긋이 웃었습니다. 그 웃음은 마치 통하는 사람만 아는 비밀암호 같았습니다. 그래도 혹시나 하며 가장 마음이 쓰이는 분은 당사자 어머님이었습니다. 조용히 짬을 내 어젯밤 힘들지 않으셨냐고 여쭤 보니 수줍게 웃으시면서, 원래의 조용한 목소리로 대답하며 제 손을 가만히 잡아주셨습니다.

"완전히 나를 위한 시간 같았어요. 15년 동안 품고 산 것 다 풀었어요. 선생님, 나 정말 소원 풀었어요. 이제 잘 살 수 있을 것 같아……."

또다시 눈물이 쏟아질 것만 같아 저는 애꿎은 눈만 자꾸 깜빡거렸습니다.

그 남자 어르신은 눈가의 주름이 웃는 모습 그대로 잡혀 있어서 늘 웃고 계시는 것 같았습니다. 군인 출신이라고 했고, 컴퓨터를 능숙하게 다루셔서 책에서 본 좋은 구절을 멋지게 문서로 만들어 와서는 동료들에게 일일이 나눠주곤 하셨습니다.

어느 날인가 한창 수업 중인데 그 아버님이 갑자기 울음을 터뜨리셨습니다. 모두가 놀라 바라보니 눈물을 흘리면서도 애써 울음을 참느라 입을 틀어막고 계셨습니다. 순간 몹시 당황스러웠습니다. 어르신들께 잠시 쉬었다가 공부하자고, 화장실도 다녀오시고 차도 한 잔 하시라고 말씀을 드리고는 따뜻한 차 두 잔을 들고 아버님 곁으로 갔습니다. 그 사이에 아버님은 좀 진정이 되셨는지 큰 숨을 내쉬고 있었습니다. (이럴 때 어린아이들은 호기심에 아버님과 제 주위로 모여들겠지만, 어르신들은 다 알아서 자리를 피해주십니다. 어르신들과 함께 지내는 게 이래서 참 편하고 좋습니다.)

"아버님, 차 한 잔 드세요."

"미안합니다."

"아니에요, 괜찮습니다."

"내가 이렇게 주책이라니까. 정말 미안합니다."

"아버님, 많이 힘드세요?"

"(한숨을 길게 내쉬시고는) 오늘이 내 아들 기일(忌日)입니다."

"……"

"내가 평생 군인으로 살았는데, 아들이 군에 가서 잘못됐어요."

"……"

"다 잊고 잘 사는 것 같은데도 때때로 이렇다니까."

"그럼요. 왜 안 그러시겠어요."

"선생님이 이해해주는 것 같아서 마음이 좀 놓여…… 다들 들어와서 수업하자고 하세요. 이제 괜찮습니다."

'자식은 부모가 죽으면 땅에 묻고, 부모는 자식이 죽으면 가슴에 묻는다' 는 말을 새삼스럽게 끌어오지 않아도, 하늘이 무너지고 억장이 무너진다는 표현을 굳이 쓰지 않아도, 자식을 잃은 부모의 심정은 다들 알고도 남음이 있을 겁니다. 오죽하면 애가 끊어진다고, 단장(斷腸)의 고통을 이야기하겠습니까.

그런데 특히 우리나라의 관습과 사람들의 인식은 자식을 잃은 부모들을 더 어렵고 힘들게 합니다. 내 자식을 제대로 지켜주지 못했다는 죄책감과 수치심으로 존재 자체를 부끄럽게 여기고, 마치 죄인 중의 죄인인 것처럼 느끼도록 만듭니다. 자녀를 앞세운 어르신들이 가장 많이 하는 말씀이 바로 "자식 잃은 죄인!"입니다. 자식을 잃고 마음 놓고 자식의 이름을 불러 보지도, 목 놓아 울어 보지도 못한 부모들은 가장 중요한 이별의식의 하나인 장례식마저 악상(惡喪)이라는 시선 속에서 서둘러 치르고 맙니다.

자식 잃은 부모는 평생 그를 잊을 수 없습니다. 세상 떠나는 날까지 그와 함께 사는 거지요. 가슴에 묻는 것이 아니라 같이 사는 거라고 저는 생각합니다. 그것을 인정하고 받아들이는 것이 옆에서 해줄 수 있는 일이고요. 그래서 울지 말라고, 이제 그만 잊으라고, 산 사람은 다 살게 마련이라고 섣부른 위로를 하기보다는, 차라리 침묵으로 지켜주는 것이 나을 때가 많습니다.

노년은 잃음, 즉 상실의 시기입니다. 그 상실에는 신체적인 힘과 기능, 경제적인 능력, 사회적인 관계도 들어 있지만 사별이 아주 큰 자리를 차지합니다. 배우자와 동년배 친구는 물론이고 자식을 잃을 수도 있습니다. 100세 가까이 장수하시는 분들을 살펴보면 가족 중 한 사람도 앞서 보내지 않은 분들은 아주 드물다는 것을 알 수 있습니다. 그분들이 건강하게 오래 사시는 것은 상실의 아픔 없이 편안하셔서가 아니라, 사별을 포함한 모든 상실의 어려움을 넘어설 수 있는 내면의 힘을 가졌기 때문일 겁니다. 저는 앞서 간 자식을 평생 품고 사는 부모님들이 더 이상 죄인이 아니셨으면 좋겠습니다. 죽음준비교육이 그런 점에서도 우리 어르신들의 삶에 도움이 되었으면 하는 바람입니다.

3

—

아름다운 이별 연습

호스피스, 마지막을 지키는 사람들 • 고광애

실제로 우리가 세상을 떠나는 그 시점을 생각해 봅니다. 가령 "너는 마지막 그때에 어떻게 할 거냐?"고 누가 묻는다면, 나는 호스피스의 도움을 받겠다고 대답하겠습니다. 아무리 생각해도 마지막 그때에, 내가 아파서 온전치 못할 그때에 도움을 받을 곳은 물론 일차적으로는 가족이지만 다음으로는 호스피스라고 생각합니다.

한 세대 전만 해도, 일테면 아들들은 사회에 나가 일하면서 입으로만 제 아내, 그러니까 며느리에게 부모님을 보살펴달라고 할 수 있었습니다. 그야말로 남성 우월의 표본 같은 소리들을 해가며 아내들에게만 시킬 수가 있었고, (우리 시대 여자들이야 모두 그렇게 살아왔지요.) 그래서 남성들은 입으로 부모에게 효도하고 여성들은 몸으로 효도를 했습니다. 하지만 요즘이야 안팎에서 동등하게 사회에 나가 일을 하는데, 어찌 여성들에게만 부모 간병을 맡길 수 있겠습니까. 설사 전업 가정주부 며느리라 해도 그애에게 그 어려운 일을 도맡아 시키고 싶지도 않고, 받지도 말아야 한다고 생각합니다.

내가 호스피스의 도움을 받고자 하는 또 다른 이유가 있습니다. 그것은 자식들이 슬픈 감정에 치우쳐서 하는 보살핌보다는, 전문적인 수준의 이성적인 돌봄을 받는 편이 나을 것이기 때문입니다. 예를 들어, 임종이 가까워서 음식은 물론 물 한 모금도 넘기지 못하는 부모를 바라보던 자식들이, 안타까운 나머지 수분 공급이라도 해드리자며 링거라도 꽂으면 어쩝니까. 임종하는 사람에게 링거로 수분을 공급해 봤자 몸이나 붓고 괴로움을 더 주는 거라는데 말이지요.

무엇보다 내가 호스피스를 찾는 이유는, 그래도 무슨 수가 없을까 해서 자식들이 병원에 입원을 시키고 원 없이 아낌없이 과잉진료를 하다가 몸 여기저기에 불필요한 의료기구를 단 채로 연명을 할까봐, 그러다가 나 홀로 '보이지 않는 죽음'을 맞게 될까봐, 그걸 피하기 위해서입니다. 이런 과정을 내 가족, 그것도 자식들이 감당하기에는 너무 힘이 드는 일입니다. 그래서 나뿐만 아니라 내 가족 내 자식들도 호스피스의 도움을 받고 위로받게 하고 싶습니다.

호스피스란 임종환자를 치료해주는 게 아니라 돌봐주는 겁니다. 호스피스의 도움을 받는 대상도 치료 불능의 환자만이 아니라 그 가족들까지 포함됩니다. 뉴욕에 있는 갈보리 호스피스에서는 대개 3주에서 6주밖에 남지 않은 환자를 받는다고 하며, 어떤 호스피스에서는 13일 정도 남은 환자를 받기도 합니다.

그래서 미국에는 정해진 규정이 있는데, 가령 생명이 6개월 남았다면 80%의 시간은 집에 있고 남은 20%의 시간은 호스피스에서 보내도록 합니다. 그러니까 일정기간은 호스피스에 가 있고 주말에는 집에 오는, 그런 식이지요. 그러면 가족들도 쉴 시간이 있고, 환자도 어느 한 곳에만 고착되어 있어서 지루하고 힘든 것을 면하게 해주려는 배려에서라고 하는데, 그 비율이 대체로 8:2라고 합니다. 우리나라의 경우는 대개 가정방문을 하는 '홈케어 호스피스'인데, 돌보는 기간이 단 며칠에서부터 3개월 미만입니다. 그런데 호스피스에서는 환자가 세상을 떠난 후에도 최소한 1년 동안 유가족을 돌보아줄 의무가 있습니다. 또 그래야만 호스피스란 말을 쓸 수가 있고요.

구체적으로 어떻게 어떤 식으로 도와주는가 하면, 호스피스는 그룹을 이뤄서 환자를 돕습니다. 그룹원들은 대개 의사, 간호사, 사회사업가, 그리고 목사님이나 신부님이 한 팀을 이루어서 구성됩니다. 이 종합전문가 팀이 환자와 그 가족을 하나로 묶어서 도와주며, 그룹원들 사이에는 누가 높고 누가 낮은 계급도 차별도 없습니다. 우리나라에는 호스피스 병동이나 시설이 많지 않으며, 호스피스는 대개 가정방문을 통해서 이루어집니다. 반면, 구미에서는 호스피스 시설에 환자들이 입소하는 경우가 많습니다. 그래서 치유 불가능한 환자를 호스피스에 보낸다고 하니까 "호스피스는 죽으러 가는 곳이다"라는 말도 있습니다. 호스피스에 대한 오해지요.

호스피스는 환자가 남은 기간의 생애를 보다 풍성하고 의미 있게 보낼 수 있도록 도와주는 곳입니다. 죽음이란 삶의 정상적인 한 과정이라는 것, 사람은, 특히 죽어가는 사람은 따뜻한 보살핌을 받을 권리가 있다는 것, 이런 믿음으로 호스피스 일을 합니다. 그래서 말기 환자가 얼마 남지 않은 시간을 환자가 원하는 장소에서, 원하는 사람과 함께, 원하는 방식으로 살 수 있도록 돕는 것입니다. 어디까지나 환자의 증상과 그의 느낌을 바탕으로 진단하고, 그 진단에 의하여 환자가 육체적으로 버틸 수 있을 때까지 도와줍니다. 동시에 정서적으로나 정신적으로 인간관계를 지속할 능력이 있을 때까지 인간답게 살도록 지원합니다. 심지어는 끝내지 못한 일들을 마무리할 수 있도록 도와주기도 합니다.

이런 현실적인 문제뿐 아니라, 생의 본질에 대한 이야기며 풀지 못했던 속 이야기를 끌어내서 들어주는 것도 호스피스의 역할입니다. 그러다 보면 소원했던 가족들을 화해시키는 경우도 생깁니다. 호스피스가 무엇보다 고마운 것은 신체적인 어려움을 완화시켜주는 겁니다. 환자에게 제일 중요한 것은 아픈 것, 즉 통증 조절을 해주는 것이니까요. 통증도 그저 막연히 진통제를 쓰는 게 아니라, VAS(Visual Analogue Scale)란 눈금이 있는 자로 통증을 측정해서 거기에 맞춰 통증 완화를 해주니 훨씬 도움이 됩니다.

말기 환자는 대개 신체적으로 2가지 이상의 불편한 증상들이 있게 마련입니다. 신진대사가 막힌다고 할 수 있는데, 그 막힌 것은 의사나 간호사가 해결해줍니다. 그러니까 호스피스는 인위적으로 생명을 연장시키려고 하는 의학적인 노력은 하지 않습니다. 보통 2,3 일이 걸리는 마지막 '임종 과정'에 와서도, 그것을 신체적으로 몸의 모든 기능을 정지하기 위한 마지막 과정으로 보고 어떠한 의학적인 응급조치도 하지 않습니다. 그대로 조용히 생명이 떠나가는 과정을 거치게 할 뿐이지요. 호스피스의 기본 원칙은 적절한 통증 조절과 의사소통입니다. 따라서 호스피스 병동에는 치료실이나 수술실 같은 곳은 없습니다.

그럼, 이 호스피스의 도움을 받으려면 어떻게 해야 할까요? 호스피스 기관에 가입을 하면 됩니다. 하지만 그보다 먼저 겪어야 할 과정이 있지요. 가족이 말기 환자라는 진단을 받는 것입니다. 이때는 당황하고 놀래지 말고, 담당의사에게 자세한 설명을 해달라고 침착하게 요청해야 합니다. 그리고 남아 있는 치료 방법이 무엇인지 알려달라고 한 다음, 별 치료 방법이 없다고 할 때에 모든 걸 결정해야 합니다. 이제 가족회의를 열어서 결정을 해야 하는데, 이때 자칫 돌보는 가족 위주로 결정하는 수가 많습니다. 하지만 남 보기에 효자로 보이는 결정을 하기보다는 어디까지나 환자 입장에서 어떻게 해주는 것이 환자에게 편안한지, 그리고 환자가 원하는 것이 무엇인지를 중심에 놓고 결정해야 합니다.

가족회의를 통해 호스피스의 도움을 받기로 결정했다면, 가까운 호스피스 기관에 물어서 가입하면 되는데 형편에 따라서 도움을 받을 수가 있습니다. 이제는 우리나라도 호스피스 기관이 각 종교단체와 병원, 사회사업단체를 중심으로 서울에서 제주도까지 전국에 걸쳐 있습니다. 불과 몇 해 전만 해도 가톨릭 계통에서 운영하는 호스피스 몇 개 정도만 있었고, 그 수준도 말이 아니었는데 말이지요. 하지만 지금은 우리나라 호스피스 수준도 상당해서, 그분들의 경험담을 듣거나 읽어 보면 눈물과 감탄이 절로 나옵니다.

호스피스들은 수십 개의 호스피스 기관에서 자체적으로 교육을 받는데, 호스피스 협회에서 30시간 이상 교육하도록 표준안을 내놓았습니다. 이 교육을 받고 나서 일정 기간이 지나고 일정 시간 이상 봉사를 하면 자격 인증 시험을 보게 되며, 여기서 합격해야 인증서가 나옵니다.

그런데 이 호스피스란 게 다 자원봉사자들의 봉사로 이루어지니까 비용 걱정이 없습니다. 사실, 우리네 같이 멀쩡한 사람들이 사회에 아무 한 일도 없이 봉사만 받자니 참 멋쩍긴 합니다. 그래서 말이지만, 우리 문화도 서구인들처럼 자원봉사가 일상사가 됐으면 좋겠습니다. 고백컨대, 나 자신 아무런 봉사도 못하고 있다가 마지막에 봉사만 받고 갈 생각을 하니까 정신이 번쩍 나는 것 같습니다.

나의 유언장 쓰기 • 유경

제가 맡아서 진행하는 '어르신 죽음준비학교'의 맨 마지막 과정은 '유언장 쓰기'입니다. 일주일에 3회씩 6주 동안 죽음에 대해 공부하면서 이야기 나누고, 1박 2일 캠프 다녀오고, 견학 가서 보고 듣고, 법적인 준비에 대한 변호사의 특강까지 거친 모든 공부의 결정체가 '유언장 쓰기'라고도 할 수 있습니다.

유언장 작성과 공개를 위해 그 전 시간에 미리 유언장 기본 양식이 적힌 종이를 나눠드립니다. 유언장에는 그동안 죽음준비 공부를 하며 배우고 익히고 느낀 모든 것이 들어가게 되고, 평소 자녀나 주위 친지들에게 남기고 싶은 말을 정리해서 담게 됩니다. 다른 숙제도 모두 잘해오는 분들이기는 하지만 그래도 혹시 마음 무겁게 만들고 부담을 드렸을까봐 유언장 작성 과제를 내드린 다음엔 은근히 걱정이 되곤 합니다.

드디어 수업 시간. 유언장을 어떻게 써오셨는지 궁금한 마음과 함께, 자신의 유언장을 공개하고 동료들과 함께 나누는 일이 혹시라도 지나치게 무거운 분위기 속에서 진행될까봐 다른 때와 달리 긴장감을 느끼며 강의실로 들어섭니다. 이번에도 백 퍼센트 모두 유언장을 써오셨습니다. 일단 보이지 않게 안도의 숨을 내쉬면서 원하는 순서대로 나와 다른 동료들 앞에서 유언장을 읽으시도록 합니다.

"막상 펜을 들고 죽음을 생각하며 자필로 유서를 쓰려 하니 왠지 숙연해지는 마음을 감출 수 없다. …… 부탁의 말 첫째는 무엇보다 건강이 중요하니 온 가족이 1년에 한 번씩 꼭 건강검진을 받고 계획을 세워 생활해다오. …… 사후 처리 예식은 성당 식으로 부탁한다. 죽으면 화장하여 가족납골당 아빠 곁에 안치해다오. …… 평소 쓰던 노트에 빨간 펜으로 표시한 곳만 알리고 조의금은 받지 마라. 우리 가족 모두 건강히 행복하게 잘 살아다오."

"사랑하는 아들딸들에게. 벌써 세월이 흘러 엄마가 너희에게 유서를 남기는 시기에 이르렀구나. 그래 언젠가는 엄마 아빠 모두 떠나면 너희 삼남매만 남겠지. …… 앞으로 내 건강에 이상이 생겨 회복 불가능해 남을 의지해야 살아갈 수 있게 된다면 너희는 의견충돌하지 말고 복지시설에 보내다오. 바쁘더라도 면회나 자주 와주면 고맙겠다. 또한 갑자기 혼수상태가 와서 산소호흡기를 사용하게 된다면 그것은 내 뜻이 아니니 절대로 사용하지 말 것이며 너희들이 지켜보는 데서 조용히 갈 수 있도록 도와다오. …… 내가 숨이 멈추거든 평소처럼 곱게 분 화장을 해다오. 마지막 입고 갈 옷은 평소에 즐겨 입던 옷으로 수의를 대신해줄 것이며 장례식은 불교 식으로 하고 …… 기일(忌日)은 삼남매 가족이 모여서 우의를 돈독하게 다지는 날로 삼기 바란다."

"사랑하는 자녀들에게. 세월은 유수와 같다더니 벌써 고희를 넘어 죽음을 눈앞에 두고 죽음의 준비를 하게 되니 마음이 착잡하다. …… 아무것도 남겨주지 못하고 생활비마저 자식들에게 의지하며 살게 되니 물질적으로 아무 도움도 주지 못하는 심정 안타깝다. 내가 눈을 가톨릭 성모병원에 기증했으니 임종하거든 빨리 연락하기 바라며, 수의와 납골당도 준비해놨으니 잘 처리하여주기 바란다. …… 서로 위로하며 올바른 신앙으로 고통을 인내하며 희망을 가지고 평화롭게 살아가기를 바란다."

"막상 유언장이란 전제하에 생각을 정리하려니까 마음이 착잡하여 무엇을 적을까 망설여진다. …… 임종 후에는 화장하여 우리 조상 선산 내가 묻힐 자리에 이름과 생년월일 사망일을 적은 표석이나 아담하게 세워두면 좋겠다. 아무쪼록 신앙생활 열심히 하고 범인(凡人)으로 살기를 원한다."

"사랑하는 아들딸아. 마음은 언제나 풋풋한 소녀의 심정인데 육신은 어느새 늙어 유서라는 글을 적고 있으니 세월이라는 것이 참으로 무상하구나. …… 부모인 우리에게 행복과 기쁨을 준 너희 남매에게 좀더 잘 해주지 못한 것이 아쉬움으로 남는구나. …… 목숨이 다해 사람들이 말하는 편한 저세상으로 떠나거든 화장해서 눈앞이 탁 트이고 경치가 좋은 아름다운 산에다 훌훌 뿌려다오. 그리고 어미가 없어도 너희 남매 서로 아끼고 다독이면서 즐겁고 행복한 가정들을 꾸며가기 바란다."

제가 몇 년 전 서울시내 한 노인복지관에서 시범 프로그램으로 처음 죽음준비교육을 진행했던 때의 일입니다. 그 당시만 해도 죽음준비교육에 대한 관심이 거의 없을 때여서 수업에 들어오신 분들이 그저 고맙고 신기할 정도였습니다. 요즘처럼 이렇게 여기저기서 웰다잉 열풍이 뜨겁게 불 줄은 상상도 못했지요.

시간 시간마다 참 힘들었습니다. 죽음 이야기는 무겁고 어둡고 칙칙할 것이라는 생각을 깨기 위해 가능하면 밝고 편안하고 쉽고 따뜻하게 진행하려고 애를 썼지만, 순간순간 가라앉는 분위기까지 막을 수는 없었습니다. 그 가라앉은 분위기를 다시 끌어올리는 데는 다른 주제의 강의 때보다 두 배, 아니 세 배 이상의 힘이 들어가는 것 같았습니다. 아직 때가 아닌 모양이다, 내게 맞는 강의주제가 아닌가 보다 하면서도 기왕에 맡은 일을 중간에 그만둘 수는 없기에 안간힘을 쓰며 억지로 버틴 시간들이었습니다.

그런데 그 막막함과 좌절감이 놀랍게도 유언장 공개발표 시간에 씻은 듯이 사라져버렸습니다. 그날 수업에 들어가며 담당 사회복지사에게 제 입으로 분명히 "앞으로 다시는 죽음준비교육 안 맡겠다"고 했습니다. 그러나 웬 걸요. 어르신들의 유언장을 함께 읽고 듣고 나누고 난 후 교실을 나와서 저는 불과 2시간 전에 제 입으로 했던 말을 뒤집어야 했습니다. 그것도 눈으로는 울고 입으로는 웃으면서요. "아무래도 저 죽음준비교육 계속해야겠어요. 우리 어르신들 정말 대단하세요. 이건 다른 데서 도저히 맛볼 수 없는 진짜 인생교육이에요." 그 힘이 지금 저를 죽음준비교육 전문 강사로 여기에 있도록 만들어주었습니다.

그때처럼 이번에도 역시 마찬가지였습니다. 어르신들의 유언장 발표를 들으며 저는 울고 웃었습니다. 그 자리에 함께한 어르신들도 모두 그랬습니다. 길지 않은 유언장에 사연 많고 굴곡 심한 한 분 한 분의 인생이 다 녹아 있었기 때문이지요. 유언장을 쓰고, 발표를 하고, 공감하며 들어준 서로를 위해 박수를 보낼 때, 교실 안의 우리 모두는 다시 또 울었습니다. 그리고 다시 또 웃음 지었습니다. 결코 쉽지 않은 일이지만 죽음준비교육은 꼭 필요한 것이구나, 아니 그냥 죽음을 생각하며 사는 것 자체가 인생을 다시 보게 하며, 그것은 이제 다 살았다고, 언제라도 그냥 가면 될 뿐이라고 수시로 말씀하시는 어르신들께도 예외가 아니라는 것을 깨달았습니다. 그러니 죽음을 사이에 둔 어르신들과의 만남은 저를 성장시키며 성숙하게 만드는 가장 귀한 자양분임이 분명합니다.

그런데 민망한 고백이지만, 그동안 여러 곳에서 죽음준비교육 프로그램 강사 노릇을 하면서도 정작 제 자신은 마음속으로만, 말로만 유언장을 썼습니다. 바쁘다, 아직 제대로 정리가 안 됐다는 핑계를 스스로에게 대곤 했지요. 그러다가 지난해 여름 어르신들의 유언장 쓰기 수업에 맞춰 굳게 마음먹었습니다. 충분히 준비되지 않은 지금 쓰는 것이야말로 진짜라는 생각이 들었습니다. 물론 나중에 얼마든지 다시 쓸 수 있고, 가장 마지막에 쓴 것이 효력이 있다는 변호사의 강의도 들었으니까 적이 안심도 됐습니다.

어르신들께 나눠드린 '유언장의 기본 양식' 에 맞춰 막상 '나의 유언장' 을 쓰려니 참으로 여러 생각이 오갔습니다. 아, 여태까지 숙제를 해오신 어르신들이 이런 마음으로 써오셨구나…… 하고 싶은 말을 다듬고 다듬었는데 왜 이렇게 부족하게 느껴질까…… 남아서 이 유언장을 읽을 사람들의 마음은 어떨까…… 아무튼 말로 표현할 길 없는 이런저런 감정이 고개를 내밀었습니다. 한 줄 한 줄 써내려가며 생각을 정리하다 보니 저절로 숙연해지는 것이었습니다. 쓰고 지우고 또 쓰고 지우고 하다 보니 행간에까지 그동안의 제 인생이 촘촘히 들어앉는 것 같았습니다.

이 유언장은 제 뒤에 남게 될 사람들에 앞서 제 자신에게 소중한 것이 되고 말았습니다. 어느 틈엔가 제 삶의 거울이 되었기에 읽어 볼 때마다 새롭게 가슴이 떨리고, 살아가는 일의 엄숙함과 사랑하는 사람들의 존재를 확인하게 됩니다. 이것이 바로 '미리 쓰는 유언장'의 힘입니다.

나의 유언장

성명 : 유 경 (印)

주민등록번호 : 601234-567890 (생년월일 : 1960년 ○월 ○○일)

주소 : 서울시 마포구 ○동 ○번지 ○○아파트 ○동 ○○호

작성일 : 2006년 7월 10일

작성 장소 : 집

Ⅰ. 사랑하는 사람들에게

남편 ○○○씨에게

만난 지 20년, 결혼해 가정을 꾸린 지 15년. 그동안 변함없이 좋은 친구로 옆에 있어줘서 고맙습니다. 내가 하는 일에 반대하는 법 없이 늘 지지하고 격려해주며, 나의 성장에 깊은 관심을 갖고 지켜봐준 당신은 참 좋은 친구이자 연인이었습니다. 뜻하지 않게 먼저 가게 되었지만 넘치도록 받은 그 사랑 영원히 간직한 채 떠납니다. 윤이와 윤슬이 잘 길러주시고, 애도의 기간이 충분히 지나갔다 싶으

면 내게 미안해하지 말고 편한 마음으로 좋은 사람과 새로운 가정을 꾸리기 바랍니다. 나와 아이들에게 최선을 다해준 당신, 사랑합니다! 그리고 고맙습니다!

큰딸 윤에게

'나무' 라는 이름(태명, 胎名)으로 내게 온 윤! 좀더 오래 네 곁에 있었으면 좋았을 것을 이렇게 떠나게 되었구나. 미안하다. 그러나 이 또한 하나님께서 하시는 일이니 원망하기보다는 그 깊은 뜻을 헤아리며 받아들이자꾸나. 열다섯 살이니 아직 엄마의 손길이 많이 필요한 때이기는 하지만, 그래도 땅을 단단히 딛고 설 내면의 힘만은 갖추었을 것이라 믿는다. 네가 이 세상에 온 것은 무언가 해야 할 일이 있어서 온 것임을 기억하고 최선을 다해 정성껏 살기를 바란다. 하나님께서 너를 사랑하시고 지켜주실 것을 믿으며 그분께 너를 맡기련다. 네가 내 딸, 친구 같은 딸로 존재함을 감사드리며, 엄마는 너희 둘로 인해 참으로 행복하다. 안녕!

꼬맹이 윤슬에게

너는 우리에게 '사과' 라는 이름(태명)으로 왔지. 곁에서 살갑게 굴고 다정한 너는 아무리 엄마 키보다 컸어도 엄마에게는 언제나 막내, 귀염둥이, 꼬맹이란다. 아토피로 고생한 것이 무척 마음 아프지만 잘 견뎌주어서 고맙다. 오래오래 같이 있고 싶었는데 그만 엄마가 떠나게 되었구나. 열네 살, 네가 아직 어려 많이 슬프고 아쉽지만 하나님께 모든 것을 맡기고 씩씩하게 가려고 해. 그러니 윤슬이도 잘 이겨내주기를 부탁한다. 하나님께서 너를 세상에 보내신 의미를 깊이 생각하며 너 자신을 소중하게 생각하고 사랑하기를 바란다. 자신감을 갖고 적극적인 태도로 삶을 꾸려가렴. 예쁜 딸을 내게 주신 하나님께 감사드린다. 엄마는 너희 둘로 인해 참 행복하다. 안녕!

부모님께

연로하신 부모님 계신데 제가 먼저 떠나게 되어 죄송합니다. 그러나 이 또한 하나님께서 하시는 일, 애통해하지 마시고 하나님께서 부모님께 허락하신 날까지 꿋꿋하고 깨끗하게 잘 견디며 살아주시기 바랍니다. 세상에서 저처럼 오래 부모님의 보살핌을 받으며 산 딸도 드물 것입니다. 감사의 인사를 이제야 드리는 제 부족함을 용서해주십시오. 엄마, 아버지는 제게 최고의 부모님이셨습니다. 두 분의 무조건적인 사랑과 격려와 지지가 없었다면 제가 어떻게 있었겠습니까. 다시 한 번 감사드립니다. 엄마, 아버지! 하나님 나라에 먼저 가서 해처럼 밝은 얼굴로 두 분 만날 날을 기다리겠습니다.

형제, 자매, 친구, 친지들에게

오빠, 새언니, 이렇게 제가 먼저 가게 되니 세상 떠나는 일에 순서가 없다는 말을 실감합니다. 엄마, 아버지를 잘 돌봐주시고, 하나님을 진정으로 모시는 집안으로 잘 이끌어주세요. 오빠네 가정 보살피기에도 힘들겠지만 제 아이들도 사랑으로 품어주시기를 부탁드립니다.

언니, 살면서 많은 아픔을 겪은 언니한테 동생을 먼저 보내는 아픔까지 보태는 것 같아 미안하고 안타까워. 그래도 하나님께서 하시는 일, 잘 견뎌주기 바래. 언제나 멀리 살아서 힘들 때 서로 옆에 있어주지 못한 것이 아쉽지만, 그래서 또 더 많이 생각하고 위해서 기도할 수 있었던 것 같아. 끝까지 정성껏 살아낸 후 하나님 나라에서 다시 만나자! 안녕.

그동안 제게 많은 사랑을 준 친구들, 친지들께 마지막 인사를 전합니다. 부족한 사람을 감싸주고 인생길을 같이 걸어줘서 고맙습니다. 여러분들이 계셔서 제가 있었습니다. 부디 행복하게 잘 사시기를 기도드립니다. 모두들, 안녕!

Ⅱ. 내가 떠난 후에

1. 나의 장례식

1) 제 장례식은 교회나 병원 장례식장에서 치렀으면 좋겠습니다.
2) 손○○ 목사님 혹은 김○○ 목사님께 집례를 부탁드립니다.
3) 저를 알고 지낸 분들이 참석해주신다면 남은 가족들에게 많은 위로가 될 것 같습니다.
4) 찬송가는 다 좋지만 특히 세 곡은 제게 각별한 의미가 있으므

로 함께 불러주십시오.

① 446장 '오 놀라운 구세주' (가장 좋아하는 찬송)

② 492장 '나의 영원하신 기업' (윤이 가졌을 때 내내 위험했는데 가장 많이 부른 찬송)

③ 344장 '이 눈에 아무 증거 아니 뵈어도' (윤슬 아토피로 고생할 때 위로의 찬송)

5) 장례식에서 특별히 거절하고 싶은 것은, 입관할 때 구경하듯이 너도나도 모이지 말고 마지막 인사를 꼭 하고 싶은 사람들만 조용한 가운데서 작별을 해주십시오.

6) 남은 가족들이 울고 싶어하면 맘껏 울게 해주세요. 충분히 슬픔을 겪어야 넘어가기 쉽기 때문입니다.

2. 나의 시신 처리

저는 '사랑의 장기기증운동본부(1588-1589)'에 뇌사 시 장기 기증, 사망 시 각막과 조직 기증 서약을 했습니다. 제 뜻대로 처리해 주시고, 시신은 화장 후 수목장으로, 혹시 여의치 않으면 산골공원에 묻어주십시오.

3. 유산 및 물건 처리 문제

1) 제 이름으로 된 통장의 모든 돈은 남편 ○○○씨에게 남깁니다.

- 십일조 통장은 이름만 바꿔 아이들과 함께 그대로 유지해주었

으면 합니다.

- 조의금의 10% 이상은 어려운 이웃들을 위해 기부해주었으면 좋겠습니다.

2) 물건은 다 정리하도록 하고, 다만 노인복지와 죽음 관련 책, 자료, 영상물 등은 (현재 제가 직접 물려주고 싶은 사람을 정하지 못했으므로) 가족들이 의논해서 그 분야에서 진심을 갖고 일하는 누군가에게 전부 기증하면 좋겠습니다.

| 참고자료 |

미리 쓰는 유언장

- 이것은 '어르신 죽음준비학교'에서 제가 사용하는 '미리 쓰는 유언장'의 기본 형식입니다. 순서는 바뀌어도 상관없습니다.
- 이 외에도 자유롭게 남기고 싶은 이야기를 쓰시면 됩니다.
- 반드시 자필로 기록하시고 도장을 찍으셔야 법적으로도 유효합니다.
- 성명, 주민등록번호, 주소, 작성 연월일, 장소는 필수 기입사항입니다.(*표시 항목은 필수!!!)
- 이 '유언장 기본 양식'은 변호사도 법적으로 효력이 있다고 인증한 양식임을 밝힙니다.

*성　　　명 :　　　　　　　　　　(*도장)

*주민등록번호 :　　　　　　　　　(생년월일 :　　　　　　　)

*주　　　소 :

*작　성　일 :　　　　년　　　월　　　일

*작 성 장 소 :

Ⅰ. 사랑하는 사람들에게

1. 배우자에게

---

2. 자녀들에게

---

3. 친구, 친지들에게

Ⅱ. 내가 떠난 후에

1. 나의 장례식

• 매장, 화장, 납골, 산골, 수목장 / 시신 기증 등에 대한 생각을 밝힙니다.

• 장례식 장소, 집례, 부르고 싶은 사람들, 불러주었으면 좋을 노래들, 장례식에서 거절하고 싶은 사항 등을 기록합니다.

2. 사후 유산 처리 문제

• 기증, 분배, 남은 가족에게 처리 부탁 등을 합니다.

Ⅲ. 그 밖에 남기고 싶은 말

스스로 준비하는 죽음

–안락사와 장묘 • 고광애

안락사를 어떻게 볼 것인가?

죽음이 임박한 시점, 그 고통스러운 시점에서의 안락사를 생각해 봅니다. 생명이 달린 문제라서 감히 다루기가 부담스럽긴 합니다. 그럼에도 불구하고, “극심한 고통을 겪는 사람에 대한 연민을 생각해 보라”는 생명윤리학자 카렌 르베크 교수의 한마디가 내 맘에 와 닿습니다. 안락사를 긍정적으로 보는 시각에서 한 말이긴 하지만, 사실 지독한 아픔은 사람이 사람이기를 포기하게 만듭니다. 그러기에 안락사는 인간으로서의 존엄을 유지하면서 임종을 맞게 하기 위한 조처라는 생각입니다.

현재 세계 최초로 안락사를 합법화한 나라가 네덜란드입니다. 나는 이 나라가 참 재미있습니다. 우리가 좋아하는 히딩크의 조국이기도 한 네덜란드는, 나라는 작지만 부유한데다가 무엇보다 문화적으로 독창적인 나라입니다. 국수주의와는 반대로 세계 문화에 대해 열려 있는 관용의 나라이고요. 또 국민들이 영어를 비롯한 외국어도 잘하면서, 동성애와 마약과 매춘을 법으로 허용한 나라입니다. 허용했더니 오히려 동성애자와 마약 복용자가 적어졌다네요. 이것은 하지 말라면 더 하고 싶어하는 인간의 청개구리 심보를 이용한 효과라는 생각이 듭니다. 이 네덜란드 외에 스웨덴, 벨기에, 그리고 미국의 오레건주는 1994년 존엄사법을 제정해서 의사의 극약처방을 통한 안락사를 허용하고 있습니다.

안락사란, 가망 없는 병 때문에 참기 힘든 고통을 겪고 있는 환자의 목숨을 더 이상 인위적으로 연장시키지 않는 것을 말합니다. 극심한 고통 속에서 생명 연장이란, 살아 있음에 대한 기쁨이 아니라 오히려 인격적 모독이라고 보기 때문입니다. 이런 지경에서는 환자인 사람은 사라지고 육체와 의료진의 싸움만이 격렬해집니다(미국 간호사협회 콜린 스켈론). 오죽하면, 현대의학이란 병을 고치기보다는 임종을 연장해서 사람을 못 죽게 만드는 기술이란 비판의 소리까지 있겠습니까.

하지만 안락사를 할 때는 엄격한 조건이 있습니다. 네덜란드에서는, 정신이 온전한 환자가 '스스로' 그리고 '지속적으로' 안락사를 요구해오는 경우, 두 명 이상의 의사와 환자가 동의할 때에만 시행

합니다. 물론 염려되는 점도 있습니다. 스캇 펙이 주장하듯, 삶의 마지막 부분인 죽음의 과정을 자의로 통제하려 드는 세속주의라는 비난은 감수한다고 쳐도, 여전히 실제적인 문제는 남아 있습니다. 환자가 가족들에게 짐이 될 것을 지레 염려한 나머지 선택이 아닌 의무로 죽음을 선택할 수밖에 없어 안락사를 택하게 된다면, 아닌 게 아니라 문제는 심각합니다.

사람마다 가치관이 다르고 취향이 다를 수 있습니다. 즉, 어떻게 하든 목숨만은 마냥 부지하고 싶어하는 환자나 가족들이 있는가 하면, 사는 데에 의미가 없어지고 아프기까지 하면 바로 죽기를 바라는 사람들도 있지요. 중국의 유명한 작가 바진(巴金)은 "장수는 좋은 일이 아니라 고통이다. 나에겐 일종의 징벌"이라고 하면서 안락사를 부탁했건만, 그 부탁은 받아들여지지 않았습니다. 수년간을 혼수상태로 말도 못하는 상황에서 100세를 넘기게 되었지요.

그런가 하면, 내 후배는 교수인 이모와 약속을 했었답니다. 안락사가 필요할 때쯤이면 조카인 내 후배가 가족들을 설득해서 안락사나 혹은 치료 중단을 주선키로 말이지요. 지금 현재 후배의 이모는 애기 수준의 정신상태에다가, 육신도 누운 채로 신진대사나 하는 정도가 되었답니다. 그런데 놀라운 것은, 그 이모는 당신의 목숨이 붙어 있음에 기뻐함은 물론이고 안락사를 돕기로 한 조카의 방문을 꺼려하기까지 한다는군요.

우리의 자랑인 백남준 씨도 55세 되었을 때는 분명히 이런 말을 했습니다. "나도 이제 쉰하고 다섯이 넘었으니 차차 죽는 연습을 해야겠다." 그러면서 자신에게 예술적인 영감이 사라지면 네덜란드에 가서 안락사를 하겠다고 했었지만 막상 말년에는 어떤 태도였었는지……. 이처럼 죽어가는 당사자 맘이 수시로 변하는 판국에 언젠가 한번 스쳤던 생각에서 나온 사전 유언이 생명과 직결된 약속이라고 생각하면 마냥 조심스럽기만 합니다.

하지만 그러기에 더욱 정신이 온전하고 상황이 심각하지는 않을 때, 임종이 다가올 즈음이나 그 전에 시행할 의료행위를 본인이 미리 결정해두는 소위 '생전 유언(Living will)'이나 '사망전 유언(Advanced Directives)' 혹은 '자연사법(Natural Death Act)' 등을 활용해 볼 만합니다. 거기다 의사결정 대리인을 지정해두거나, 병원 의료윤리위원회를 활용해서 무의미한 연명치료 중단과 관련된 의사결정 과정에 대해 제시하는 것도 필요하다고 합니다.*

이런 사전조치를 해놓으면, 임종 환자의 뜻과 배치되는 조처는 좀체 있을 수 없게 될 테니까 안락사 문제의 해결책이 될 듯합니다. 어느 조사에 의하면, 우리나라에서도 이 '사망전 유언'에 대해 60%의 사람들이 찬성하고 있고, 성인 4명 중 3명은 회복이 기대되지 않는 상태에서 생명을 연장시키는 의료행위를 원치 않는다고 합니다. 또 다른 조사에 따르면, "고통이 극심한 불치병 환자가 죽을 권리를 요

* 국립암센터 '삶의 질 향상' 연구과장으로 있는 윤영호 박사는 의학적 측면에서 안락사를 다루는 대표적인 분입니다. 여기 서술한 내용은 그분의 〈아름다운 임종은 환자의 권리〉라는 강의를 참고한 것입니다.

구할 때 의료진은 치료를 중단해야 하는가"라는 물음에 69.3%가 이에 동의했고 27.5%만이 치료 중단에 동의하지 않는다는 응답을 했답니다. 심지어는 환자의 호소를 받아들여서 약물이나 의료기구를 이용하여 환자를 죽게 하는 '적극적 안락사'에 대해서도 56.2%가 찬성했다는(한림대 법학부 이인영 교수) 여론도 간과할 수 없는 부분이지요.

어쨌거나 우리나라도 일부의 반대와 법률 위반이란 위험에도 불구하고, 의사협회에서 소극적 안락사는 시행하겠다고 선언했습니다. 소극적인 안락사란 죽어가는 과정에 있는 환자에게 의료 지원을 중단하는 것입니다. 이제 우리도 더 이상 안락사를 남의 일로만 여길 수는 없게 된 셈입니다.

외국에서는 벌써부터 적극적인 안락사 문제가 논의되고 시행되기도 했습니다. 적극적인 안락사를 한 실화가 몇 년 전 미국의 시사주간지 《타임》에 실렸습니다. 수십 년간 하루하루 사는 것이 고통인 여성에게, 심신이 쇠약한 나이 많은 남편과 아들을 제치고 자매들이 나서서 자기 언니이자 동생을 직접 안락사시킨 것입니다. 사실 생명에 관한 중대한 결정을 할 때, 우리나라도 정서적으로 남편이나 자식보다는 형제나 자매, 그리고 아들 며느리보다는 딸들이 솔선해서 결정을 내리기가 쉽습니다. 아들들의 경우에도 큰아들보다는 작은 아들들의 동의가 필요조건이지요. 돌보는 데 우선적으로 책임을 진 남편이나 큰아들이 배우자나 부모의 생명을 놓고 죽음에 이르는 일을 솔선하면 오해를 사기 쉽기 때문에 그렇습니다.

데렉 험프리의 수기 《진의 생애》에는 말기암으로 괴로워하던 아내가 "오늘이 바로 내가 죽는 날이지요" 하자, 남편이 다량의 수면제와 진통제를 탄 커피로 아내를 안락하게 죽음으로 이끄는 실화가 나옵니다. 신뢰와 사랑이 깊은 부부 사이에서나 가능한 일이겠지요. 1977년 미국 캘리포니아주도 '품위 있는 죽음법(The Death-with Dignity Statute)'을 시행했습니다. 법적으로 유효한 유언장과 같은 명백한 증거가 있을 때에 연명치료를 중단할 수 있다고 규정한 것이지요. 대만도 사전 의사결정을 법으로 유효하게 했고요.

15년간 식물인간으로 살아오던 미국의 테리 샤이보가 법원의 결정으로 영양공급 튜브를 제거한 지 13일 만에 숨진 것을 비롯해서, 프랑스는 치명적인 화상을 입은 한 소방수의 청원을 계기로 생명연장치료를 거부할 수 있는 권리를 허용하는 법안을 만장일치로 승인했습니다. 이 법은 "프랑스에서 죽음은 더 이상 복종의 시간이 아닌 선택의 시간이 된다"고 선언했습니다. 그렇습니다. 나의 삶도 죽음도 내가 경영해야 할진대, 죽음은 나의 삶을 완성하는 것입니다.

그런가 하면 이탈리아에서는 40년간 투병해온 웰비라는 사람이 "인공호흡으로 유지하는 생명이 무슨 의미가 있느냐"며 낸 안락사 청원이 기각됐지요. 하지만 리치오라는 의사는 인공호흡기를 떼달라는 환자의 '치료 거부'를 받아들여 곧 숨지게 했답니다. 어쩌면 이 의사는 15년형을 받을 수도 있다는군요. 안락사 반대자들은 강력

한 통증 완화를 시켜주는 마약 복용을 이용하면 안락사 시행을 안 할 수 있다고 주장합니다. 하지만 몇 년씩 식물인간으로 산 사람에게 통증 완화가 무슨 의미가 있겠습니까.

떠나기 전에 준비할 것들

죽음이 임박했을 때 해야 할 일들 중에는, 내가 죽은 뒤의 과정을 준비하는 '사전 의사결정' 도 있습니다. 죽을 생각을 꿈에도 안 하고 있다가 췌장암으로 42일 만에 죽음을 맞은 분의 장례를 지켜본 적이 있습니다. 집안의 어르신들과 유족들이 장례 방법과 장지 문제로 무려 다섯 가지 안을 놓고 의견이 분분한 것을 봤습니다. 그래서 죽음에 관한 것은 나중으로 미루지 말고, 펄펄 살아 있는 지금 다 준비해 두어야겠다고 생각했습니다. 구체적으로 장례와 추모 형식도 미리 본인의 뜻을 밝혀놔야 합니다. 멀쩡하던 6남매가 어머니 추모를 어떤 종교의식으로 하느냐는 문제로 해마다 다투다가 영영 형제간의 우애가 끊어져버린 가정도 봤습니다.

반면, 자기가 원하는 장례 방식을 밝혀서 살아 있는 사람들에게 큰 감동과 감화를 준 경우도 많습니다. 일테면 어느 미국 간호사의 장례준비 이야기도 재미있습니다. 암에 걸린 간호사가 자신의 장례 순서를 짜놓고 죽은 것입니다. 장례식 순서, 자기가 좋아하는 찬송가와 성서 구절, 그리고 설교까지 자신이 녹음을 해놓고, "이 장례식이 끝나면 즐거운 파티를 하도록 하세요"라고 했답니다. 그리고 또 "내가 하늘나라에 먼저 가서 여러분을 기다리겠습니다" "꽃을 기증받는 것을 사양하겠습니다" 등등의 말과 함께, 주위 한 사람 한 사람에게 감사하다는 말을 녹음해놓았다고 합니다. 이 이야기를 소개한 알폰스 데켄 박사는 죽음교육이란 바로 이 간호사처럼 되라고 가르치는 것이라고 하면서 농담을 덧붙였습니다. 사람들이 이런 식으로 준비를 하고 죽어간다면, 신부나 목사들이 직업을 잃어버릴 염려가 있다고 말이지요.

우리나라의 김활란 박사도 장례는 즐거워야 한다면서, 장례식에서 임원식 씨 지휘로 베토벤의 〈환희의 송가〉를 연주하도록 했던 기억이 납니다. 또한 미국의 유명한 기업가이자 투자가인 워렌 버핏의 유언장은 그의 비서가 보관하고 있는데 그 유언장의 첫 줄이 이렇답니다. "어제 내가 죽었습니다. 내게는 좋지 않은 소식이지만 우리 사업을 위해서는 그리 나쁜 뉴스가 아닙니다."

내 경우, 죽음준비를 하면서 내 맘대로 안 되는 것이 있었습니다. 그것은 시신 기증과 장기 기증 의사를 밝혔을 때였습니다. 아들이 정중히 반대를 해온 겁니다. 생각해 보니까, 이미 죽어버린 내 시신은 이미 내 것이 아니라 살아 있는 내 자식들의 몫일 거라는 생각도 들더군요. 그래서 결국 내 뜻을 접고 말았습니다. 이런저런 사전 죽음준비 용품도 있습니다. 외국 특히 일본에서는 자기가 죽은 후에 가족과 친지들에게 전달할 내용을 노트 형식으로 적어둘 수 있는 엔딩 노트(ending note)가 잘 팔린다네요. 죽음준비가 다양해지는 거지요.

장묘 문제도 그렇습니다. 죽은 당사자의 의사도 중요하지만 살아있는 유족의 형편이 있으니까 사전에 의사 표시로 합의해두는 것도 필요한 대목이더라고요. 한비야가 걸어서 국토종단을 하면서 "산이 예쁘다" 하고 보면, 반드시 그 비탈에는 묘지들이 널려 있더라고 했습니다. 그럴 수밖에 없는 것이 대부분의 묘지들은 풍수지리가 좋다는 5부 능선 위에 몰려 있기 때문이지요. 이러다가는 그야말로 금수강산이 묘지강산으로 변해버릴 것 같습니다. 공병우 박사는 "나 죽어서 국토 한 평이라도 왜 쓰나? 차라리 그 땅에 콩이라도 심지"라고 했답니다. 사실 어느 누구도 죽어서 넓은 땅을 차지할 권한이 없습니다. 이집트 모양 죽은 자가 산 자보다 넓은 땅을 차지하고 사는 형국이 되면 어쩝니까.

사실 요즘은 지도층부터 화장을 주창하고 있고, 실제로도 매년 많은 사람들이 화장을 따르고 있습니다. 최근엔 거의 절반이 넘게 화장을 하고 있지요. 그로 인해 이제는 문제가 묘지에서 추모의 집(납골당)과 납골묘로 옮겨오게 되었습니다. 납골당이 자연 봉분보다 더 오래도록 남게 되니 그 또한 환경 폐해라는 거지요.

그래서 요즘 나온 대안이 산골장과 수목장입니다. 평생 산림 연구를 한 어느 교수가 수목장을 한 데서 급속히 퍼지고 있는데, 내 경우도 작년 8월 19일에 돌아가신 어머니를 수목장으로 치렀습니다. 교회 묘지 안에 새로 조성된 주목 동산의 한 그루 나무 밑에 어머니를 모셨지요. 커다란 봉분 속에 모시고 어머니를 기리지는 못하고 있습니다. 어머니의 흔적은 어린 주목나무 밑에 없는 듯이 있습니다. 그래도 나는 섭섭함이 없습니다. 흙으로 와서 흙으로 돌아가는 자연의 섭리를 따르는 것이라고 여기기 때문이지요.

수목장을 많이 하는 나라가 독일이라고 들었습니다. 자기 집 뒤에 있는 울창한 숲이 온통 인골로 덮여 있을 거라고 수목장을 반대하는 얘기가 독일에서도 나온다고 합니다. 영국에서는 장미 묘원에 많이 합니다. 그런데 나는 개개인들이 자기 집 앞마당 정원수를 쓰면 안 되나 하는 생각이 듭니다. 영화나 드라마에서처럼 강이나 산에 유골을 뿌리면 환경오염 문제로 과태료를 물게 된다니 안 될 듯합니다.

화장이 확산된 지 얼마 안 된 과도기라서 그런지 모든 게 들쑥날쑥합니다. 혐오시설이다 뭐다 하며 납골당 설치를 반대하지만, 화장실이 집안으로 들어온 것보다 화장한 유골을 집안에 두는 게 낫다고 합니다. 섭씨 3000도의 고온에서 화장된 유골은 '사리'와 같은 결정체이기 때문에 집안에 두어도 아무 문제가 없다는 거지요. 그래서 서울시 장묘사업소의 정인준 소장 같은 분은 생활공간 속에 유골이 존재하게 될 날이 멀지 않았다고 전망하기도 합니다.

얼마 전에는 생활공간 속에 존재할 장묘문화를 문화적으로 형상화한 미술 전시회도 있었습니다. 2002년 갤러리 현대에서 있었던 유리지 교수의 〈아름다운 삶의 한 형식〉이라는 조각전이 그것입니다. 여기서 말하는 아름다운 삶이란 바로 죽음의 세계입니다. 이 전시는 죽음을 미화하고, 가까이 하게 하고, 추모하는 조각품 전시였습니다. 살아남은 자가 떠나는 자의 아름다운 최후를 위해 해줄 수 있는 것들을 보여주는 조각전이었지요.

이런 노력들이 모여서 머지않아 국가와 지방자치단체, 그리고 기업이 나서서 장례 서비스 표준안을 마련하여 외국처럼 아름다운 공원형 묘지나 숲 속 묘원이 이루어졌으면 좋겠습니다. 프랑스처럼 묘지가 예술작품처럼 되어 관광객의 발길이 끊이지 않는 것까지는 바라지 않더라도, 주택가와 경계를 이룬 담을 납골당으로 만든 덴마크나 스위스처럼 아름다운 공동 납골묘지를 우리도 갖게 되길 바라는 맘입니다.

어르신들, 직접 묘비명을 쓰다! • 유경

엊그제 제가 어르신들을 모시고 다녀온 곳을 이야기하면 사람들은 별로 듣고 싶어하지 않습니다. 하지만 죽음준비에서 이곳을 빼놓을 수는 없겠지요. 어르신들과 '서울시 장묘문화센터'를 방문한 날은 햇살이 눈부시게 환한데다가 바람은 기분 좋게 선선해 어디론가 소풍을 가면 딱 좋을 그런 날씨였습니다. 장묘문화센터 방문과 견학은 죽음준비교육 과정의 하나로 조금은 무겁고 힘든 시간이지만, 다행히 모두 건강하시고 친구들과 함께 간다는 편안함 덕에 분위기는 그리 어둡지 않았습니다.

서울시 장묘문화센터는 승화원(화장장), 추모의 집(납골당), 추모의 숲(산골 공원), 시립묘지 등의 시설과 인터넷 추모 공간, 장묘문화상담센터 등을 모두 아우르는 서울특별시 시설관리공단의 산하기관입니다.

먼저 예전에 '벽제 화장장'으로 불렸던 '승화원(화장장)' 입구에 들어서니, 상복을 입고 슬픔과 울음에 지친 얼굴로 망연히 앉아 있는 유족들이 눈에 들어왔습니다. 몇 달 전에는 저 역시 유가족의 한 사람으로 거기 그렇게 앉아 있었지요. 저쪽 구석에서는 조문객들의 늦은 점심식사가 한창이었습니다. 산 자와 죽은 자의 자리가 엄연히 다름을 눈으로, 가슴으로 확인하게 됩니다.

앞서 가신 분들을 추모하는 묵념과 기도를 드린 뒤, 교육실에 모여서 우리나라의 장묘제도, 변화하는 장례문화 등에 대해 동영상을 함께 보고 궁금한 것들을 묻고 답하는 공부시간을 가졌습니다. 이어서 승화원 내부를 둘러보는 시간. 애통해하는 유족들 사이를 조심스럽게 지나가며 안치실(화장하기 전 임시로 시신을 모셔 두는 곳), 관망실(화장이 진행되는 동안 유족들이 유리창을 통해 화장로를 지켜볼 수 있도록 되어 있는 방), 분골실(화장이 끝난 후 분골이 이루어지는 곳) 등의 승화원 시설 견학을 서둘러 마쳤습니다.

승화원을 빠져나오며 어르신들은 누구라 할 것 없이 모두가 큰 숨을 한 번씩 내쉬었습니다. 눈시울이 빨개진 어르신들도 계셨고요. 지금 이곳에서 울고 있는 사람들을 보고 있으려니 예전에, 혹은 얼마 전에 겪었던 사랑하는 사람들과의 헤어짐이 고스란히 되살아났을 것이고, 그 아픔과 슬픔이 저 가슴 밑바닥에서 막을 새도 없이 밀려왔을 겁니다. 어르신들과 마찬가지로 저 역시 가슴이 먹먹해 아무 말도 할 수 없었습니다.

다시 차에 올라 용미리에 위치한 '추모의 집(납골당)'으로 이동했습니다. 가는 길 양쪽으로 펼쳐진 무수히 많은 매장묘지와 벽식 납골당(벽의 형태로 된 납골당), 분묘형 납골당(봉분 형태로 된 납골당)을 지나 왕릉식 납골당(천마총의 형태로 만든 납골당)에 이르렀습니다. 그곳에 모셔진 분들을 기리며 기도와 묵념을 먼저 하고, 삼삼오오 짝을 지어 내부를 둘러보았습니다. 깨끗한 시설에 감탄하는 분들, 가족들이 갖다 놓은 꽃바구니의 리본에 적힌 "엄마 아빠 보고 싶어요!" "사랑하는 아들에게" 등의 글귀를 읽으며 안타까워 혀를 차는 분, 고인에게 보내는 편지들을 한 장 한 장 넘겨 읽으며 끝내 참지 못하고 손수건을 꺼내는 분, 아무런 말이나 설명이 필요 없는 우리들 삶과 죽음, 떠남과 남겨짐을 깊이 사색하고 가슴으로 받아들이는 시간이었습니다.

이제 언덕길을 올라 '추모의 숲(산골공원)'으로 들어섭니다. 죽음준비교육 과정에서 만나는 어르신들이 요즘 가장 많은 관심을 보이는 것은 역시 산골(散骨)*과 수목장(樹木葬 : 유회를 나무 밑에 묻는 것)입니다. 고광애 선생님도 어머님을 수목장으로 모셨다고 들었습니다. 이미 민간에서는 수목장을 시행하고 있고 몇몇 지방자치단체에서는 관련 조례도 제정하였지만, 서울시는 아직까지 법적인 문제를 정리하지 못했고 수목장림(樹木葬林) 역시 조성 중에 있다고 하더군요.

* 돌아가신 분의 유회(遺灰)를 산이나 강, 바다에 뿌리는 것을 뜻하는데, 우리나라에는 현재 산골에 대한 법적 규정이 없습니다.

무궁화 정원, 철쭉 정원, 국화 정원, 장미 정원으로 나뉘어 있는 추모의 숲은 한마디로 푸른 나무와 꽃들이 가득한 조용하고 정갈한 공원입니다. 유족들이 화장을 마치고 나서 유회를 산골공원으로 모시고 오면 마사토(흙)와 섞어 꽃 정원 중 한 곳에 놓고 각자의 방식대로 추모 기도회나 제를 올리게 됩니다. 그러고 나서 유족들이 돌아가고 나면 그날 산골공원에 모셔진 모든 유회를 모아 추모의 숲에 안장합니다. 언제 어느 분이 안장되었다는 기록은 남지만 안장 장소는 아무도 모르는 채 추모의 숲 전체가 그분의 묘소가 되는 셈이지요.

그런데 최근에 안장 장소를 모르는 것이 너무 서운하다는 의견이 많아 유족들이 손수 유회를 산골할 수 있는 장소를 따로 만들었습니다. 그곳에서는 마사토가 섞인 한 분의 유회 위에 흙을 한 켜 덮고 그 다음 분의 마사토 섞인 유회를 산골하게 됩니다. 그곳이 가득 차면 잔디를 입힐 예정이라고 하더군요. 나중에 유족들은 추모의 숲 중앙광장에 마련된 추모비와 분향대, 공동제단에서 고인을 추모하게 됩니다.

어르신들과 방문한 그 시간, 국화 정원에 한 분, 철쭉 정원에 세 분, 장미 정원에 한 분의 유회가 마사토(흙)에 섞여 오도카니 놓여 있었습니다. 사람이 결국은 한 줌 흙으로 돌아간다는 말을 이처럼 뼈저리게 실감할 때가 또 있을까요. 어르신들과 따로 떨어져 천천히 걷다가 눈앞에 한 줌 흙으로 남은 분들을 만나면 멈춰 서서 기도를 드렸습니다. 어느 한 사람 빼놓지 않고 이렇게 한 줌 흙이 되는 것은 누구에게나 공평하게 주어진 인간의 길인 것을, 발버둥치고 애면글면할 게 무얼까 싶은 마음이 저절로 생겨나며, 저도 모르게 마음이 침착해집니다. 돌아오는 차 안, 어르신들께 느낀 점을 여쭤 봤습니다.

"아무런 표식도 남기지 않고 온전히 자연으로 돌아가는 산골 방법이 이렇게 좋은 줄 몰랐다 …… 24기가 들어가는 가족 납골묘를 계약할까 고민 중이었는데 좀더 고민해야겠다 …… 내가 보는 것보다 아이들한테 저 한 줌 흙을 보여주면 삶에 대한 생각이 좀 달라지지 않을까 …… 어떤 방법으로 묻힐지는 좀 생각해 봐야겠지만 이런 좋은 공부를 어디 가서 또 하나 싶다 …… 사람 사는 일이 허망한 것 같으면서도 그래서 열심히 잘 살아야 하나 보다……."

이야기는 끝이 없었습니다. 다음 수업 시간, 어르신들이 지켜보는 가운데 없는 솜씨지만 칠판에 그림을 그립니다. 둥그런 봉분 앞에는 비석을 그리고, 커다란 나무에는 칠판 같이 생긴 네모난 표지판을 그려 넣습니다. 비석과 표지판은 테두리만 그리고 안을 비워놓으니 어르신들이 그 뜻을 금방 알아차리시더군요.

"묘비명 쓰라고?"

흰 종이를 한 장씩 나눠드리자 교실 안이 잠잠합니다. 충분히 시간을 드린 후 돌아가며 발표를 했습니다. 여기 어르신들이 직접 쓴 자신들의 묘비명을 소개합니다.

- 무아(無我)
- 이름 없는 사람, 이곳에 쉬다!
- 1937년 12월 ○일 생, ○○년 ○월 ○일 몰. 한 생을 의롭게 조용히 사시다가 생을 마감하고 고요히 영원히 잠드셨다.
- 평북 정주군 갈산면 ○○년 ○월 ○○일생. 김○○지묘(之墓). "열심히 했노라, 일구고 해냈다."
- 김○○. 죽음은 끝이 아니다, 부활의 시작이다. 나를 아는 모든 사람들아 슬퍼하지 말라, 또 다른 세계가 기다리고 있단다.
- 박○○. 1937년 ○월 ○일 생, ○○년 ○월 ○일 졸. 생을 마감하고 여기 소나무 밑에 잠들다.
- "이 나무에는 백합향이 나도다!"(수목장 뒤 내가 묻힌 나무에 적어주오)
- 아름다운 세상에 왔노라! 기쁨만 영원하노라!
- 이○○. 1938년 ○월 ○일 경남 진주에서 출생하여 평생을 웃으며 즐겁게 살다가 ○○년 ○월 ○일 한 줌의 흙으로 돌아가다. 그는 가서 이 세상은 참으로 아름다웠다고 말하리라.
- 야훼는 나의 목자, 아쉬울 것 없어라. 푸른 풀밭에 누워 놀게 하시고 물가로 이끌어 쉬게 하시니……. 시편 23:1–2.
- 이름과 생년월일과 성경 구절(아직 성격 구절 고르지 못함). "이곳에 고이 잠들다"

- 2023년 9월 17일 사망. 만년 소녀같이 살다간 ○○(본인의 이름) 이곳에 고이 잠들다.
- 행복하게 살다 갔노라. 이○○.
- 하늘을 알고 하늘을 사랑하고 하늘과 하나 되고자 한 ○○(본인의 호) 다녀가다. 김○○.
- 주 안에 있는 나에게 딴 근심 있으랴, 이제는 기쁨과 즐거움만이 있다. 김○○.

화장장과 납골당과 산골공원을 다녀와서일까요. 살면서 처음 써 본다는 어르신들의 소박하지만 진지한 묘비명은 차라리 한 줄 시였으며, 생의 핵심을 고르고 골라 담은 잠언이고 경구(警句)였습니다.